KB036321

높새바람

높새바람

윤후명 소설

은행나무

차례

귤과 브로치

귤과 브로치 1

처음에 나는 잘못 들은 게 아닌가 내 귀를 의심했다. 그래서 인사동 가게의 주인 여자에게 물었다.

"돌이 바다에 떠요?"

나는 대답을 기다렸다.

"호박은 돌이 아니에요."

듣는 순간 나는 이미 호박에 대해 배웠음을 알았다. 흔히 보석이라고들 하는 호박(琥珀)은 돌이 아니라, 말하자면 송진이었다. 러시아에 갔을 때, 동유럽 어느 나라에서 주로 가져온다는 호박이 가게마다 눈에 띄어 꽤 여러 개를 산 적이 있었다. 우리나라에서도 예전에 한복을 갖춰 입으려면 호박 마고자가 곁들여지곤 했었다. 나는 그 황갈색의 투명함이 러시아라는 나라와 어울려 좋아져서 그걸 탐하듯 사곤 했다. 그것은 그러나 보석, 즉 돌이 아니었다. 나무의 진액이 땅에 묻혀 오랜 변화를 거친 끝에 그렇게 나타나는 것이었다. 그래서 그 속에 벌레가 들어 있는 것도 있어서 그런 것에 더 비싼 값이 매겨져 있었다.

"그다니스크에는, 바다에 떠오지요."

"그다니스크……."

"폴란드의 도시예요."

그다니스크라는 도시의 이름을 들은 건 오래전 일이었다. 그단스크라고도 부른다고 했다. 그곳의 노동자들이 바웬사라는 지도자를 중심으로 소련의 굴레에서 벗어나려 투쟁하지 않았던가. 그 도시에서 바다에 떠오는 호박을 본다는 것은 다소 어울리지 않는다는 생각도 들었다. 하지만 폴란드는 내게는 여전히 닫혀 있는 나라였다. 러시아에서 폴란드 대사관으로 비자를 받으려고 갔다가 그 위압적인 복도에 그냥 나온 일이 떠올랐다. 지금도 서울 삼청동 입구의 폴란드 대사관 출입문은 늘 굳게 내려져 있었다.

"바다에 떠온 호박을 가운데 놓고 만든 거예요. 이 브로치."

나는 둘레의 은세공을 눈여겨보고 있었다. 은혼식에는 은으로 만든 목걸이나 뭐 그런 은제품을 선물해야겠지요. 누군가가 조언해주었다. 게다가 그 무렵, 일제시대에 지어진 행촌동의 한 벽돌집을 조사한 결과 호박과 관계 있는 옛집임이 알려져서 신문에 다뤄진 적이 있기도 했다. 집 안에서 호박이 발견되었는데, 테일러라는 집주인은 인도에서 산 이 호박이 한국산(産)인 줄 알았으나 리투아니아산으로 밝혀졌다는 것이었다. 지금은 세상에 없는 미국인 집주인 역시 그때 결혼 이십오주년, 즉 은혼식을 맞이하고 있었다. 나도 그렇지 않은가. 나도 어느덧 은혼식을 맞이한 것이었다. 어디서 비롯되었는지는 몰라도 이십 주년은 자기혼식이었고, 오십 주년은 금혼식이었다. 그 위에 금강혼식도 있었다. 지난 이십 주년 때는 도자기 그릇이 여러모로 뜻깊은 것 같았으나 나눠 가질 만한 기념품은 아무것도 만들지 못했다. 아쉬운 노릇이었다. 그러나 이번에는 은도 은이지만 호박이 바닷물에 떠온다는 사실이 내 마음을 순간적으로 파고들었다. 내게도, 내 기억의 바다에도 바닷물에 떠오는 무엇이 눈에 보이는 듯했다.

*

아침에 그의 전화를 받고 나서 바닷물에 떠오르는 귤이 보이는 듯했던 것은 그래서였다. 처음에는 오직 '그냥'이라는 그 말밖에 떠오르지 않았다. 그는 여전히 그냥이라고 말했다. 만나고 싶었어요. 그냥. 삼 년이라는 세월이 지난 지금 다시 그냥이라고 하는 말투를 들으니 저항감이라기보다 연민이 앞섰다. 그는 수화기 너머에서 가물거리는 소리로 덧붙여 말했다.

"오랜만이에요. 얼마나 찾았던지요."

그 목소리는, 드디어 나를 찾아냈다는 반가움에 떨면서 무언가 긴장된 목소리였다. 나는 감정을 될 수 있는 대로 숨기기 위해 피곤에 찌든 목소리로 건성으로 응답했다.

"정말 그렇군. 그래, 그동안 어떻게 지냈지?"

그는 당장이라도 만나고 싶다고 했다. 그러나 나는 준비라도 한 듯이 당장은 곤란하다고 대답했다.

"내일이 마침 일요일이니까 내일 만나. 토요일인데도 급히 해야 할 일이 있구먼."

그러면서 나는 곧 퇴근하면 무슨 일을 할까 곰곰 생각하고 있었다. 토요일 오후에는 늘 할 일이 없었다. 거리를 헤매다가 어디서든지 술 한잔을 들이켜는 것도 진력이 나버렸다. 영화 구경을 한다는 건 애초에 글러먹은 일이었다. 젖통 큰 여자가 벌거벗고 나온다고 했다. 주인 여자를 건달이 막무가내로 덮친다고 했다. 여름날, 모두들 떠난 빈 집에는 두 남녀만이 남았다. ……빌어먹을. 나는 물끄러미 극장 간판을 보면서도 표를 살 흥미가 없었다. 할 일이 없으면 없을수록 더욱 무엇인가에 매달려야 하리라는 강박 관념에 사로잡혔다고 하는 게 옳을 것이었다.

　나는 아무 할 일이 없었다. 그런데도 나는 바쁜 일을 핑계로 그를 따돌렸다. 삼 년 만이었다. 그는 스스로의 표현보다도 훨씬 간절하게 나를 만나고 싶어 해왔는지도 몰랐다. 그가 군대에 가기 전 우리는 아주 잠깐 동안 만났었다. 그 만남에 무슨 의미가 있다고 하기도 두려웠다. 그것은 비정상적인 만남이었다. 그리고 그와 같은 만남을 다시 갖는다는 것은 생각하기도 어려웠다. 그렇지만 그가 몇 년 만에 수소문 끝에 전화를 해서 만났으면 했을 때, 나는 그가 나를 꼭 만나야 하리라고 믿고 있다는 사실을 강렬하게 느낄 수 있었다. 무슨 일이냐고 캐물을 필요는 없었다. 만남을 회피하려고 했거나 아니면 생각을 가다듬을 시간이라도 얻고자 했으리라. 하지만 겨우 하루를 미루었을 뿐이었다. 나는 버스 종점에서 내려 언덕으로 오르는 길을 자세히 설명해주었다. 그는 수화기 너머에서 알 듯 모를 듯 웃고 있었다.

"네. 그럼 내일 만나요."

전화를 끊고 나자 이미 한 시가 지났는지 옆자리 사람들은 퇴근을 서두르고 있었다. 어디로 간다? 이렇게 할 짓거리도 없으면서 만나자는 사람에게 바쁘다는 핑계를 댔으니 한심스럽기도 했다.

나는 여느 때처럼 소파에 가 앉아 건성으로 신문을 들척거리며, 매주 지겨운 토요일 오후가 계속된 것은 언제부터였을까 하고 막연하게 생각을 더듬었다. 그러자 한 여자의 얼굴이 어렴풋이 떠올랐다. 그녀와 헤어지고 나서부터였을 것이다. 그렇다면 삼 년, 아니, 삼 년 반쯤? 나는 그녀의 얼굴을 뇌리에 그려보면서 연신 신문만 들척거렸다. 아프간 사태. 정부군(政府軍)과 저항군(抵抗軍). 소련군, 살롱 터널에 갇혀 고전(苦戰). 큼직큼직한 활자들 아래, 살롱 터널이란 소련군이 아프가니스탄에 침공하기 위해 무슨 산맥의 허리를 자르고 뚫은 험로(險路)라는 둥, 그 터널에 오히려 그들이 갇혔으니 아이러니라는 둥, 아프간 사람들은 굴복을 모르는 저항 민족이라는 둥, 소련이 월남전에서의 미국 같은 신세가 되었다는 둥 하는 기사가 촘촘히 박혀 있었다. 조금도 관심이 없는 기사였다. 그 비슷비슷한 기사가 꽤 오래전부터 신문 지면을 장식해왔다. 나는 신문을 덮었다. 더 이상 사무실에 앉아 있을 구실도 없었다. 수위가 한 바퀴 돌러 올 것이었다.

내가 그와 만났던 몇 년 전에도 나는 할 일이라곤 도무지 없었다. 아버지가 빚만 남기고 갑자기 세상을 떠나자 나는 그것을 시작으로 갈팡질팡했다. 갈팡질팡함으로써 점점 더 엉망진창으로 악화된다는 것을 나는 잘 알고 있었다. 그런데도 나는, 나는 왜 남들처럼 비극이나 불운 따위를 의젓하게 이겨내지 못하고 쉽게 좌절하는가 하는 생각에 사로잡혀서 이 골목 저 골목으로 쏘다니기만 했다.

아버지의 죽음의 결과 그 자체가 그토록 암울한 것은 아니었다. 오래 사귀었으며 아이까지 가졌던 여자와의 헤어짐이 겹쳐 있었다. 물론 그것도 그리 대단한 것은 아니었다. 하지만 나는 암울해지지 않으면 안 될 막중한 사명이라도 띠고 있는 듯이 암울한 몰골이었다. 개새끼. 나는 내가 개띠라는 사실을 의식하면서 그렇게 중얼거리기도 했다. 나는 정말 개처럼 쏘다녔다. 어디라고 할 만한 특정한 곳은 없었다. 그 무렵에 만난 게 그였다.

그날 내가 어떻게 그 집까지 갔었는지는 자세하지 않다. 그날따라 꽤 여러 술집을 전전했었다. 그러니까 내가 그 바로 전 술집으로 들어간 것부터 잘못되었던 것이다. 무슨 바람이 불었는지 방 안까지 성큼성큼 들어가 점잖게 가부좌를 하고 앉은 나는 순간적으로 그놈의 덜떨어진 장난을 생각해냈던 것이다. 장난이라고도 할 수 없는 것이었다. 술병을 들고 들어온 여자가 자리도 채 잡기 전에 다짜고짜 여기서 만나는구먼 하고 밑도 끝도 없는 말을 던진 게 발단이었다.

아니나 다를까. 여자가 흘낏 의혹의 눈길을 던졌다. 나는 시치미를 떼고 이제야 너를 만났구나 하는 미묘한 웃음을 머금었다. 내 웃음을 보고 여자는 얼마쯤 안도감을 느끼는 것 같았으나 그래도 의혹은 풀 길이 없다는 표정이었다. 이 자가 누구일까. 웃음을 머금고 있는 걸 보면 해코지를 하러 온 녀석은 아닌 듯해. 고개를 가우뚱할 때 그렇게 생각하고 있음이 엿보였다. 그러나 그 이상은 도무지 생각을 진전시킬 수 없어 난감해하고 있는 것이었다.

"오랫동안 만나고 싶었지."

나는 여전히 시치미를 떼고 한 수 더 떴다. 여자가 다시 힐끗 눈길을 던졌다. 하지만 그 눈길은 내게 머물지 못하고 스쳐지나갔다. 자기를 오랫동안 만나고 싶어서 찾아온 사내. 그 사내를 알아볼 재간이 없는 것이었다.

스무 살이 갓 넘었을 어린 여자였다. 그 여자는 내가 술집 앞을 지나가려는데 문을 열고 바깥을 내다보고 있었다. 어두워오는 해거름녘에 무슨 노래인가를 낮게 흥얼거리고 있었다. 그때 나는 언제 어디선가 만났던 적이 있는 여자였으면 하고 느꼈다. 그래서 걸음을 되돌려 무작정 방에까지 들어가 앉았던 것이다. 물론 처음에는 그토록 악착스럽게 의뭉을 떨 속셈은 아니었다. 그런데 나는 이미 장난을 벌이고 있었다.

나는 언제 어디서고 그 여자를 만난 적이 없었다. 내가 생각해도 터무니없는 수작이었다. 그 여자의 얼굴에는 심한 당혹감과 회한의 빛이 역력했다. 그 얼굴을 지그시 눌러보며, 나는, 네가 한때 거짓 사랑으로 돈과 순정을 울궈먹고 내뺐으나 원망하지 않고 진실로 사랑해서 이날 이때까지 찾아 헤맸다, 하는 투의 몸짓을 하고 있었다. 그러나 나는 그 여자가 그렇게 심각해진 사실에 나대로 내심 놀라고 있었다. 그 여자가, 웃기지 말아요, 하고 한마디만 했더라면 낄낄거리며 그만두었을 것이었다. 가벼운 마음으로 건 수작이기는 했다. 그런데 여자의 흐린 낯빛이 그만 내게 장난을 그만둘 명분을 주지 않았다.

여자는 이리저리 기억을 더듬는 모양이었다. 이미 난처해

진 것은 나였다. 술 한잔 걸치고 가면 되는 것을 괜한 장난을
벌였구나. 여자의 지나치게 심각한 반응 때문에 이젠 장난이
라고 할 수도 없었다. 술집에서 빚을 지고 도망친 작부를 다시
붙잡아오는 일을 하는 사람들에 대한 이야기가 있었다. 여자
는 나를 그런 사람으로 여길지도 몰랐다. 한심했다. 나는 내가
적어도 그런 사람만은 아니라는 인상을 주기 위해 애써 은근
한 웃음을 지어 보이지 않으면 안 되었다.

"술이나 한잔 먹으면서 얘기하자구."

여자는 아직껏 병마개조차 따지 않고 있었다. 내 말을 듣고
나서야 술병을 들어올린 여자는 아무렇지도 않게 병 주둥이를
입으로 가져가 어금니로 마개를 따냈다.

"어디…… 대전에서 만났던가요?"

여자가 넌지시 물으며 내 눈치를 살폈다. 이 여자는 과거에
대전에 있었다. 그리고 나 같은 남자와 어떤 사건이 있었다. 무
슨 사건일까. 그러나 나는 대전이라면 단 하루 동안 스쳐지난
적이 있을 뿐이었다.

"아니."

나는 우리가 그곳에서 만난 적이 없음을 분명히 했다. 내 눈
치를 조심스럽게 살피던 여자의 눈길이 아래로 떨어졌다. 대

전에서 만난 나 같은 남자와 여자의 관계는 그리 대수롭지는 않았을 것이다. 기껏해야 풋사랑의 잠자리에 함께 든 정도일 것이다. 그보다 더한 관계라면 기억하기에 그렇게 자신없어 하지 않는다. 하지만 어쨌든 여자가 대전에서 나 같은 남자를 만난 적이 있다는 그 사실을 안 것만으로도 무슨 큰 비밀을 안 느낌이었다.

나는 야릇한 갈증으로 술잔을 거푸 들었다. 나로서는 여자의 지난 일을 캘 필요도 없었고 권리도 없었다. 여자는 결코 나를 만난 적이 없었으므로 사실 그대로 모르겠다고 고개를 젓기만 했어도 그만이었다. 나는 그럴 경우를 예상하고 있었고, 세상에는 참 닮은 여자도 다 있다고 얼버무리려고 했었다. 그러나 여자는 언제 어디선가 나를 만난 적이 있다고 느끼고, 또 믿고 있는 것이었다.

"그럼…… 혹시 속초?"

여자는 속초에서 나 같은 남자를 만났다. 스무 살 갓 넘은 여자가 벌써 세 도시를 두루 돌면서 나 같은 남자를 만났다. 속초. 여자와 내가 속초에서 만났을 까닭이 없었다. 그러나 속초, 그곳이라면 내게도 추억은 있었다. 바닷가. 전쟁이 한창이던 지난 오십 년대 초에 나는 그곳에 있었다.

일곱 살 때였다.

나는 하루 종일 바다를 바라보며 귤(橘)을 기다리고 있었다. 귤은 항구 저쪽에서 파도를 타고 모래톱으로 밀려왔다. 물론 지독하게 운이 좋아야 하루에 몇 개였다. 귤은 당시 지금같이 가장 흔한 과일이 아니라 가장 귀한 과일이었다. 그래서 나뿐만이 아니라 다른 아이들도 시간만 나면 바닷가에 나가 귤을 기다렸다. 그 귤은 항구에 정박하고 있는 외국군 함정으로부터 떠내려오는 것이었다.

나는 부엌에서 양미리를 구워 먹거나, 매달아놓은 문어의 빨판에 깡통을 붙이거나 하는 놀이에도 싫증이 나 언덕 뒤쪽 마을로 가서 아무 쓰레기통에서나 콘돔을 뒤져서 풍선을 불었다. 그곳에는 아예 늘 붙어살면서, 빠끔히 뚫린 판자 틈으로 방안을 들여다보는 일로 하루를 보내는 아이들도 많았다. 판자 틈으로 들여다보면 어떤 광경이 보이는지는 나도 이미 잘 알고 있었다. 그리고 언덕 위 방공호 속에서는 아이들이 판자 틈으로 본 그대로를 이리저리 실천하려고 애쓰고 있기도 했다. 나는 거의 하루 종일 귤을 기다렸다. 나는 도무지 귤을 손에 쥘 수가 없었다. 한번은 잠시도 놓치지 않으려고 눈꺼풀이 덮이는 것조차 악착같이 밀어올리며 마침내 한 알을 먼저 발견했었다.

그러나 헛일이었다. 어느새 다른 녀석이 허벅지까지 첨벙거리며 들어가 가로챘다. 나는 내 귤이라고 징징 울면서 대들었지만 소용없는 일이었다. 바다에 떠오는 황금빛의 훌륭한 과일은 아예 내 차지가 아니었다.

귤이 주렁주렁 달린 커다란 나무가 내 나무라는 꿈을 꾼 것도 그 무렵이었다. 그 꿈에서 나는 좀 더 큰 아이들이 하던 짓거리대로 대담하게 한 계집애에게 말을 건네고 있었다. 아는 계집애인 듯도 하고 모르는 계집애인 듯도 했다. 계집애가 생긋 내게 웃음을 지었다. 그때 내가 말했다. 너 내 꺼 한번 빨래? 큰 애들이 노상 하던 말이었다. 그러자 계집애가 말했다. 귤 있어? 그렇다. 귤? 귤이라면 나는 주렁주렁 열매를 매단 나무째로 가지고 있었다. 귤? 나는 귤나무가 있는 곳을 가리켰다. 그 순간 그만 꿈에서 깨고 말았다. 캄캄한 방 안이었다.

여자는 세 도시를 내게 댔다. 그리고 지금은 서울 한 구석에서 내 앞에 있다. 나는 비로소 여자의 행적을 다 캐고 만 것이다. 그 도시들에서 모두 여자가 나 같은 남자를 만났다는 이야기는 나를 혼동시켰다. 모든 남자를 나 같은 남자로 보는 것일까. 아니면 애초에 오랫동안 만나고 싶었다는 느닷없는 말 때문에 분명히 만난 적이 있는 남자임에 틀림없다는 최면에 빠진 것일까. 나는 잠자코 술잔을 기울였다. 여자는 꽤 오랜 시간 동안 내가 쳐놓은 엉뚱한 그물에 들어와 퍼덕거린 셈이었다.

어디로 갈 것인가.

그날 여러 술집을 전전했다. 나는 거의 정신을 잃을 정도로 마셨다. 그런 다음에 생판 안 하던 짓으로 귤 한 봉지를 산 모양이었다. 모양이었다는 것은 아침에 깨어나자 어슴푸레한 어둠 속에서 웬 여자가 한 말이었다. 길에서 나를 만났다는 그 여자는 내가 취해서 비틀거리며 귤 하나를 먹으라고 한사코 권하더라고 했다. 나는 낯모르는 여자와 낯선 방에 나란히 누워 있었다. 그러나 간밤의 일이 어렴풋이 토막토막 되살아났다. 여자는 파출부로 일하며 혼자 살아간다고 했다. 방 안에는 귤이 여기저기 뒹굴고 있었다. 나는 작부와의 어처구니없는 희롱, 귤을 기다리던 어린 날들이 섬광처럼 떠올라 씁쓰레하게 입맛을 다셨다.

왜 이렇게 되었는지 모를 일이었다. 여자의 말을 유추해보면 나는 귤 한 봉지를 들고 비틀거리며 밤거리를 헤맸다는 이야기였다. 믿을 수 없었다. 어린 날의 귤은 기억의 먼 바다에 가라앉아 있는 것일 뿐이었다. 그리고 귤이 흔해졌다고는 해도 내가 귤을 사는 법은 거의 없었다. 나는 귤을 즐기지 않았다. 그런데 그 귤 봉지를 들고 헤매다가 낯선 여자의 방에 어떻게 오게 되었는지는 알다가도 모를 일이었다.

내가 머리를 절레절레 흔들자 여자는 그런 내가 우습다는 얼굴이었다. 귤을 들고 한사코 따라오니까 결국 방까지 따라오게 된 것이 아니냐고 여자는 대수롭지 않게 말했다. 한밤의 일을 돌이켜보고 있을 때, 나는 바깥에서 문을 흔드는 소리를 들었다. 옆에 누워 있던 여자가 부스스 일어나며 누구냐고 물음을 던졌으나 여자는 미리 알고 있는 듯했다. 여자는 혼자 산다고 했었다. 나는 허둥대며 일어나려고 했다.

"괜찮아요. 천천히 일어나두. 현일 거야."

마흔 몇 살이라던 기억이 되살아났다. 나는 비로소 여자의 얼굴을 뜯어 살폈다. 눈가에 잡힌 잔주름이 나이를 말해주고 있었다. 그러나 여자는 귀엽게 생긴 얼굴에 아직도 앳된 티를 못 벗고 있었다.

"현이지?"

문을 따는 소리가 들리고 이어 남자의 발자국 소리가 났다.

"밥이나 먹고 다니니?"

그래도 남자는 아무 대꾸가 없었다. 이른 새벽에 누가 나타

날 줄은 미처 예기치 못한 일이었다. 나는 낭패감에 사로잡혀
서 한쪽 벽에 등을 기댄 채 무르춤하게 앉아 있었다.

그와 나는 만났다. 여자의 아들인 그는 그때 스무 살 먹은
청년이었다. 그는 방 안에 들어와서도 나라는 사람이 거기 있
다는 사실에 조금도 개의치 않았다. 더군다나 상대방은 그의
어머니보다 열 살이나 아래인 젊은이였다. 그런데도 그는 지
나치게 태연했다. 요즘은 어디 있느냐는 어머니의 물음에 친
구 집이라고 간단하게 대답했다. 그리고 우리가 서로 인사를
나누고 나서야 그는 비로소 내게, 아, 그러세요, 하고 관심을
나타냈다. 무관심을 가장한 만큼 철저히 적의를 감추고 있는
가 해서 나는 종잡을 수가 없었다. 어색한 공간을 처리하려고
내가 담배를 피워 물었을 때, 그는 내게 재떨이를 밀어놓기도
했다.

"엄마, 나 돈이 좀 필요해요."

그가 갑자기 초췌한 얼굴로 말했다. 그는 오로지 돈에만 관
심을 기울이고 있었다. 간밤에 거의 돈 한 푼도 없이 그 집으
로 기어들었다는 기억이 떠올랐다. 그는 어쩌면 어머니가 내
게서 약간의 돈을 벌었으리라 짐작했을지도 몰랐다. 견디기
힘들었다. 나는 그 집에 들어오자마자 그리움이나 외로움 따

위의 케케묵고 신물 나는 낱말들을 혀 꼬부라진 소리로 주워
섬겼었다.

"요전에 가져간 건 벌써 다 썼니?"

그러면서도 여자는 눈가의 잔주름으로 정겨운 눈웃음을 보
내고 있었다.

"바지 하나 사구 쓰다 보니 그래."

"에구, 우리 새끼."

모자 사이의 대화에 나는 끼어 있어서는 안 되는 사람이었
다. 내가 그 어머니와 하룻밤을 잤다고 하더라도 나는 이들과
는 아무 상관이 없는 사람이었다. 아니, 그렇기 때문에 더더욱
그 자리를 피해야만 했다.

그러나 무엇인가가 나를 붙잡아 그 자리를 피하고 싶지 않
게 했다. 내가 있거나 말거나, 그 어머니가 간밤에 나와 관계
를 가졌거나 말거나, 그리고 그 아들이 어디로 어떻게 싸돌아
다니거나 말거나, 도대체 모든 것이 지극히 자연스러웠다. 다
만 돈만이 문제였다. 내가 만약 돈으로 여자를 샀더라면 나는
그가 들어오는 순간 뺑소니를 쳤으리라는 것은 의심할 여지가
없었다.

차츰 평온을 되찾은 나는 마침내는 여자가 차려온 아침밥까

지 한 상에서 먹게끔 되었다.

그 집에서 나올 때 그와 나는 함께였다. 걷는 동안 그는 비로소 여러 가지 이야기를 했다. 군에 입대할 날짜를 받아놓고 있다는 것, 친구와 어울려 드럼이나 색소폰 같은 악기를 만지고 있다는 것 등, 마치 오래 사귄 사람에게 하듯이 스스럼없이 말했다. 나는 그가 내게 적의를 보이기는커녕 한 발짝 더 나아가 자신의 신변 이야기를 털어놓는 것에 야릇한 감정을 느꼈다. 그것은 연민이었다. 그리고 그의 어머니와의 관계에도 불구하고 그에게 친숙함을 느꼈다.

그와 나는 어떤 관계이길래 나란히 어깨를 겯고 거리를 걸어가고 있는 것인지 불가사의했다. 그는 바지 주머니에 두 손을 찌르고 앞만 바라보고 걸었다. 한쪽 주머니 속의 손가락은 어머니에게 받은 몇천 원의 지폐를 만지작거리고 있을 것이었다. 연습할 곳이 마땅치 않아서 차고나 빈 집을 여기저기 옮겨다니는 밤업소 지망생들을 나는 알고 있었다. 쿵작쿵작, 쉿쉿 소리를 내다가 아무 데나 쓰러져 자는 그의 모습을 쉽게 연상할 수 있었다.

나는 그가 드럼 쪽인가 색소폰 쪽인가를 물었다. 색소폰이었다. 그리고 군에 입대를 하면 군악대에 들어가고 싶으나 가망이 없다는 것이었다. 나는 그 말을, 군악대 입대가 까다롭다기보다 그의 색소폰 실력이 모자란다는 뜻으로 받아들였다.

갈림길에 거의 이르러서였다. 그가 갑자기 정색을 하고 말했다.

"아저씨는 이해해주실 것 같아서 말씀드리는데요."

그가 잠시 머뭇거렸다. 내가 그에게 어떤 친숙함을 느꼈다고는 해도 그 친숙함에 지나치게 의지하여 마음을 놓고 있지는 않았었다. 그가 마침내는 무엇인가 요구해오리라는 부담감도 떨쳐버릴 수 없었다.

"뭘 말이지?"

나는 긴장을 감추며 물었다.

"그냥 말씀드리고 싶은데요. 지금 불고 있는 색소폰은 훔친 거예요."

그는 그냥이라고 말했다. 그는 또박또박 말했으나 목소리는 서투른 주자(奏者)가 색소폰을 불 때 새어나오는 바람 소리 같다고 나는 생각했다. 색소폰은 훔친 거예요. 나는 그가 하고 있는 말의 참뜻을 알아들을 수 없었다. 색소폰을 훔쳤다는 것은 무슨 뜻이며 그가 왜 그런 말을 하고 있는지 알 수 없었다.

"색소폰을?"

"본래는 클라리넷을 불었지만 오래전부터 그걸 불고 싶었어요. 고등학교를 졸업하니까 악기도 없고 해서 견디다 못해 훔쳤어요. 전 음악을 하고 싶어요."

그의 말대로라면 그는 고등학교에 다닐 때 밴드부 같은 데서 특별활동을 했음을 알 수 있었다. 거기서 그는 클라리넷을 불었다. 그리고 군악대에 들어갈 가망이 없는 줄 알면서도 색소폰을 불지 않으면 안 되는 운명임을 자처하고 있는 것이다.

"그런데?"

나는 여전히 그가 하고 있는 말의 저의를 모르겠어서 어정쩡한 물음을 던질 수밖에 없었다. 그의 말투로 미루어 보아, 나는 필요하다면 도둑질까지도 불사하는 놈이니까 알아서 하라는 윽박지름은 결코 아니었다.

"그냥 그런 말씀을 드리고 싶었던 거예요. 나쁜 일인 줄 알지만 어쩔 수가 없었어요."

그가 걸음을 멈추었다. 헤어져야 할 곳이었다. 그는 내게 자주 만날 수 있으면 좋겠다고 말했다. 나는 무엇에 홀리기라도 한 것처럼 멍하니 서 있다가 고개를 한 번 끄덕였다. 그리고 회사 전화번호를 일러주었다.

"그냥, 만나서 얘길 나누고 싶어요."

그는 그렇게 말하고는 총총 사라져갔다. 나에게는 그 말이 주술과 같았는지 그 뒤 나는 꽤 여러 번 그를 만났다. 그냥, 만나서 얘기를 나누고 싶다고 한 그의 말은 액면 그대로였다. 그가 내게 구체적으로 바라는 것이라곤 아무것도 없었다. 그런데도 그는 끈질기게 나를 만나고 싶어 했다. 그 아침에 그를 만났던 이래 나는 그의 어머니와는 한 번도 만나지 않았다. 나는 그의 어머니가 모르는, 그의 동료가 된 셈이었다. 그가 내게 구체적으로 바라는 것이 없는데다가 나이 차이도 십 년 남짓이나 되어서 우리의 만남의 세계는 퍽 단조로울 수밖에 없었다. 그는 항상 그냥 만나고 싶다고 말했다. 그냥. 만나고 싶다는 것뿐만이 아니라 그가 하는 모든 말에는 그냥이라는 앞말이 붙었다.

　그냥 그냥 그냥. 그는 웬 계집애와 우연히 만나 그냥 잤다고도 했다. 처음 얼마 동안 그가 그냥 만나고 싶다고 말했을 때는, 그 말은 내게도 그냥 그 말이 가진 그대로의 뜻에 지나지 않았다. 그러나 차츰 그 말은 모종의 의미를 가지고 다가왔다. 내가 그의 '그냥 만나는 상대'가 되어야만 한다는 것 자체가 필요 없는 짓이었다. 아무 구체적인 요구 조건 없이 그냥 만난다는 것이 우리 사이에서 가능하단 말인가. 설혹 가능하다고 하더라도 그 의미는 별것이 아니었다. 게다가 내게 아무 부담도 주지 않으려고 애쓰는 그의 태도는 오히려 더 큰 부담을 주었다. 그 굳어진 태도가 눈에 보이기 때문이기도 했다. 내가 여전히 생활에 갈피를 잡지 못하고 있으면서도, 아니 문득 한 번쯤 그의 어머니를 만나고 싶으면서도 그쪽으로는 발길조차 하지 않은 것은 그에게서 오는 그 부담 탓이었다. 그러니까 발길조차 하지 않은 게 아니라 못했다고 해야 옳을 것이겠다.

나는 하룻밤 외로움의 광란에 못 이겨 헤매다 여자를 만난 것뿐이었다. 그런데 그 아들과 두고두고 만나야 한다는 것은 괴로운 형벌이었다. 어느 편이냐 하면 나는 그 하룻밤 자체를 잊어버리고 싶었다. 그러나 그는 불쑥불쑥 그냥 만나고 싶어요 하면서 전화를 걸어왔다. 나는 피하지 못하고 그를 만났다. 그것은 나를 꼼짝 못하게 하는 올가미였다. 하지만 나로서도 약간의 계산은 있었다. 그의 입대일이 가까이 다가왔으므로 나는 그날만을 믿고 있었던 것이다. 그가 입대하고 나면 모든 것을 잊어버리리라. 괴롭고 곤혹스러운 올가미에서 벗어나리라.

그가 나를 만나서 이것저것 살아가는 이야기를 털어놓음으로써 위안을 받고 있다는 사실마저 견딜 수 없는 것으로 받아

들여졌다. 그가 감쪽같이 숨기고 있는지는 몰라도 그가 나를 만나는 근거에는 나와 그 어머니와의 관계가 있음을 어찌 부인하랴.

그가 숨기고 있는 게 아니라 미처 깨닫지 못하고 있는 일일 지라도 그것은 변할 수 없는 사실이었다. 나로서는 여간 불편한 일이 아니었다. 한 여자와 잔 것이지 그의 어머니와 잔 것이 아니었다. 그럼에도 불구하고 그의 출현은 그것을 나와 그 어머니의 관계로 또렷이 새겨놓고 있었다.

그가 입대를 하지 않았다면 어떤 결과에 이르렀을지 상상하기조차 어렵다. 그러나 그는 예정대로 떠나갔고 나는 그 올가미에서 벗어나게 되었다. 그가 떠나기 전날, 나는 술자리까지 마련해서 그의 장도를 빌어주었다. 그는 휴가 때면 꼭 들르겠다고 맹세했다.

그 말에 나는, 어김없이 들러야 한다고 맞장구를 쳤다. 나는 교활하게 웃으면서 속으로는 영원한 결별을 자축했다. 그렇게 그는 떠나갔다. 드디어 올가미를 벗어난 것이었다. 그와 함께 그의 어머니도 뇌리에서 떠나갔다. 나는 한 번도 여자를 찾아가지 않았다.

그가 제대를 하고 왔더니 그로부터 삼 년이 흘러 있었다. 그가 입대를 하고 얼마 뒤 나도 별 볼 일 없는 그놈의 회사를 떠나버렸다. 그로써 그가 휴가를 나오더라도 나를 찾는 일에 온통 매달리지 않는다면 나를 찾기란 거의 불가능하게 되었다.

하지만 그런 삼 년 동안 나는 언제나 생활이 말이 아니었다. 사회에 잘 적응하지 못하는 것은 천성이라고까지 믿겨졌다. 아무것도 나를 옭아매는 것은 없었다. 나는 남들이 자기 발전이니 승진이니 하며 바쁘게 뛰는 모습을 다른 세상의 일처럼 바라보며 하루하루를 지냈다. 아버지의 죽음이 다시 닥친다거나 애까지 가졌던 여자가 떠나버린다거나 하는 일이라도 있게 된다면 예전처럼 그것을 빙자하여 희떠운 짓이라도 했을 것이었다.

그러나 이제는 모든 것이 부질없는 짓이었다. 삼십대의 나이에 내 삶은 벌써 나락으로 떨어지고 있다는 느낌뿐이었다. 나는 오래전부터 그를 잊어버리고 있었다. 그런데 전화가 걸려온 것이었다. 그는 나를 수소문하는 데 상당히 애를 먹었음에 틀림없었다. 그럼에도 불구하고 드디어 나를 찾아내서 전화를 했다.

우리 사이에 그렇게 긴요하고 애틋한 사연은 없었다. 스쳐지나가는 사람들 가운데 하나에 지나지 않았다. 더군다나 나는 그와 다시 만날까봐 은근히 진절머리를 냈었다.

귤과 브로치 2

그는 약속 장소에 먼저 나와 기다리고 있었다. 삼 년 만이라도 별로 변한 구석은 없었다. 내가 다가가자 그가 자리에서 일어나 꾸벅 인사를 했다.

"살아 있으니 이렇게 만나게 되는군."

나는 짐짓 웃음을 던졌다. 그러면서도 도무지 우리가 왜 만나야 하는지 불쾌감을 억누르기 힘들었다. 그는 또다시 그냥이라고 말할 것이었다. 그러나 이제 다시는 그냥이라는 등속의 어린애 수작을 받아들일 수 없다고 단호하게 마음먹고 있었다.

너에게 진 빚은 없어, 하는 말이 목구멍 밖으로 솟는 걸 간신히 참았다. 악수를 나누고 자리에 앉은 나는 그동안 어떻게 지냈느냐는 말을 건성으로 했다. 그가 입술을 깨물면서 조금 웃었다.

"실은 전화하지 않으려고 했는데 그건 잘못된 생각 같아서 전활 했어요."

나는 그와 삼 년 만에 만났는데도 벌써부터 진력이 난 표정을 짓지 않을 수 없었다. 그와의 만남은 애초부터 잘못된 일이었다. 그날 저녁에 들어갔던 술집의 어린 여자를 상기했다. 거기서부터 일이 꼬이느라고 수작을 벌인 것이었다. 그러자 그가 말했다.

"어머니가 돌아가셨거든요."

그 말은, 그가 무슨 말을 해도 끄떡하지 않으리라는 내 속셈을 미리 알아차리고 마치 나를 비웃는 듯했다.

"어머니가 돌아가시다니?"

그렇다고 해서 그가 굳이 나를 찾아와야 할 까닭은 없었다. 그러나 따지기도 전에 그의 어머니의 죽음은 뜻밖의 일로 와 닿았다. 아직 젊다면 젊은 나이였다. 나는 언뜻 불길한 여러 가지 사인(死因)이 떠올랐다.

하지만, 그의 말에 따르면 사인은 연탄가스 중독에 지나지 않았다. 날씨가 추워지자 갑자기 불을 넣은 게 잘못됐다는 것이었다. 그의 어머니의 죽음을 애도해야 한다고는 생각되었으나 뚜렷한 애도의 마음은 생기지 않았다. 나는 그에게 술이나 한잔 사고 보낼 심사로 일어서자고 제안했다. 그가 온 것이 단

34

순히 그의 어머니의 죽음을 알리기 위해서였다고 하더라도 그것은 내게 아무런 의미도 없는 일이었다. 그의 어머니와의 만남 자체에 의미를 부여하고 싶지도 않았다. 그런데 그가 선뜻 일어나지를 않았다.

"아저씰 찾아온 건 말이에요. 어머니가 돌아가셨단 얘길 하려던 건 아니었어요. 귤 때문이에요. 언젠가 어머니가 귤 얘기를 했거든요. 아저씨가 젤 좋아하는 게 귤이라고요. 올해 들어 처음 귤이 나온 걸 봤거든요. 그래서 그냥……."

나는 일어나려다 말고 그 자리에 다시 주저앉았다. 그날의 일이 예민하게 되살아났다. 그리고 그 먼 옛날의 일도. 그는 예전처럼 그냥이라고 얼버무리고 있지만 그의 행동은 결코 그냥이라고 할 수 없었다.

귤을 보고 내 생각이 나서 찾아왔다면 그는 이 세상에서 가장 나를 잘 이해하는 사람이 될 것이다. 귤은 나의 비밀 가운데서도 가장 은밀한 부분이었다. 내가 바닷가에서 귤을 기다린 이야기를 그의 어머니에게 자세히 들려주었는지는 기억에 남아 있지 않았다. 그러나 그의 어머니는 그 비밀을 알고 있었다는 생각이 들었다.

그렇다.

그 옛날 바닷가에서 기다리던 귤은 거의 삼십 년이 지나서 내 손에 쥐어진 것이다. 그렇게 해준 사람이 그의 어머니였다. 나는 눈을 감고 먼 바닷가를 회상했다. 귤 하나가 보일 듯 말 듯 떠오르고 있었다.

지난해에 강릉의 한 작은 도서관 명예관장이라는 이름으로 고향땅과 가까이하게 되면서 참 오랜 세월 '우회로'를 돌아왔구나 하고 종종 지난날을 되돌아보곤 했다. '얼마나 먼 길을 걸어야 사람은 자유를 얻을까.' 오늘 아침 매스컴들은 밥 딜런의 노랫말과 함께 노벨문학상 수상을 전하고 있다. 나는 그 노랫말을 가만히 들여다본다. '얼마나 먼바다를 날아야 갈매기는 휴식을 얻을까.' 참으로 긴 우여곡절의 삶의 길에 고비마다 어려움도 많았다고 어딘가에 썼었지만, 나는 지금도 어디론가 가고 있다고 말하고 싶었다. 그리하여 나뭇잎사귀들이 바람에 날리며 햇빛에 빛나는 어느 산길에 매미가 홀로 허물을 벗듯이 깃들어 있고 싶었다. 자유니 휴식이니 하는 말도 없이 나는 이름 모를 나무에 기대어 작은 오솔길을 바라보고 싶었다.

'이 세상은 한 권의 아름다운 책에 이르는 길이다.'

서양의 한 시인이 던져놓은 한마디 말이었다. 기억이 틀리지 않다면 스테판 말라르메였다. 그리하여 나는 내 평생에 단한 권의 책을 쓰리라 했다. 다른 무슨 일이 있더라도, 어떠한 어려움이 있더라도 나는 그 한 권의 책을 위해 내 인생을 바치리라. 그 한 권을 위해 많은 책을 써야 할지도 모른다. 그래서 나는 내가 쓰는 모든 책이 결국은 한 권의 책이라고 말하는 사람이 되었다.

얼마 전 강릉에 대해 강연할 기회에 다음과 같은 〈강릉의 사랑〉이라는 가사 한 편을 소개할 기회가 있었다.

산 아래 바다가 푸르다
호랑이 한 마리 산속을 걷고 있다
우르르우르르
무거운 몸뚱아리를 이끌고
호랑이 한 마리
산속 길을 내려가고 있다(내려가고 있다)

바위가 물결에 쓸린다
대관령이 미끄러져내린다
우르르우르르

호랑이 발자국이 바위에 묻힌다

호랑이 한 마리

산 아래 바다로 걸어간다(바다로 걸어간다)

숲속 길의 호랑이 바위 위의 호랑이

고갯짓하는 호랑이 노래하는 호랑이

춤을 추는 호랑이 까불거리는 호랑이

노래하는 호랑이 춤을 추는 호랑이 노래하는 호랑이 춤을

추는 호랑이

남대천의 호랑이 머리 감는 처녀

바닷가의 호랑이 소설 쓰는 남자

남자와 여자 여자와 남자 남자와 여자 여자와 남자

(노래하는 호랑이 춤을 추는 호랑이

노래하는 호랑이 춤을 추는 호랑이

노래하는 호랑이 춤을 추는 호랑이)

대관령 숲속을 걸어온 아득한 어제처럼

오늘 하루도 참 길었지(참 길었지)

한 천년 몸에 들러붙은 어둠을 털면

강릉의 처녀가 되어 나를 보는 눈동자

그 눈동자 속을 걷는 호랑이

바로 내 모습(바로 내 모습)

바로 나, 바로 나.

　그러나 이 가사는 몇 년 전에 박덕규(소설가, 평론가) 단국대 교수가 먼저 쓴 가사 '둔황의 사랑'을 본뜬 것이었다. 박 교수의 가사는 다음과 같다.

달빛 아래 사막이 하얗다

사자 한 마리 사막을 걷고 있다

쉬르르쉬르르

무거운 몸뚱아리 이끌고

사자 한 마리

모래 언덕을 오르고 있다(오르고 있다)

모래가 달빛에 쓸린다

명사산이 미끄러져내린다

쉬르르쉬르르

사자 발자국이 모래에 묻힌다

사자 한 마리

달빛 속으로 걸어간다(달빛 속으로 걸어간다)

달빛 속의 사자 허공 중의 사자

고갯짓하는 사자 노래하는 사자

춤을 추는 사자 까불거리는 사자

노래하는 사자 춤을 추는 사자 노래하는 사자 춤을 추는

사자

청계천의 사자 광화문의 여자

인사동의 사자 소설 쓰는 남자

남자와 여자 여자와 남자 남자와 여자 여자와 남자

(노래하는 사자 춤을 추는 사자

노래하는 사자 춤을 추는 사자

노래하는 사자 춤을 추는 사자)

서역 삼만 리 걸어온 아득한 어제처럼

오늘 하루도 참 길었지(참 길었지)

한 천년 몸에 들러붙은 모래를 털면

왕국의 미라가 되어 나를 보는 눈동자

그 눈동자 속을 걷는 사자

바로 내 모습(바로 내 모습)

바로 나, 바로 나.

박 교수가 가사를 쓰고 김은경 음악가가 작곡한 국악곡은 김소예의 가야금 병창으로 서울 인사동에서 소개되었다. 〈둔황의 사랑〉은 내 출세 소설을 음악화했으며, 〈강릉의 사랑〉은 그 후편에 속한다고 하겠다. 나는 이 노래를 고향의 인문학에 새롭게 보탠다. 문학, 역사, 철학만이 인문학이 아니다. 음악 또한 그러하고 미술 또한 그 테두리 안에 들어 있음은 물론이다.

이렇게 산과 바다 가까이 강릉과 섞여가면서도 나는 언제나 하나의 물음을 안고 있었다. 예전 그 바다, 전쟁 때의 그 바다, 귤이 떠오던 그 바다는 어디였을까.

얼마 전 화가들을 모아 강릉의 풍경을 그려 전시회를 여는 행사에 참여하게 되었을 때도 그랬다. 나는 바닷물에 떠오는 귤을 그리고 싶었다. 아무런 설득력 없이 뜬금없다고 할지 몰라도 내게는 가장 먼저 다가오는 풍경이었다. 강릉의 화가 임만혁이 기획하여 함께 걷고, 보고, 그린 화가들은 곽수연, 김선두, 김성호, 송필용, 이인, 전영근, 최석운, 최승선 등 활약이 두드러진 중견들이었다. 이토록 괄목할 만한 기획이 어떻게 가능했을까. 숙소인 선교장에 들기 전에 돌아본 김시습 기념관이나 허균 허난설헌 남매의 생가터부터 강릉의 모습에 대한 공부였다. 바닷가에 가기 위해 지나곤 했던 여기가 이런 곳이었구나……. 그리고 경포호반를 걸었다. 호수 가운데 나룻배 위에 앉아 있는 커다란 물새.

"저건 조형물이겠지요?"

누군가 묻자 새는 날개를 퍼덕여 날아올랐다. 살아 있는 물새였다. 강릉은 이렇게 우리를 맞이했다. 호숫가에서 술잔을 들면 달이 몇 개라는 말은 진부하게 된 지 오래지만, 올림픽을 앞두고 새로운 풍경의 월인(月印)으로 다가온다. 10주기의 백남준의 전시회에서 '내 가슴에 비 내리듯 내 컴퓨터에도 비가 내린다'고, 시인 베를렌의 시를 다시 되살려 읽었듯이, 우리는 강릉의 모습을 우리 가슴에 옮겨 되살려볼 수 있었다.

본래 경포 호수에는 새들이 많다. 한번은 군함새라는 희귀조가 나타났다고 매스컴에 보도된 적도 있었다. 새뿐만이 아니다. 예전에는 물을 가로질러 헤엄쳐가는 호랑이를 볼 수 있었다는 말도 있었다. 그러자 한 화가는, 지금도 강릉단오제에 가면 산에서 호랑이가 내려와 강릉 시가지를 걷다가 이윽고 바다로 사라진다는 것이었다. 그 새들과 호랑이를 보자면 호수 저쪽 강문 마을에 가서 사실을 확인하라고 조언하기도 했다.

한국의 중견화가들과 강릉을 본다. 선교장에 숙소를 정했을 때부터 화가들의 '눈'을 배우기 시작한다. 그냥 '눈'이라기보다 '눈의 예각'이라고 말하고 싶다. '눈이 보배'라는 말은 강릉 땅에서 새로움을 발견한다는 뜻이리라. 발길은 경포의 호수에서부터 주문진의 등대까지 이어진다. 물론 옛 풍경도 그대로 있고, 파도소리도 그대로 있고, 달빛도 그대로 있다. 그러나 이번처럼 여러 화가들에 의해 그려지기는 처음이다. 이들의 진지한 눈빛 앞에 강릉은 여지없이 노출된다.

과연 강릉의 모습은 어떨까. 《강릉》이라는 소설집을 낸 나로서도 '알 수 없다'고 말할 수밖에 없다. 그러나 여기에 화가들의 머릿속을 스쳐가는 영감으로 강릉은 다시 탄생한다. 어쩌면 익히 보아온 화가 고유의 붓질은 여전하기만 하다. 하지만 미세한 차이가 창조라는 이름으로 강릉을 그들만의 마을로 되살려낸다. 하지만 나는 '강릉의 모습'에 나의 귤을 그려 보일 수는 없는 것이었다.

"선생님, 안목 카페 거리에 가보고 싶어요."

언제부터 강릉의 커피가 난데없이 유명해졌고, 카페 거리도 덩달아 이름이 오르내렸다. 카페도 카페지만, 그곳에 항구가 만들어져서 배들이 울릉도를 오간다고도 들어서, 내게는 더 흥미로웠다. 포항에 가서야 그 배를 탈 수 있었던 시절을 나는 기억하고 있었다.

그래서 나는 먼 나라 쿠바 여행을 글로 쓰면서도 '배를 타고 아바나를 떠날 때' 하는 노래를 인용했었다. 혁명에 어지러운 아바나를 피해 떠나는 배였다. 강릉항에서 떠나는 배도 그럴 수밖에 없다는 쓸쓸한 감회의 뒷덜미에는 아름다움보다 그 트라우마를 벗어나지 못하는 어두운 그림자가 서려 있음이 틀림없었다.

두둥실 두리둥실 배 떠나간다.
이 배는 달 맞으러 강릉 가는 배.
어기야 어기여차 노를 저어라.
이 배는 임 맞으러 강릉 가는 배.
어기야 어기여차 노를 저어라.

어쩌다 이 노래 가사가 떠오르면 전쟁 때의 피난선 아닌 배가 내게도 노를 저어온다. 안목 바다 어딘가 파도 너울을 헤치며 그 배는 내게도 다가오는 것일까. 카페 거리를 거닐면서도 나는 피난선 아닌 님 맞이하는 그 배를 찾는다.

여러 해 전에 소설을 새로 써내고 인터뷰를 하려고 안목 바닷가로 갔던 때도 기억에 남아 있었다. 하지만 나는 고향집을 버리고 피난선을 타기 위해 갔던 바다 생각에 사로잡혀 있기만 했다. 더군다나 잠수함이 드나들던 강릉 바다가 아니던가. 달을 맞고 님을 맞을 배란 강릉 어디에도 내게는 없는 것이었다. 바닷가 둑길에 오징어를 말리는 덕장이 있고 비탈진 풀밭에는 달맞이꽃이 해맑게 샛노랗게 피어 있었다. 공연히 심란하여 둑길을 불안하게 거닐며 사진 몇 장을 찍고 인터뷰는 끝났다.

이제 나는 나이 들어 다시 그 바다로 나아간다. 젊은이들이 이름난 갖가지 커피를 마시며 사랑을 말하려고 모여든 거리에서 바다를 본다. 평화롭고 아름답기만 한 바다다. 아무것도 나를 억누르는 것은 없다. 그럼에도 불구하고 나는 왜 이토록 엉거주춤하고 있는 것일까. 부디 내게도 젊음의 아름다움이 넘쳐나고 이국의 설레는 커피향이 깃들어 새로운 바다가 되기를, 그래서 새로운 고향이 되기를 비는 마음이었다. 그러면서도 나는 묻고 있는 것이었다. 예전 그 바다, 전쟁 때의 그 바다, 귤이 떠오던 그 바다는 어디였을까. 강릉에 높새바람은 여전히 분다. 높새바람이란 산을 넘어오면서 덥혀진 바람이었다. 그 바람을 맞으면 내 목구멍은 바삭거리며 타올랐다. 나는 강릉에 갈 때마다 바다를 멀리 보며 목이 타오르는 느낌이었다.

*

인사동 가게에서 그단스크의 브로치를 사든 나는 천천히 걸음을 옮겼다. 이모저모로 가슴이 벅찼다. 은혼이라는 낱말은 내가 이토록 살아왔다는 사실을 새삼스럽게 해주었다. 은의 거무스럼한 때를 소금으로 벗겨내자 드러나는 순은의 맑음이 반짝이는 것처럼 가슴 한쪽에 살아 있었다. 폴란드의 그단스크에는 바닷물에 호박이 떠오지요. 그리고 그날 밤 한 편의 시를 썼다.

폴란드 그단스크에서는 바닷물에 돌이 떠온다는데
돌이 아니라 호박(琥珀)이 떠온다는데
그 호박을 가운데 놓고 만든

46

은장(銀裝) 브로치

은혼식에 맞추어 그대의 목에 건다

폴란드의 그단스크를 지나온 듯

먼바다를 지나온 듯

나 역시 그대를 향해 바닷물에 떠온 듯

험한 세파를 헤쳐왔다는 말

은혼식의 그대 목에 거는 목걸이

멀리멀리 고해(苦海)를 떠도는 우리의 생이

어려움을 맑게 장엄하고 있다

　인사동을 걸어오면서 나는 강릉의 바다를 생각하고 있었
다. 그 바닷가에는 참 오랜 세월 '우회로'를 돌아왔구나 하고
먼 수평선을 바라보는 내가 서 있었다. 내 눈은 멀리멀리 저
바다, 전쟁 때의 그 바다, 굴이 떠오던 그 바다를 보고 있었다.

높새바람 부는 집

전쟁 때의 어느 날이었다.

병이 다 낫지는 않았지만 이제 나가 놀아도 괜찮다는 말을
들은 나는 기웃거리며 세화네 집으로 발걸음을 옮겼다. 내가
열병을 앓는 동안 세상은 너무나 달라져 있었다. 대낮인데도
조용하다 못해 괴괴했다. 회복기에 들어서면서 어느 정도 낌
새를 느끼고는 있었으나 그토록 괴괴한 정적이 마을을 온통
짓누르고 있으리라고는 미처 생각할 수 없었다. 게다가 그 정
적은 평화로운 것이라기보다 무엇인가 은밀히 숨기고 있는 그
런 정적이었다. 며칠 누워 있다가 나와서인지 다리가 허청거
렸다. 현란한 날빛에 현기증이 났다. 나는 세화네 집으로 통하
는 판장의 개구멍까지 가서 그 사이로 세화네 집을 바라보았

다. 내가 열병을 앓기 전부터도 항상 정적에 싸여 있던 그 집은 한층 더 짙은 정적에 싸여 있었다. 거뭇거뭇 썩어가는 합각머리 부분에서는 금방이라도 시퍼런 얼굴을 한 무시무시한 나티란 놈이 뛰어나올 것만 같았다. 그 집에 어린 세화가 살고 있다고, 살아 숨 쉬고 있다고 믿기는 참으로 어려운 일이었다.

"어디 가믄 안 돼. 무서운 사람들이 있다가 냉큼 잡아가."

어머니는 항아리를 수채에 기울여 감자 썩힌 웃물을 따라 내버리면서 말했다. 아마 감잣가루 앙금을 밭여 떡이라도 할 모양이었다.

나는 혹시 세화 할머니가 나타나면 어쩌나 하고 가슴을 죄면서 개구멍을 빠져나갔다. 판장을 뜯어 내놓은 개구멍이라고는 하지만 어른들도 드나드는 곳이니만큼 문짝이 없달 뿐 정식 쪽문과 다를 것이 없었다. 세화 할머니는 나타나지 않는 것이 어쩌면 당연했다. 그날도 하염없이 바느질을 하고 있을 것이기 때문이다. 귀가 먹은 세화 할머니는 눈곱이 잔뜩 낀 눈을 하고 언제나 바느질감을 손에서 놓지 않았다. 내가 태어날 때만 해도 삼할미 노릇을 잘해낼 정도로 정정했다는 노친네가 어느새 노망이 들어 젊어서의 습관대로 그렇게 한다는 것이었다. 세화 할머니가 바깥에 나타나는 일은 거의 없었다. 바느질감이 떨어졌을 때를 제외하고는 아예 없다는 편이 옳았다. 세화 할머니가 머리를 주억거리며 모습을 나타내면 어머니는 말 없이 헌옷가지를 꺼내 그 마른 나뭇가지 같은 손에 들려주었다. 귀가 먹었기 때문에 아무 말도 할 필요가 없었다. 떨어진 헌옷가지를 받아드는 세화 할머니는 히쭉 웃으며 다시 집 안으로 몸을 숨겼다. 그런 때의 세화 할머니는 마귀할멈이었다. 이러한 연유로 세화는 바늘귀에 실을 꿰는 데는 명수였다. 어머니도 그 일은 세화를 시켰다. 세화 할머니는 그것이 해어진 데건 단춧구멍이건 벌어진 곳이라 하면 모두 꿰맸으므로 바느질이 끝났을 때는 어디에 쓰이는 것인지 도저히 알 수 없게끔 되어버렸다.

"세화야! 세화야!"

나는 깨어진 유리문에 입을 오려 붙이고 소리쳐 불렀다. 소리 때문에 세화 할머니가 나타날 염려는 없었다. 미닫이문 열리는 소리와 함께 곧 뿌옇게 먼지로 더덕이가 진 유리문에 세화의 모습이 서렸다.

"이제 다 나았니?"

"응."

내 대답에 세화는 작은 토끼처럼 코를 쫑긋하는 웃음을 지어 보였다. 모처럼 만에 만난 우리는 집 바깥으로 나가보기 위해 다시 판장의 개구멍을 지나왔다. 세화네 집의 대문은 이미 오래전에 열리지 않게 굳게 못질이 되어 있었던 것이다. 다행히 어머니의 모습도 보이지 않았다. 삐걱하는 대문 소리가 의외로 커서 우리는 함께 놀랐다. 오랜만에 듣는 소리였기 때문인지도 몰랐다. 우리는 조심스럽게 대문을 닫고 도둑고양이처럼 살금살금 신작로 쪽으로 향했다.

신작로에는 개미새끼 한 마리 얼씬거리지 않았다. 여느 때 같으면 산지(山地)로부터 아낙네들이 어른의 팔뚝만 한 찰옥수수를 함지 가득 이고 내려와 줄을 지어야 할 무렵이었다. 예전에는 누구나 그 찰옥수수를 뜯으며 계절을 확인하곤 했기 때문에, 아무도 없이 빨래처럼 하얗게 바래가고 있는 그 길에는 계절조차 오래전부터 정지되어 있는 것 같았다.

"딴 애들은 다들 어딜 갔을까?"

"다들 시골에 가서 숨어 있대. 난리가 끝나면 올 거래."

나는 어른스럽게 대답해주었다. 그러나 아이들이 득실거린다 해도 별반 달라질 것은 없었다. 우리들과 친한 또래는 예전에도 없었기 때문이었다. 우리들은 항상 둘이서만 어울려 놀았다. 아이들이 우우 몰려 바닷가로 거북손이나 따개비나 홍합 따위를 긁으러 갈 때도 우리는 이끼 긴 집 뒤꼍에서 둘이서만 놀기를 더 즐겼다.

"너 아프니깐 참 심심하더라."

나는 때아닌 홍역을 앓게 되어 솜이불을 뒤집어쓰고 있으면서, 세화가 나를 찾는 소리를 하루에도 몇 번씩 들었다. 세화는 우리 집 툇마루에 바짝 붙어서서 행여나 나를 볼 수 있을세라 갸웃거리곤 했었다. 아무리 발진으로 온몸에 열꽃이 덮여 있다 해도 대답은 충분히 할 수 있었건만, 나는 웬일인지 더욱 숨을 죽이고 아무도 보아주는 사람도 없는데 처량한 시늉을 하곤 했었다. 그럴 때면 어머니가 부엌이나 어디에 있다가 세화를 돌려보냈다.

"아직 며칠 더 있어야 나을 것 같다. 왕새우를 구해 먹였어야 꽃이 빨리 돋았을 텐데, 지금 왕새우가 어딨니? 세화는 혼자 놀기에 지쳤구나. 할머니는 늘 여전하시지?"

나는 세화가 고개를 끄덕이는 것을 안 보고도 알 수 있었다. 그런 다음 어머니는 "자" 하고 주먹밥을 주어 돌려보내는 것이 예사다. 세화는 주로 우리 집에서 밥을 먹었으므로 감자가 듬성듬성한 그 주먹밥은 세화 할머니를 위한 것이었다. "자" 하고 주는 것이 주먹밥이 아니라면 그것은 물에 적신 무명 따위였다. 세화 어머니가 세화 아버지와 어린 세화를 놔둔 채 어디론가 가버리고 난 뒤 세화 아버지마저 홧김에 광산으로 가버려서 아무도 세화네를 돌볼 수가 없었던 것이다.

"자, 가서 할머니 눈곱 좀 닦아드려라. 세화가 착하기도 하지."

언젠가 들은 어른들의 말에 의하면 세화 아버지는 옥계나 진부, 예미, 함백 등지를 떠돌면서 가끔 생각난 듯 우리 집으로 세화네 생활비를 부쳐온다고 했다.

세화는 항상 개구멍으로 해서 방공호의 지붕 격인 불룩한 흙더미를 넘어 우리집 뜰에 내려섰다. 세화네 집은 큰 산을 등지고 앉아 있었고 우리집은 그와 반대로 큰 산을 바라보고 앉아 있는 형세여서, 세화가 판장을 지나 방공호 위를 지날 때 큰 산을 넘어 부는 높새바람이 일면 세화의 긴 머리카락이 얼굴을 가려버렸다. 높새바람은 항상 세화를 괴롭히려고 불어올 수밖에 없었기 때문이었다. 그러면 세화는 양미간을 찌푸리며 머리를 뒤로 넘기려고 애썼다.

우리는 누가 먼저 말하지도 않았지만 시장으로 향했다. 전에 우리가 시장으로 갔던 것은 오로지 구운 꽁치를 사먹기 위해서였다. 그래서 시장바닥에 풍로를 늘어놓고 석쇠 위에 꽁치나 양미리를 구워 파는 아줌마들과도 얼굴을 익히고 있었다. 한결같이 몸뻬를 입은 그 아줌마들은 또한 한결같이 눈썹들이 고르지를 못했다. 오랜 세월 동안 불티가 튀어와 붙었던 대가였다.

"꽁치 먹구 싶지?"

내가 말을 마치기도 전에 세화는 입맛부터 다셨다. 꽁치나 양미리는 일찍부터 산아랫지방의 간식으로 확고한 자리를 굳히고 있었다. 어른이고 아이고 할 것 없이 즐겨 먹었다. 한번은 뼈는 물론 대가리까지 깡그리 먹어버리는 어른을 보고 우리는 그런 어른을 아버지로 두지 않은 것이 참으로 다행이라고 여겼던 적도 있었다.

우리는 시장으로 가는 두 갈래의 길 중에 어느 쪽으로 갈 것인가를 망설였다. 두 길 모두 우리에게는 고통스러운 길이었다. 왼쪽으로 난 길은 전봇대 위에서 감전돼 죽은 사람이 아직도 "앗, 뜨거 아, 뜨거" 하면서 지나는 사람마다 노려본다던 길이었고, 오른쪽으로 난 길은 미친 여자가 항시 활개치며 휘젓고 오르내리던 길이었다. 보통 때도 우리는 그곳에 이르면 누군가가 지나가기를 기다렸다가 그 사람이 어느 쪽으로 가든 그 뒤를 졸랑졸랑 따라가곤 했었다. 그러나 길에는 우리들밖

에 없었으므로 누군가가 지나가기를 기다린다는 것은 어리석
은 일이었다.

"어느 쪽으로 가지?"

"글쎄……."

세화는 "앗, 뜨거 아, 뜨거" 하는 소리가 들려올까봐서인지
왼쪽 길로 흘금흘금 눈길을 던졌다. 세화가 은연중 가리키고
있는 쪽은 귀신 쪽이 아니라 미친 여자 쪽이었다. 모든 사람들
이 피난을 갔거나 집 속에 깊숙이 숨어버린 터에 미친 여자라
고 그곳을 지키고 있지는 않으리라는 기대가 작용한 때문인지
도 몰랐다.

"이쪽으로 와."

나는 나직하게 말했다. 우리는 손을 맞잡고 골목길을 더듬
듯이 걸어갔다. 집들은 대문을 굳게 잠그고 있었는데, 거의가
밖으로부터 X자로 막아져 있었다. 세화는 나보다도 더 열심
히 사방을 두리번거렸다. 우리는 비어 있는 마을을 지나는 참
이었다. 비어 있는 마을은 알 수 없는 암호와 같았다. 담벼락에
그려진 채 희미하게 지워져가는 낙서도 암호였다. 분명히 아
이의 얼굴이었다고 기억되는 것이 꼬마 요귀(妖鬼)의 얼굴로
보였다. 꼬마 요귀는 재미있다는 듯이 담벼락에 달라붙어 유

희하고 있었다. 나는 세화마저 그런 환상을 가질까봐 입을 꼭 다물고 잡은 손에 힘을 주었다. 손에 땀이 배어 미끈미끈했다. 갑자기 꼬마 요기가 슬픈 표정을 지었다고 생각되었다. "너희들 어디 가는 거니? 우리 집은 여기야. 여기 담벼락에 나는 혼자 살고 있어. 언제까지나 여기서 살아야 한단다. 여기서 나가려면 나 대신 누군가를 여기서 살게 해야 돼. 너희들 중에 누가 좀 살아줄래." 어디서 들은 이야기였을까. 아이들을 잔뜩 모아놓고 요지경이나 환등 따위를 보여주며 돈을 받는 그 곰보아저씨에게 들은 이야기였을까. 나는 요귀를 향해 안 된다는 뜻으로 고개를 내저었다. 그리고 나도 모르게 걸음을 빨리했다. 미친 여자가 오르내리던 그 길을 다 벗어났을 때 세화가 안심한 듯 입을 열었다.

"없어."

나는 그때까지 요귀의 환상에 빠져 있었기 때문에 세화가 무슨 말을 하는지 알 수 없었다.

"뭐가?"

"미친 여자 말야."

우리는 서로 다른 환상을 붙안고 손에 땀을 쥐었던 것이다. 미친 여자가 그 길 밖으로 벗어나는 일은 평소에는 없었으므

로 우리는 미친 여자도 난리라는 것에는 별수 없다는 사실을
알게 되었다.

"으응, 정말 그렇구나."

우리가 비록 소리 죽여서나마 견딜 수 있는 것이 무서워 도
망을 쳤을진대 난리가 끝나고 다시 어슬렁거린다고 해도 무서
워할 필요는 없을 것이다.

우리는 길 한쪽으로 붙어서 걸어갔다. 술래잡기를 할 때처
럼 도사린 채였다.

"왜 이렇게 아무도 없을까?"

세화가 정적을 깨며 물었다.

"글쎄, 다들 멀리 가서 숨어버렸다니깐, 엄마 말이, 혹시 사
람이 있음 우리가 숨어야 된대."

"왜?"

"잡아간대. 그러니까 미친 여자도 숨어버렸잖아."

"참 그렇구나."

세화는 알았다는 듯 고개를 끄덕였다. 그러나 나는 세화가
고즈넉이 눈을 내리깔며 생각에 잠기는 것을 보았다. 큰 산의
봉우리 능선을 닮은 세화의 오똑한 콧마루에 외로운 기색이
어리는 것을 나는 놓치지 않았다. 내가 홍역으로 꼼짝을 못해

피난을 갈 수 없었음을 우리는 서로 잘 알고 있었다. 우리는 한동안 입을 열지 않았다. 걸음을 옮길 때마다 발바닥에서 모래가 바스락거리는 소리가 들렸다. 바스락, 바스락, 바스락. 그 또한 빈 마을에 있는 꼬마 요귀의 장난이었다.

소방서의 망루 밑을 지나자 상가가 나타났다. 상가라야 잡화점 몇 개와 철물점 하나, 운동구점 하나, 그리고 문방구점 하나가 전부였다. 세화는 늘 잡화점의 진열장에 놓여 주인을 기다리며 눈을 동그랗게 뜨고 있는 인형을 탐내었다. 나는 그것이 아직도 그곳에 놓인 채 주인을 기다리고 있을까 하고 생각했다. 만약 굳게 잠긴 덧문 안에 그것이 있다면 모두가 떠난 다음 아무도 데려가줄 주인이 없다는 사실에 몹시 마음이 상해 있을 게 분명했다.

"아직도 인형이 있을까?"

내가 물었을 때 세화는 깜짝 놀라는 시늉을 했다. 세화 역시 그 생각을 하고 있었던 것이다.

"인형은 우리처럼 걷지를 못하니깐 그냥 있겠지 뭐."

없다는 결론이 나올까봐 지레 겁을 집어먹고 있는 말투였다.

"가게 주인이 모두 신구 갔을 거야."

"아냐!"

강력하고 단호한 말에 나는 놀랐다. 그렇다고 해서 쉽게 세화의 말에 동조할 수는 없는 일이었다.

"니가 어떻게 아니? 그게 얼마나 비싼 건데. 눕히면 눈을 감는 걸 너두 봤지?"

언제든지 눕히기만 하면 고이 눈을 감고 잠이 들며, 일으켜 세우면 눈을 반짝반짝 뜨고 쳐다보는 신기한 아이. 세화는 비싸다는 말에 기가 죽었는지 잡화점의 덧문만 뚫어지게 쳐다보았다. 한참 만에야 세화는 나를 향해서 고개를 돌렸다.

"아빠가 사다준다구 약속했어. 아무리 비싸두 우리 아빤 돈을 아주 많이 벌어온댔으니까 뭐. 우리 아빤 금덩어리를 땅에서 캐낸다. 정말이야. 그리고 우리 아빤 나랑 약속한 건 뭐든지 다 지켜."

세화는 빠르게 주워섬겼다. 세화의 아버지가 땅에서 금덩어리를 캔다는 말이 거짓말이 아니라는 것을 나는 들어 알고 있었다. 세화의 아버지가 금덩어리를 산더미같이 가지고 와서 세화에게 갖가지 장난감을 다 사주면 나와는 놀려고 하지 않을까봐 나는 오래전부터 걱정이었던 것이다. 그 이야기를 처음 들었을 무렵, 나는 세화 할머니를 꿈에서 보았던 것을 잊을 수 없었다. 세화 할머니는 번쩍번쩍하는 금옷을 입고 금 누더기를 무릎에 올려놓은 채 금실을 꿴 금바늘로 바느질을 하고 있었다. 그와 같이 꿈속에서의 세화네 집은 모든 것이 온통 금 투성이었다. 곰보아저씨가 들려준 이야기에 나오는 어느 임금처럼 손만 닿으면 모든 게 금으로 화하는 모양이었다. 세화 할머니는 눈곱도 금눈곱이 끼어 있었다.

"느이 아빠가 금덩어리를 많이 가져와도 나랑 놀 거지?"

나는 기어들어가는 목소리로 물었다. 세화가 나를 빤히 쳐다본다고 느꼈으나 나는 길바닥에 눈길을 준 채 대답만 기다렸다.

"왜 그러니?"

갑자기 이상한 걸 다 묻는다는 투였다.

"금덩어리가 많아져두 나랑 놀 거냐니깐!"

나는 볼이 부어 말했다.

"그게 무슨 상관이야. 그럼 내가 금덩어리랑 논단 말야?"

"그럼 안 논단 말야?"

"사람이 어떻게 금덩어리랑 노니? 바보 같으니라구."

세화도 볼이 부어 말했다. 바보라는 말에 화가 난 나는 세화를 밀쳐버리며 내쏘았다.

"내가 바보라면 넌 병신이다, 병신!"

"바보!"

"벼엉신!"

"바보! 천치!"

우리는 무엇 때문인지도 자세히 모른 채 상대방을 향해 열심히 소리쳤다. 그러면서 나는 세화를 결정적으로 약올려줄 수 있는 말이 무엇인지 궁리를 거듭했다. 나는 씩씩거리며 세화를 노려보았다.

"병신아, 느이 엄마는 도망쳤대!"

세화는 잠시 멍한 눈으로 나를 쳐다보았다. 그 잠시라는 시간은 내 말이 상당한 효과를 거두었음을 뜻하고 있었다. 나는 의기양양했다. 그러나 세화도 곧 정신을 가다듬은 모양이었다.

"우리 엄마가 왜 도망을 쳐? 아파서 어디 가 있는 거야."

"거짓부렁 마, 니가 보기 싫어서 도망쳤대!"

"아냐!"

"아주 멀리 가서 다시는 안 올 거래."

"니가 어떻게 알아. 울 엄만 아프단 말야."

세화의 눈에서 반짝하고 무엇인가 빛났다.

"나도 다 알아. 도망쳤다구."

"아니란 말야! 아니란 말야!"

세화의 항변에는 울음기가 잔뜩 묻어 있었다. 그것은 마치 옥수숫대를 씹으면 약간 지리긴 하지만 달콤한 즙이 우러나는 것과 같이 나를 안심시키는 것이었다. 그렇다면 세화도 모든 걸 알고 있었단 말인가. 내가 가만히 있는 것을 본 세화는 훌쩍훌쩍 소리까지 내며 울었다.

"아니란 말이야······."

세화가 내 앞에서 눈물을 흘리는 한 금덩어리 따위와 놀 리는 없으리라는 점은 확인된 셈이었다. 나는 눈물로 얼룩이 진 세화의 얼굴을 향해 미안하다는 듯 고개를 끄덕였다.

"그런데 여긴 시장이잖아?"

그러는 사이 우리는 우리도 모르게 시장에 도착해 있었다. 아무도 없었다. 우리는 돈이 한푼도 없었으므로 꽁치 파는 아줌마가 있어도 난처한 일이긴 했다. 그러나 아무도 없다는 사실은 우리에게 섭섭한 느낌을 강하게 전달해주었다. 세화는 눈이 껍적거리는지 쉴 새 없이 눈을 비비며 주위를 살폈다. 어질러진 좌판 몇 개가 이러저리 뒹굴고 있을 뿐이었다.

"아무도 없구나."

휘장의 끈을 짓눌러놓은 큼직한 돌멩이 위에 쪼그리고 앉으며 세화가 말했다.

"증말, 아무두 없어."

나는 세화를 따라서 쪼그리고 앉으며 확인하듯 말했다.

"다들 피난 갔다구 지가 그래놓구선."

"그래두 쥐새끼 한 마리 없어."

"아냐, 쥐새낀 있어. 아까 오는데 날 빤히 쳐다보다가 달아나던데?"

"증말?"

"그래, 그러니까 괭이가 있지, 쥐가 있으니까 쥐를 잡을라구 괭이가 있지."

"그거 도둑괭이래."

"도둑괭이두 마찬가지야, 쥐새낄 잡는걸."

세화의 말은 모든 것이 옳았다. 도둑고양이는 어두울 녘에 집과 집의 추녀를 건너뛰며 살고 있었다. 꼽추처럼 등을 꼬부장하게 했다가 펴면 저쪽 처마에 발을 딛고 있었다.

"어디로 가볼까?"

나는 곰곰 생각하면서 세화의 의견을 물었다.

"글쎄, 아무 데나 다 마찬가지지 뭐."

세화는 맥이 빠진 듯 말했다. 기운이 없어 보였다. 핼쓱한 그 얼굴은 백설공주의 얼굴처럼 하얬다. 그 얼굴은 오도카니 쪼그리고 앉은 몸에 동그랗게 얹혀 있어서, 큰 산에서 호랑이에게 물려갔다는 부잣집 처녀의 이야기를 연상시켰다. 어둑어둑한 저녁 무렵 어머니에게 그 이야기를 들으며 세화와 나는 방 안이어서 큰 산이 보일 리도 없건만 자꾸만 큰 산이 있는 쪽으로 고개를 젖히곤 했었다. 큰 산 기슭에 있는 그 부잣집의 처녀는 저녁에 뒤란에서 머리를 감다가 그만 호랑이에게 물려갔다는 것이었다. 아무리 찾았으나 아무 데서도 발견할수가 없었다. 외동딸이어서 그 슬픔은 더욱 컸다. 그러던 어느날 달구지를 몰고 가던 그 집 머슴이 산속 바위 위에 올라앉아 있는 처녀의 모습을 발견하고 달려가본즉 처녀는 머리통만 댕그랗게 바위 위에 얹혀 있었다. 이 일이 있고부터 해마다 처녀가 물려간 날이면 호랑이들이 나무로 변신해서 처녀의 집으로 몰려들었다. 우줄우줄 산을 타고 내려온 수많은 나무둥치들은 그 집에 들어서자마자 다시 호랑이로 돌아가 처갓집에 온 행세를 했다. 호랑이들은 덩실덩실 춤을 추었다. 얼씨구절씨구 좋을시고, 우리 마누라님네 좋을시고. 이렇게 밤새도록 놀며 갖은 먹을 것을 대접받은 호랑이들은 아침이 되어서야 산속으로 되돌아간다고 했다.

나는 이야기에서처럼 세화가 호랑이에게 물려간다는 환상

을 지우기 위해 빨리 어디로든 가자고 재촉했다.

"성당에 한번 가볼까?"

"성당?"

"응, 거기엔 누가 있을지도 몰라. 어른들이 노래도 부르고."

"그랬음 좋겠다."

우리들은 성당으로 향했다. 성당의 뜰에 서 있는 흰 석고상 앞에 서 기도를 하면 바라는 일이 이루어진다는 말에 따라 언젠가 세화와 나는 나란히 그 앞에 서서 눈을 감은 채 고개를 숙인 적이 있었다. 그때 나는 세화와 더 친하게 해달라고 빌었고, 세화 역시 똑같은 기도를 했으리라 기대했었다. 그러나 내 기대는 빗나갔다.

"넌 뭐라고 빌었니?"

내 기대를 충족시키기 위해 은밀하게 물었을 때 세화는 나를 말끔히 쳐다보기만 했다. 하마터면 그것으로 나는 내 기대를 충족시킬 뻔했다.

"난 너랑 더 친하게 해달라구 했어. 넌 뭐랬어?"

내가 다그치자 세화는 할 수 없다는 듯 입을 열었다.

"난 말야, 우리 엄마가 빨리 낫게 해달라구 빌었어. 그럼 아빠두 오실 거구."

그때 나는 차디찬 물속에 몸을 담갔을 때와 같은 기분을 맛보아야 했다. 우리는 시장으로 갈 때보다 한결 빠르게 걸었다. 무엇이 우리의 발걸음을 빠르게 했는지 알 수는 없는 일이었다. 우리는 여전히 굳게 잠겨 있는 집들 앞을 빠르게 지나쳤다. 이번에도 그 석고상 앞에서 예전처럼 그렇게 빌 것이라고 생각했다. 세화는 역시 엄마가 빨리 낫기를 빌 거야. 세화 엄마가 어른들이 말한 것처럼 어떤 남자와 도망을 친 것이 아니라고 아까 그랬으니까. 그러자 세화의 말에 머리를 끄덕여주었던 것이 후회되었다. 만약 그 어머니가 도망친 것을 안다면 세화도 할 수 없이 나와 친하게 되는 것이 유일한 소원이라고 빌지도 모르지 않은가.

성당은 언덕 위에 있었다. 우리는 숨을 헉헉 몰아쉬면서 언덕길을 올라갔다. 길가의 플라타너스 나무들도 정적에 지친 듯했다. 그 지친 나뭇잎 뒤에는 나무의 작은 요귀가 또 춤을 추고 있었다. 내가 걸음을 더 빨리했기 때문에 세화는 따라오기에 힘이 겨운 모양이었다.

"좀 천천히 가. 힘들어 죽겠어."

"뭐가 빠르다구 그래."

내 말투는 내가 생각하기에도 퉁명스러웠다.

"그렇게 빨리 갔다가 아무도 없음 어쩌니?"

세화가 걱정스럽게 말을 던졌다. 이미 아무도 없다는 사실을 알고 있다는 태도였다. 여느 때 같으면 사람들이 수없이 오르내리고 있을 길에는 아무도 없었다. 나는 충분히 예측하고 있었다. 성당엘 가더라도 아무도 없으리라는 사실을.

"신부님은 늘 우리 곁에 있는다구 했으니까……."

나는 애써 밝은 표정을 지어 보였다. 사실 내가 관심이 있는 것은 석고상 앞에서 어떤 기도를 할 것인가에 대해서였다. 세화가 아직도 이 세상에서 가장 큰 소원으로 자기 어머니가 빨리 낫기를 빈다면, 세화 어머니는 어디에 있든지 분명히 큰 병에 걸려 있음에 틀림없을 것이었다. 그렇지 않고서야 모든 소원을 들어준다는 석고상이 세화로 하여금 자꾸만 그것을 빌게 시킬 리는 만무할 것이다.

그러나 성당에 도착한 우리는 놀랐다. 아무도 없는 것을 확인하기도 전에 우리는 석고상이 쓰러져 있는 것을 보았다. 그것은 성당 앞마당에 쓰러진 채 빗물에 얼룩이 져 있었다. 우리는 두근거리는 가슴을 진정시키지 못하고 가까이 다가가서 예전에는 고개를 쳐들고 우러러보았던 얼굴을 내려다보았다. 그 얼굴은 울음으로 땟국이 흐르던 세화의 얼굴처럼 되어 있었다.

"어떻게 이렇게 됐을까?"

"어쩜!"

세화는 안절부절못했다. 그 점에 있어서는 나도 마찬가지였다.

"버리고 도망쳐서 이렇게 됐나?"

"어쩌지?"

"글쎄, 신부님도 안 계시나보니깐."

"일으켜 세울까?"

세화가 제안했지만 나는 망설였다. 일으켜 세우려고 해도 우리의 힘으로는 불가능해 보였다.

"안 돼. 신부님도 이렇게 해놓구 가셨으니까, 아무도 없을 땐 이렇게 놓아두는 건지두 몰라."

"빗물이 튀겨서 흙이 귓속에까지 들어갔는데?"

"그래두."

"어쩜 좋지?"

"글쎄."

우리는 갈피를 잡을 수가 없었다. 나는 일으켜 세우다가 혹시 어디든지 깨어져 다치면 다시는 우리의 소원을 말할 수 없을 것이라고 생각했다. 우리는 성당의 돌층계에 앉아 어찌할 바를 모르고 있었다. 휑뎅그렁하게 빈 성당의 뜰에 자빠져 있는 석고상은 아무도 소원을 들어달라고 빌지 않아 슬퍼하는 것 같았다.

"증말 아무도 없구나."

이윽고 세화가 투정하듯 입을 열었다.

"사람들은 언제쯤 돌아올까?"

"빨리들 왔음 좋겠다. 그치?"

"응……."

이렇게 이야기하고 있으면서도 나의 뇌리에서는 석고상의 모습이 떠나지를 않았다. 세화 역시 걱정하고 있는 눈치가 역력했다. 우리가 잠시라도 이야기를 멈추고 있을라 치면 빈 마을의 정적이 우리 귀에 들리기 위해 석고상 위를 지나쳐오다가는 슬픔의 물이 들곤 했다. 갑자기 무서워졌다. 세화의 팔뚝에도 어느 결에 소름이 끼쳐 있었다. 그 소름은 무서움의 맛을 보겠다는 것인지 혓바닥의 맛봉오리처럼 도돌도돌했다.

"무섭니?"

나는 세화의 손을 잡고 말했다.

"응, 무서워…… 집으로 가아."

"그래."

"그렇지만 소원을 빌구 나서."

세화가 내 얼굴을 들여다보았다.

"언다가 비니?"

나는 세화의 뜻이 무엇인지를 살폈다. 세화가 내 손을 잡아
끌었다. 나는 의아했으나 순순히 따라갔다. 우리는 자빠져 있
는 석고상 앞에 가서 섰다. 내가 세화를 바라보았을 때 세화는
눈을 꿈벅했다. 알았느냐는 뜻이었다. 나는 따라서 눈을 꿈벅
했다. 우리는 고개를 숙이고 마음속의 소원을 빌었다. 그때 세
화가 무엇을 빌었는지 나는 결코 묻지 않았다. 그렇지만 나는
세화의 그 훌쩍거리는 울음소리를 기억해내고 나도 모르게 세
화의 소원대로 빌어주었던 것이다. 빌기를 끝내고 서둘러 성
당을 벗어나올 때 나는 뒤로 고개를 돌려 언제까지나 자빠져
있는 석고상을 보았고, 어서 일어나 우리의 소원을 들어주었
으면 좋겠다고 생각했다.

집으로 돌아온 나는 다시 열이 올라 자리에 눕고 말았다. 다
음날이 되자 헛소리까지 지를 정도로 병세가 덧났으나 나는
마을에 한결같이 정적만이 감돌고 있음을 피부로 느끼고 있었
다. 세상이 거꾸로 돌기라도 하듯 모든 것이 정적 속에 파묻힌
것이다. 나는 지루하고 답답한 날이 언제 끝나게 될지 모르며,

그렇게 되면 세화는 늘 귀머거리 할머니와 살다가 늙어 죽어 버릴지도 모른다고 생각했다. 그러나 그러한 생각도 펄펄 끓는 신열(身熱)에 의해 용광로에 들어간 파쇠처럼 녹아 자취를 감춰버리곤 했다. 어머니는 연기가 날까봐 방에 불을 못 지펴서 야단이라고 연신 되뇌었다.

"큰일이다. 낫는가 했더니만 어딜 그렇게 쏘다녀서 쯧쯧, 새끼도. 바람은 또 왜 이리 덥게 부는지."

어머니는 혀를 끌끌 차면서도 내가 실종되지 않고 돌아와준 것에 감사하는 기색이 뚜렷했다.

"바깥에 나가믄 큰일난다고 했는데두, 큰일날 뻔했다, 큰일."

도둑고양이나 쥐새끼밖에 없는 마을에서 어떤 큰일이 일어날 뻔했는지 나는 알 수 없었다. 그러나 어머니가 방에 불을 못 지펴서 안달을 한 것도 잠시였다. 그다음 날 아침이 되자 드디어 먼 데서 포성이 은은히 들려 마을의 정적을 깨더니 오후에 더욱 크게 들렸으며, 이와 함께 우리는 거처를 아예 방공호 속으로 옮겼던 것이다. 방공호에는 불을 때는 시설이 없었으니, 어머니는 다른 것은 몰라도 불 때는 일에 대해서는 걱정을 던 셈이었다. 나는 마을의 정적이 드디어 깨졌다는 사실에 흥분을 감출 수가 없었다. 그러나 그것을 이야기할 상대가 없었다. 포성이 아주 가까이서 들려오는데도 세화 할머니와 세화는 아직도 유령이 나올 듯한 집에 아무런 두려움 없이 살고 있었다. 어머니가 그네들을 방공호로 끌고 오려고 했지만 허사였다. 손짓발짓으로 의사를 통한 결과 세화 할머니는 아무 소리도 들리지 않기 때문에 이제나저제나 태연히 바느질감을 들고 앉아서 아들을 기다리겠다는 것이었고, 세화는 낮이면 몰라도 밤에는 할머니 곁을 떠날 수 없다고 버틴다는 것이었다.

"세화 아빠가 와줬으면 좋겠는데. 쉬 들른다고 하더니 워낙 험한 시국이라."

방공호 바닥에 퍼져 앉은 어머니는 혼잣말을 했다. 방공호 안은 습기에 차 있었고 매캐한 흙냄새로 속이 뒤집혔다. 대포 소리는 놀랄 만큼 커지고 있었다. 쿵, 쿵, 쿵, 쿵. 그것은 법원 뜰에 놓여 있는 돌에 그 큰 발자국을 찍어놓은 옛날의 어떤 장수가 걷는 소리 같았다. 그 장수 발자국은 언제부턴가 수호석으로 법원 뜰에 놓여 있었는데, 일본 사람들이 장수가 나는 것을 막기 위해 산줄기마다 쇠꼬챙이를 꽂기 바로 직전에 큰 산에서 나와 밟고 간 자국이라고 했다. 길이로 따지자면 세화의 키보다 더 긴 발자국이었다. 쿵, 쿵, 쿵, 쿵, 쿵. 지축을 뒤흔드는 그 소리는 자꾸만 크게 다가왔다.

어두워지고부터는 대포 소리에 섞여 총소리도 들리게끔 되었다. 콩 튀듯 하는 총소리였다. 달도 없는지 캄캄한 밤이었다. 방공호 안은 더 캄캄했다. 대포 소리에 놀란 흙이 부스러져 방공호 밑바닥에 떨어지는 소리도 들렸다. 나는 어머니가 어둠 속에서 위쪽을 우러르며 성호를 긋는 것을 보았다. 나는 이제 석고상은 자빠져 있기 때문에 아래쪽으로 향해 그렇게 해야 할 것이라고 생각했다.

마구 어지럽게 어둠을 쪼개대던 소리가 잠시 멎었는가 했더니 아주 가까운 곳에서 다시 더 크고 격렬하게 들려왔다. 집들의 유리창이 쨍그렁 하고 깨어지고 있었다. 어디선가 비명 소리도 들릴 것 같았다. 쾅쾅, 탕탕, 따르륵, 유탄이 피융하고 공중을 비껴가는 소리도 들렸다. 캄캄한 하늘이 순간순간 밝아지며 총소리가 우박처럼 쏟아지곤 했다. 그 사이로 무슨 신음 소리도 들려왔다. 그 무렵 나는 의식이 가물가물해졌기 때문에 그것이 내 신음 소리인지도 모르겠다고 생각했다. 그 긴 밤이 얼마나 그렇게 길 것인지 나는 잘 알 수 없었다. 내가 마지막으로 어렴풋이 들은 소리는 탕탕, 딱콩딱콩 볶아대는 총소리를 뚫고 어지럽게 뛰는 구둣발 소리였다. 그리고 어머니가 또 한 번 성호를 긋는 것을 보았다. 이와 함께 나는 그만 열띤 몸을 견디지 못해 혼미한 의식의 미로 속으로 빠져들어가버렸다. 다행히 그 미로에는 어쩌다 어두운 창문이 나 있어서, 그것이 꿈속의 일인지 어쩐지는 알 수 없었지만, 바깥에서는 아직도 요란히들 싸우고 있구나 하고 순간적이고 어렴풋이 느낄 수가 있었다. 나는 밤새도록 깨어 있고 싶었기 때문에 그 정도나마 느낄 수 있었던 것이 고맙다면 고마운 일이었다.

새벽에 눈을 뜬 나는 방공호 안에 혼자 있다는 것을 알고 몸을 일으켰다. 온몸이 쑤셨다. 아직도 열은 내리지 않았다. 바깥이 다시 조용해져 있어서 겁이 났다. 세상은 거꾸로 돌아가 전처럼 되어 있는지도 몰랐다. 나는 방공호의 흙으로 다져놓은 층계를 거의 엉금엉금 기다시피 해서 마당으로 올라갔다. 세화가 잘 지냈는지 궁금했다. 그런 북새통 속에서도 세화네 집은 세화 할머니의 귀청처럼 끄떡없었다. 하늘은 맑게 개었고, 기다리고 기다리던 대로 사람들이 웅성거리는 소리가 들렸다. 세상이 거꾸로 돌아가 있지는 않았던 것이다. 나는 세화네 집으로 가리라 마음먹었다. 그러나 세화네 집으로 가기 위해 쑤시는 몸을 돌리는 순간 이상한 것을 보았다. 뒤꼍에서 빈 감자 가마니를 들고 나온 어머니가 그것을 대문께로 가져가 시커먼 물체에다 덮고 있었다. 그 순간 나는 보았다. 분명히 보았다.

그것은 세화의 아버지였다. 세화 아버지는 반듯이 누운 채 대문턱에 목뒤를 받치고 있었기 때문에 나에게는 거꾸로 된 얼굴이 보였지만 나는 잘 알 수 있었다. 어젠가 비행기를 태워준다고 하면서 공중에 들어올려 빙빙 돌릴 때 거꾸로 보았던 그 얼굴이었던 것이다. 어머니가 가마니를 얼굴 쪽으로 덮어서 그 이후 세화마저도 그 죽은 사람의 얼굴을 볼 기회가 없었다. 세화 아버지는 그렇게 우리 집 대문턱에 목을 걸친 채 한나절 동안이나 있어야 했다.

"사람이 죽었니?"

어느 결에 눈을 휘둥그렇게 한 세화가 곁에 서 있었다. 세화의 온몸은 온통 먼지에 뒤덮여 있었고 낡은 스웨터에는 쥐똥까지 매달려 있었다. 대포 소리가 울릴 때마다 천장에서 떨어진 모양이었다. 세화는 잔뜩 긴장하고 있어서 입술이 파랬다. 목을 타게 하는 높새바람이 불어왔다. 바람결에 세화의 긴 머리카락이 날리자 까만 쥐똥이 떨어졌다.

"그래 병신아, 사람이 죽었다."

나는 쏘아주었다.

"내가 왜 병신이니?"

세화는 가마니가 덮여 있는 물체에서 눈을 돌리지 못하면서도 대들었다.

"왜 병신이긴? 병신이니까 병신이지."

"그럼 넌 뭐야?"

세화는 본격적으로 악을 썼다. 나는 사실을 말할까보다 싶었다. 늬 아버지가 죽었다. 그러나 목이 콱 막혀 아무 말도 나오지 않았다. 어머니가 와서 우리를 방 안으로 쫓지만 않았더라면 어떤 일이 생겼을지 알 수 없는 일이었다.

"세화야, 같이 방 안으로 들어가거라. 너도 더 아픔 큰일이니까 방 안에 들어가 누워 있어. 엄마가 들어갈 때까지 꼼짝 말고 그러고 있어야 해."

우리는 똑같이 고개를 끄덕였다. 방으로 들어온 우리는 더이상 다투지 않았다. 내가 아파서 누워 있는데 세화와 함께 있도록 허락한 일이 처음이기도 한 때문이었다. 나는 벽장에서 이불을 내려 깔고 쓰러지듯이 누웠다. 아픔으로 몸이 부들부들 떨리기까지 했으나 세화 아버지의 얼굴이 머리에서 사라지지를 않았다.

"많이 아프니?"

세화의 말에 나는 그렇다고 눈을 꿈벅거렸다.

"사람들이 인제는 돌아왔나봐."

나는 역시 세화를 향해 눈을 꿈벅거려주었다. 나는 옆자리를 가리키며 세화에게 누우라고 했다.

"피난 갔던 사람들이 돌아왔나봐."

세화가 몸을 비스듬히 눕히며 말했다.

"그래."

"근데 왜 저 사람은 죽어 있니?"

"간밤에 죽은 거지. 너무 빨리 오려다 죽은 거지."

나는 될 수 있는 대로 알은체를 했다. 아니 모르는 체를 했다. 세화도 간밤의 콩 볶듯 하던 총소리를 알고 있었다.

"불쌍하다, 그치?"

세화는 내 손을 잡고 말했다. 내 손이 열 때문에 불처럼 뜨거워져 있음을 반증하듯이 세화의 손은 얼음처럼 차가웠다.

"빨리 나아서 너랑 다닐게."

나는 세화의 귀에 입을 들이대고 나직막하게 속삭였다.

"그래. 그리구 우리 아빠두 오실 거니까, 그러면 너한테두 금덩어리를 주라구 그럴게."

세화는 천정을 응시하며 꿈에 부푼 얼굴로 말했다. 그 말을 들으며 나는 다시 의식이 흐려지는 것을 느꼈다.

"싫어. 난 금덩어린 소용없어."

"그럼 뭐가 좋으니? 금덩어릴 팔아서 사믄 되잖아."

"그냥 너랑 놀러다니기만 해두 좋아."

이렇게 말하면서 나는 바깥의 웅성거리는 소리에 귀를 힘껏 기울이고 있었다. 별다른 소리도 들리지 않았다. 나는 눈을 감았다. 세화는 무슨 생각에 잠겼는지 아무 말도 없었다. 그러는 가운데 나는 열에 지쳐 슬그머니 혼수 상태로 빠져들어갔다.

얼마나 지났을까, 방문이 열리는 기척에 눈을 떴다. 옆에서 아무 소리도 없는 것으로 보아 세화는 잠들어 있는 모양이었다. 나는 방 안으로 들어서는 어머니를 뿌연 시선으로 바라보았다.

"세화는 자는구나."

"응……."

나는 흐릿한 의식으로 대답했다. 정신이 빙빙 돌았다. 빈 마을로 사람들이 돌아오는 것과 때를 같이 맞춰 세화 아버지는 돌아왔으나, 세화는 결코 그런 모습의 아버지를 기다린 것은 아닐 것이었다.

"참 세월도 무신 놈의 세월인지, 휴우!"

어머니는 한숨을 길게 내쉬었다. 어머니는 내 머리맡에 앉으며 내 이마에 얹기 위해 손을 뻗쳤다. 멍한 눈으로 천장을 응시하고 있던 내 시선으로 어머니의 오른손에서 왼손으로 옮겨지는 것이 얼핏 들어와 박혔다.

　나는 벌떡 일어날 뻔했다. 그 인형이었다. 나는 정신을 차리고 똑똑히 보았다. 눈을 동그랗게 뜨고 있던 그 인형이 어머니의 무릎께에서 눕혀졌을 때 마치 내 옆에 잠들어 있는 세화처럼 두 눈을 꼭 내려감는 것을.

유리 인형

내게는 어린애 주먹만 한 유리 인형이 하나 있다. 이사를 꽤 여러 번 다녔지만 그 유리 인형은 용케도 어디엔가 쑤셔박혀 있다가 전혀 생각지도 않은 기회에 나타나 나로 하여금 야릇한 감회에 사로잡히게 하곤 하는 것이다. 어디에 뭐가 있더라 하고 무슨 연장이라도 찾기 위해 묵은 상자나 잡동사니 가방을 뒤질라치면 문득 먼지를 뒤집어쓴 채로 모습을 드러내기 일쑤였다. 그렇다고 그걸 몇 분 동안이라도 어루만져본다거나 어디 보이는 자리에 놓아둔다거나 하지도 않았다. 다시 어디엔가 쑤셔박히는 것이다.

　유리 인형이라고 했다. 그러나 말이 인형일 뿐이지 그것은 유리 조각 따위가 불에 녹아 뭉쳐진 유리 덩어리임을 보는 이는 누구나 알 수 있다. 따라서 일그러진 형상에 연한 녹색으로 얼룩져 있고 한두 군데 검은 티끌이 박혀 있는데, 그렇게 보는 사람에 한해서만 어딘지 모르게 모양이 낯이 익다는 정도이다. 이 낯이 익다는 것도 온전한 사람을 연상시키기보다는 불구자 쪽으로서, 이것이 왠지 내 마음을 서글프게 한다…….

작년에 다시 아파트로 이사를 하여 자리를 잡고 난 뒤 거의 반년이나 흐른 오늘 나는 완전히 잊고 있었던 그 유리 인형을 예전과 같은 경로를 거쳐 발견하기에 이르렀다. 이번에는 엉뚱하게도 거의 쓸모가 없는 개 목줄이나 새 모이통 따위와 같이 들어 있었다. 아마 집 안을 정돈하면서 버릴 것들과 한군데 모아놓은 채로 그냥 있었던 모양이었다. 그 속에서 유리 인형을 발견하는 순간 나는 하마터면 큰일날 뻔했다는 마음이 들어 재빨리 집어들었다. 그게 아무리 쓰잘 것 없는 물건이라 해도, 우리와 같이 전쟁과 혁명의 엄청난 소용돌이 속에서 살아온 연배에게는 거의 이십 년 가깝게 꾸준히 가지고 있었다는 사실만으로도 중요한 가치가 있게 되는 것이다. 물론 나는 그 유리 인형을 보존하는 데 각별한 주의를 기울이지도 않았고, 어디에선가 모습을 드러낼 때마다 스스로도 감탄하는 바이지만 하여튼 그토록 오래 내게 붙어 있으리라고는 꿈에도 생각

못한 것이었다.

나는 유리 인형을 화장실로 가지고 가서 세면기의 수돗물을 틀어 깨끗이 씻고 수건으로 물기를 닦았다. 조금도 변함이 없었다. 얼룩얼룩한 연한 녹색, 그리고 불에 데어 쪼그라진 것이 여실한, 한쪽뿐인 조막손이.

나는 그 유리 인형을 이번에는 나 혼자만이 사용하는 서류 상자 속 깊숙이 넣었다. 잘 자라, 유리 인형. 마침 저녁 무렵이라 어둠이 창가로 밀려오고 있었으나 나는 전등도 켜지 않은 채 멍하니 바깥을 내다보고 있었다. 어둠이 밀려드는 저 뒤쪽으로부터 말 못할 그리움이, 가슴을 뭉긋거리게 하고 안쓰럽게 하면서 죄어들었다. 알 수 없는 죄책감에 사로잡혀 나는 입술을 깨물었다. 귀가 멍하면서 눈시울에 작은 경련이 일었다. 비록 나 혼자 창밖을 바라보고 있을지라도, 그 유리 인형에 대해서, 그 유리 인형을 내가 갖게 된 데 대해서 웃음을 띠어보려고 했으나 도저히 되지 않는다는 걸 알았다. 내게 유리 인형을 주었던 그 얼굴도 오랜 세월의 저편에서 안개에 가린 마애불(磨崖佛)처럼 아른거릴 뿐 전혀 윤곽이 떠오르지 않았다. 다만 그 애의 가늘고 기다란 손가락과 양귀비 꽃잎 같은 얇은 입술. 고향에서 어릴 적 헤어진 세화의 모습이었다.

나는 세화가 내게 그 유리 인형을 주고 우리 집을 떠난 후 그 애가 잠시 머물러 있게 되었다는 보육원으로 갔던 날을 기억하고 있었다. 그날은 이른바 높새바람이 겨드랑이로 사정없이 기어들던 날이었다. 나는 몸을 잔뜩 움츠리고 정처 없이 발길을 옮기는 나그네처럼 그 집으로 향했다. 어린 나이인데도 나는 그때 내 일생에 이런 날이 다시 없었으면 좋겠다는 투의 생각을 하고 있었다. 그리고 나는 그 집 가까이 가서야 내게 정문으로 들어갈 만한 용기가 없음을 알았고, 실상 빌미로나마 내세울 아무런 용건도 가지고 있지 않았다.

나는 돌을 괴고 올라서서 까치발을 하면 겨우 마당을 기웃거릴 수 있는 곳에 자리잡고 하염없이 기다리는 수밖에 없었다.

세화는 이미 그곳을 떠났는지도 몰랐다. 초조하고 지루했다. 그러나 세화가 막상 나타난다고 하더라도 할 말이 없었다. 무슨 말인가 해야 된다고 골똘히 짜냈지만 그럴수록 머릿속은 텅 비어만 갔다. 몸은 으슬으슬 추운데 오줌은 또 쉴 새 없이 마려웠다.

얼마나 지났을까. 보육원 안에서는 여전히 아무 인기척도 들리지 않았다. 혹시 잘못 알고 찾아온 것은 아닐까. 나는 시간이 갈수록 한없이 초라해져가는 내가 불쌍했다. 그래도 나는 기다려야 했다. 그것은 내가 그 애에게 바치는 마지막 성의임을 나는 알고 있었던 것이다.

그때였다. 땡땡땡땡 땡땡땡땡, 빠른 종소리가 울렸다. 나는 재빨리 까치발을 하고 담장 안으로 눈길을 던졌다. 웅성거리는 소리가 들리면서 집 안으로부터 한 떼의 아이들이 모습을 보이기 시작했다. 아이들은 앞마당으로 나오고 있었다. 가슴이 몹시 두근거렸다. 그 애가 나를 본 순간 오히려 의아한 눈초리를 하면 어쩌나 하고 걱정도 되었다.

세화는 과연 아직까지 머물러 있을까. 어쩌면 벌써 미국이라는 먼 나라로 갔을지 몰라.

손바닥에 땀이 흥건히 배었다. 나는 바지에 손바닥을 문질러 연신 땀을 닦으면서 눈길을 담 너머 아이들에게 고정시키고 있었다. 남자 아이들 뒤로 여자 아이들이 따라나왔다. 하나 둘 셋 넷 다섯……. 그러나 세화는 모습을 드러내지 않았다. 멀고 먼 곳으로 가버렸나봐. 가슴이 무너져내리는 소리가 들려오는 듯했다.

아이들이 다 나온 것 같았는데도 세화는 거기 없었다. 나는 이미 마당에 나온 여자아이들을 다시 한번씩 살펴보았으나 허사였다. 단발머리의 여자아이들은 대담한 체크 무늬의 구품

스커트나 알록달록한 스웨터 따위를 입고 있어서 부잣집 아이들이 구경이라도 나온 것 같았다. 나는 쓸쓸하고 서글픈 마음을 억누르면서 한동안 멍하니 바라보고만 있었다. 그 애를 이제 다시는 만날 수 없다. 나는 왜 일찍 어른이 되지 못했던가. 만약 내가 어른이었더라면 무슨 방법을 써서든지 그 애를 보내지 않을 수 있었을 것이다. 이를테면 내 아내로 맞아들여서라도 말이다.

나는 다만 며칠이라도 일찍 찾아오지 못한 것이 몹시 뉘우쳐졌다. 그러나 어쩔 수 없는 일이었다. 나는 이마에 난 상처가 아물 때까지 기다리지 않으면 안 되었고 그 상처는 뜻밖에 깊었다. 그래서 집을 나설 때도 상고머리의 앞머리를 내려 그 지렁이 토막 같은 상처를 가려야만 했던 것이다.

내가 새를 잡으러 나무에 올라갔다가 떨어진 사건은 세화가 우리 집을 떠나는 직접적인 계기가 되었다. 물론 그 일이 아니라도 그 애는 우리 집을 떠나게 되어 있었다. 다만 오늘 내일 하면서 미뤄지고 있던 참이었다. 그러나 그 애의 부탁으로 새를 잡으러 올라갔음이 밝혀지자 갑자기 생각난 듯이 실천에 옮겨지게 되었던 것이다.

"임마, 새는 왜 잡겠다는 거야? 늬 손에 잡힐 새가 어딨겠어."

삼촌은 상처에 된장을 바르고 있는 나에게 윽박질렀다.

"왜 못 잡아? 잡으면 잡지."

나는 시무룩하게 대꾸했지만 내가 새를 잡을 수 있다는 데 대해서는 사실 자신이 서지 않았다. 나는 새를 무서워하고 있기조차 했으니 삼촌이 그렇게 얕잡아보는 것도 무리가 아니었다. 나는 갈까마귀 따위의 새가 갑자기 날아 내려와 날카롭게 꼬부라진 부리로 내 눈을 뺀다는 공상을 했고 종종 그런 꿈까지 꾸었다. 삼촌에게 그런 얘기를 했을 때 삼촌도 쓸데없는 생각이라고 부인하지만은 않았다.

"다른 나라엔 그런 무서운 새가 있는 모양이더라."

"딴 나라? 저 새들은 그럼 어디서 온 거야?"

"딴 나라에서 온 것도 있지. 우리나라에서 내처 사는 것도 있고."

삼촌은 그렇게만 말하며 빙긋이 웃었을 뿐 새가 눈을 뺀다거나 그러지 못한다거나 하는 말은 하지 않았다. 나중에 나는 알프레드 히치콕 감독이 만든 〈새〉라는 영화에서 새가 사람을 공격하는 걸 보면서 당시 내가 가졌던 얼마쯤의 공포가 전혀 근거 없는 것은 아니었음을 되새겨보기도 했다.

삼촌과 그런 얘기를 한 지 며칠도 안 돼 나는 나무에서 떨어졌던 것이다.

"그래, 새는 잡아서 어쩌자는 거냐?"

삼촌은 비아냥거리면서도 꾸짖는 것을 잊지 않았다. 처음에 나는 입을 꾹 다물고만 있었다. 새를 잡아달라고 한 건 세화였고 그 애가 새를 어떻게 할지 나로서는 도저히 짐작이 되지 않았기 때문이었다. 그 애는 정말 새를 타고 날아가려고 마음먹고 있었을까.

"새를 잡아서 어쩔 거였냐니까?"

삼촌은 몇 번이고 윽박질렀다. 기어코 알아내야만 직성이 풀릴 모양이었다. 하기야 언젠가 콩에 바늘 구멍을 뚫고 약을 넣어 숲속에 뿌려놓고 몰래 꿩을 잡던 사람들을 붙잡아 경찰서까지 끌고 간 적도 있는 삼촌이니 호락호락 물러설 것 같지 않았다. 그러나 나는 정말 무엇을 하려 했는지에 대해서 대답할 마음이 아니었다.

"타고 날아가려구."

그것이 가능한지 어떤지는 내가 알 바가 아니었다. 나는 어쨌든 그렇게밖에 대답할 말이 없었다. 나는 삼촌의 눈치를 살폈다. 아니나 다를까 삼촌은 눈이 휘둥그래졌다.

"뭐, 뭣이라고?"

"타고 날아간다니까."

나는 공연히 심통이 나서 다시 한번 말해주었다.

"정말이냐, 너 그거?"

"응."

나는 천연덕스럽게 고개를 끄덕였다. 삼촌은 기가 막혔는지 혀를 끌끌 차면서 새를 잡기나 했더라면 더 큰일이 날 뻔했다는 투로 머리를 흔들었다. 새를 잡았으면 정말 타고 날아가기라도 했을 녀석이라는 눈초리였다. 내 대답은 의외로 심각한 반응을 불러일으켰다. 갑자기 집안 분위기가 달라졌음을 나는 느꼈다. 집안 식구들은 내가 어떻게 되지는 않았는가 조심스럽게 살피는 눈치였다. 나는 괜한 말을 했다 싶었다. 내 말을 듣고 그것으로 그만일 거라고 여겼던 것이 잘못이었다. 결국 나는 새를 타고 날아가겠다고 한 것이 내가 아니라 그 애였음을 실토하지 않을 수 없었다.

나는 세화네 집이 불타서 할머니까지 잃은 다음, 우리를 따라 총소리 한번 못 들었다는 시골 삼촌 집으로 왔을 무렵 어른들이 그 애의 아버지와 어머니가 새들이 날아오는 먼 곳에 있다고 말한 것이 잘못이라고 느꼈다. 그 애는 모든 점에서 나보다 아는 게 많았으나 새에 대해서만은 그렇지를 못했다. 그 애는 새를 타고 날아갈 수 있다고 말했다.

"사람이 새를 어떻게 타고 날아가니?"

나는 그 애가 왜 그런 생각에 사로잡혀 있는지 답답하기만 했다.

"왜 못 타고 날아가? 큰 새 등에 꼭 붙어 있음 되지."

"떨어져 죽어."

"난 안 떨어져."

"등이 미끄럽잖아."

"바보. 소나 말도 등이 미끄럽긴 마찬가지야."

세화는 우겼다. 나는 그 애의 말을 어떻게 공박해야 좋을지 도통 알 길이 없었다. 그 애는 내가 새를 타고 날아갈 수는 없는 노릇이라고 말할 때마다 나를 바보로 몰아세웠다. 내가 더 이상 공박하지 못하는 데는 나름대로의 어려움이 있기도 했다. 언젠가 마을 어른들이, 솔개가 갓난애를 채갔다는 얘기를 들은 적이 있었기 때문이었다. 그래서 나는 솔개가 갓난애를 채갔다는 따위의 얘기는 입 밖에도 내지 못하고 언제나 새를 타고 날아가려다가는 떨어져 죽는다는 말만 뇌까릴 뿐이었다.

그 무렵 새들은 더욱 극성이었다. 수십 마리씩 떼를 지어 몰려든 새들은 안 버덩과 바깥 버덩 사이 들판에서 점점 삼촌집 숲을 점령해오고 있었다. 새떼가 몰려들기 시작할 때 벌써 어른들은 그놈들의 등쌀에 견뎌나지 못할 것을 예견하고 있었다.

"난리가 물러가니까 이번엔 새가 몰려오는군. 허, 나무를 죄 망치지, 망쳐."

일찍이 없던 일이라고 했다. 이웃 마을에서는 벌써 지난해에 새똥에 견디다 못한 늙은 소나무들이 누렇게 타들어가는 사태까지 일어나고 말았다고 했다. 적당한 새똥은 그지없이 좋은 비료가 되지만 커다란 새들이 수백 마리씩 한꺼번에 몰려와 갈겨대는 데는 당할 재간이 없다는 것이다. 똥독이 오른 나무들은 잎사귀가 진초록으로 변했다가 마침내는 말라비틀어졌다.

"이변일세그려, 새똥에 나무가 죽다니."

어쨌든 그 이변은 엉뚱하게 내게 불똥이 떨어지게 했다. 심심할 때면 숲에 가서 새똥을 긁어모아 두엄더미에 쌓으라는 명령이었다. 안 그래도 거름똥이 모자란데 안성맞춤이라는 말이었지만 나로서는 정말 어처구니없는 일을 떠맡게 된 것이었다.

그때로부터 내가 새에 대해서 이상하게 여기게 된 것은 똥의 일부가 페인트처럼 새하얗다는 점이었다. 나는 지금까지 하얀 똥을 누는 다른 동물은 알지 못하며 또 새가 어떻게 그런 똥을 누는지도 알지를 못한다.

바위 위에 갈겨놓은 작은 새의 똥은 팔레트 위에 짜놓은 흰색과 흑갈색의 수채 물감 같다. 새는 왜 하얀 똥을 누는 것일까. 나는 이 점이 바로 새가 가장 새다운 점이라고 생각한다. 염소나 토끼는 유난히 반짝거리는 새까만 똥을 눈다. 그러나 사람도 때로는 그런 똥을 누는 것이다. 그렇다고 해서 아무리 설사나 곱똥을 싸봐도 새똥의 새하얀색을 만들어낼 수는 없는 노릇이다.

싫든 좋든 나는 매일 한 번씩은 숲속으로 삼태기를 들고 가서 새똥을 긁어 담아 두엄 구덩이에 갖다 붓는 일을 해야 했다. 측백나무와 오엽송이 칙칙하게 우거진 가운데 가끔 상수리나무가 바싹 마른 잎을 단 채 으석거리고 있었다. 그 숲의 넓이는 얼마나 될까. 나이를 먹어가면서 문득 떠오를 때마다, 지금에 와서 본다면 아마 초라하기 짝이 없을지도 모른다는 생각을 나는 떨쳐버리려고 애써왔다. 그 숲은 실제로 작은 규모의 숲인지는 몰라도 내 기억에는 늘 끝없이 넓고 깊고 그윽하게 자리 잡고 있는 것이다. 그 숲속의 나뭇가지 위에서 새들은 무거운 상념에 젖은 듯 아래쪽을 내려다보고 있기도 했고 때로는 위협하듯 깍깍거리며 한 틈입자를 경계하기도 했다.

나는 그런 숲속을 돌아다닐 때면 가면같이 핼쑥한 얼굴로 집 안에 틀어박혀 있는 세화에 대해 더 마음이 쏠렸다. 어린 내게 이별이란 죽음보다도 더 큰 시련으로 닥쳐오고 있었다고 한다면 누가 믿어줄 것인가. 새를 타고 날아가지 않더라도 그 애는 곧 어디론가 가고 말 것이었다. 언젠가 집안에서 그 애를 결국은 미국 사람 집에 양딸로 보내는 게 가장 좋겠다고 결론을 냈을 때 나는 이불 속에 누워 숨죽이고 그 말을 듣고만 있었다. 그리고 나 자신에게 닥친 것보다 한결 쓰라린 운명으로 받아들여져서 남몰래 눈물을 찔끔거렸다. 그 애의 아버지는 왜 죽었으며, 어머니는 어디로 갔을까. 그 애를 우리 집에 함께 살게 해달라고 조를 만한 숫기도 없었던 나는 숲속을 돌아다니면서 차라리 나도 고아가 되어 어디론가 떠났으면 하고 바라는 마음이 간절했다.

"넌 새똥 치는 게 재밌니?"

세화는 모를 일이라는 듯 묻곤 했었다. 그럴 때면 나는 아무 소리도 하지 않고 그 애를 피했다. 그토록 열심히 새똥을 치우고 있었으면서도 세화가 떠나기 전에 어떤 비극이, 이를테면 숲의 나무가 죄다 새똥에 뒤덮인 끝에 형편없는 꼴로 망쳐진다는 투의 종말이 다가오기를 내가 얼마나 바라고 있는지는 아무도 모를 것이다. 우리 집안의 모든 것이 지극히 온전한 채 세화를 떠나보내는 것은 그 애의 불행에 웃음을 보내는 일이 아니고 무엇이겠는가. 그 애의 불행을 조금이라도 보상하기 위해서는 나에게도 그와 맞먹는 불행이 닥치는 길밖에 없다는 생각이 나를 더욱 괴롭혔다.

세화가 내게 새를 잡아달라고 한 것은 바로 그 무렵이었다. 그 애는 은밀히 내게 다가와서 물었다.

"너 새 잡을 수 있니?"

세화는 눈을 빛내며 새처럼 두리번거렸다. 그 눈빛은 벌써 나로 하여금 그럴 수 없다는 말이 못 나오게끔 강요하고 있었다. 그러나 내 대답은 쉽게 나오지를 않았다. 세화는 새를 타고 날아가려고 마음먹고 있음에 틀림없었다. 나는 마른침을 꿀꺽 삼켰다.

"말해봐. 잡을 수 있어, 없어?"

세화는 다시 한번 물었다. 나는 아무 말도 못하고 얼굴만 붉으락푸르락하면서 붙박힌 듯 서 있었다. 세화는 안타깝다는 표정을 지었다.

"밤중에 새집에다 불을 확 비추면 된단 말야. 그럼 새가 꼼짝을 못해."

그래도 내가 우물쭈물하자 그런 방법까지 가르쳐주었다. 나는 그 애가 던진 올가미에 영락없이 옭히는 몸이 되고 말았다. 새를 잡은 다음에는 어떻게 하겠다는 것일까. 나는 물어볼 엄두가 나지 않았다. 물론 세화는 타고 날아가겠다고 대답하리라. 내가 두려움을 무릅쓰고 세화의 부탁을 들어주기로 작정한 것은 새를 타고 날아갈 수 없음을 분명하게 할 욕심도 있었고, 그렇게 된다면 왠지 세화의 불행도 얼마쯤 덜어질 것 같은 생각이 든 때문이었다.

그날 밤 나는 세화와 함께 새가 높이 둥지를 틀고 있는 나무 밑으로 갔다.

"문제 없지?"

세화는 누가 듣기라도 할세라 내 귀에 대고 속삭였다.

"응."

나는 숨을 몰아쉬었다. 어둠 속에서는 잠든 새들이 가끔 꾸룩거리는 소리만 들릴 뿐이었다. 나는 플래시 끈을 목에 걸고 조심스럽게 나무에 붙었다. 새를 타고 날아가다니, 차라리 옛날 기왓장에 새겨진, 사람 머리에 새 몸을 한 이상한 짐승을 타고 거울 속 나라로 들어가는 것이 편할 것이었다. 그러나 그 애는 입을 꼭 다물고 숨소리조차 죽인 채였다. 그때의 내 모습은 마치 호주(濠洲)의 삼림에 산다는 나무늘보와 같았을 것이다. 나는 나무가 흔들리지 않도록 나무늘보처럼 느린 속도로 올라갔다. 샅에 바짝 힘을 주고 발바닥으로 무게를 받칠 만한 곳을 더듬어 짚고 있었으나, 금방이라도 미끄러질 듯 다리가 후들거렸다.

"다 돼가, 쫌만 더 올라가."

이랫쪽으로 세화의 목소리가 소곤거리듯 들려왔다. 나는 이를 악물었다. 오를수록 나무가 조그만 요동에도 흔들려 더욱 조심스럽게 행동해야 했다. 한 발, 또 한 발, 둥지가 가까워지고 있었다. 이마에 땀이 맺혔다. 갑자기 나무가 뚝 부러질 것만 같았다. 겁이 와락 났다. 다시 마음을 가다듬지 않으면 안 된다. 손을 조금 위로 올려 뻗어 나뭇가지를 붙들고 몸을 잡아당겼다.

"쫌만 더, 다 됐어."

세화의 목소리가 아득하게 들려왔다. 고개를 젖히면 둥지가 바로 머리 위에 얹혀 있었지만 팔이며 다리는 한층 더 후들후들 떨리고 있었다. 흐음, 신음 소리가 저절로 새어나왔다. 나는 고개를 젖혀 머리 위의 둥지를 쳐다보았다. 바로 그때였다. 시커먼 물체가 내 눈을 휙 후리는가 하더니 후다다닥 하고 요란한 소리가 귀를 때렸다. 눈에 불이 나면서, 오래전에 삼촌이 집에 들고 온 그 기왓장 속의 사람 머리를 한 검은 새의 모습이 나를 덮쳤다.

"악!"

머리가 핑 돈 것과 함께 나는 가늠할 수 없는 어둠의 심연으로 곤두박질쳤다. 그러고는 정신을 잃고 말았다.

내가 깨어난 것은 심한 된장 냄새 때문이었다. 휘둘러보니 방 안이었고 전등불 아래 어머니의 모습이 희미하게 보였다. 내가 일어나려고 몸을 움직이자 어머니가 어깨를 내리눌렀다.

"그러고 낼까지 있어야 해. 낼 병원에 갈 때까지."

그제서야 머리가 무지근하고 화끈거리는 걸 느꼈다.

"어디서 무슨 냄새가 나."

나는 더듬더듬 말했다.

"인석아, 머리 깨진 데 된장을 발랐으니 그렇지. 밤중에 나무에 겨 올라가긴 왜 겨 올라간단 말이냐. 그만하길 다행이지."

머리에 손을 갖다 대보니 나는 붕대를 처매고 있었다. 그렇지, 난 나무에서 떨어진 거야. 비로소 그 순간의 일이 선명히 되살아났다. 그와 함께 무엇보다도 세화는 어떻게 되었을까 하는 걱정이 앞섰다. 이러한 걱정은 이튿날 병원에 다녀와서 그 애를 보았을 때 확연한 모습으로 내게 다가왔다. 드디어 그 애는 그 이튿날로 어디론가 떠나지 않으면 안 되게 되었던 것이다.

세화는 붕대를 동여맨 나를 한번 흘낏 쳐다보았을 뿐 하루종일 방에 처박혀 나올 줄을 몰랐다. 나는 자리에 누웠다가 밖으로 나갔다가 하면서 안절부절을 못했다. 나는 다친 사실보다도 세화의 부탁을 제대로 들어주지 못한 못난 내 꼬락서니를 세화가 비웃을 것이 무엇보다도 견디기 힘들었다. 그 애는 비웃으면서 나를 떠나갈 것이었다.

나는 내가 한없이 비굴하게 느껴졌다. 모든 것이 순식간에 닥친 일들이었다. 내가 숲속을 돌아다니며 제아무리 언젠가 닥쳐올 일을 마음속에 삭여놓으려고 애썼다 한들 도무지 소용없는 노릇이었다. 쳇, 새 한 마리도 못 잡는 병신.

그날 밤이었다.

변소에 가는 척하고 밖으로 나온 나는 어디선가 나를 부르는 소리에 흠칫 놀랐다.

"얘, 나야."

어둠 속에서 나직하게 나를 부르는 소리는 분명 세화의 목소리였다. 나는 소리가 난 쪽으로 살금살금 다가갔다. 세화는 헛간 옆에 몸을 숨기고 있었다. 나는 무슨 엄청난 죄를 지으려는 사람처럼 몸이 덜덜 떨렸다. 새를 잡으려 나무에 오를 때보다 더 긴장되었다. 오금까지 저렸다. 구름에 가린 엷은 달빛에 그 애의 얼굴이 흰 납석(蠟石)처럼 보였다. 그 불투명하고 창백한 흰 얼굴 때문에 세화는 마치 단옷날의 소무(小巫) 같았다. 그러나 내가 떨리는 것은 세화의 그런 모습 때문이 아니었다. 나는 입이 떨어지지 않아 말없이 세화 앞에 가서 섰다.

"많이 다쳤니?"

세화가 물었다.

"아니."

나는 고개를 저었다. 그러나 의사 말에 따르면 외상이기에 망정이지 상처가 깊은 편이라 위험할 뻔했다고 하였다. 물론 흉터도 남으리라는 것이었다.

"많이 아프니?"

세화가 다시 똑같은 말투로 물었다.

"아니."

가끔 욱신거릴 뿐이었으므로 이것은 사실이었다. 겨우 이렇게밖에 이야기를 나누지 않았는데 몹시 숨이 가빴다. 세화가 예전의 세화처럼 느껴지지가 않았다. 나는 가끔 세화의 눈이 엷은 달빛에 반사되어 섬광처럼 반짝하고 내게 비치는 것을 보았다.

"난 내일 가야 된대."

세화의 말은 그 애의 머리 뒤쪽 어디서 울리는 메아리처럼 들렸다. 그러자 이미 알고 있었던 그 사실이 마치 아주 생소한 듯이 여겨졌다. 어디선가 짚이 썩는 듯한 방향(芳香)이 우울하게 풍겨왔다. 나는 가쁜 숨을 몰아쉬면서 하루걸이를 앓는 아이가 멀쩡했다가도 고열에 시달리듯이 갑자기 온몸이 열에 뜨는 것처럼 느껴졌다. 나는 세화가 가게 된다는 사실에 대해서 물론 잘 알고 있었다.

"어디루?"

나는 숨을 한 번 들이마셨다가 다시 한번 반복해 물었다.

"어디루 데려간다구 그러디?"

세화의 대답을 듣고 싶어 물은 말은 아니었다. 그것도 이미 나는 알고 있었다.

"몰라. 난."

세화는 고개를 숙였다. 나는 어른들이 하던 말을 옮겨줄까 하고 망설였다. 미국 사람 집에 양딸로 가게 됐대. 그러나 입이 떨어지지를 않았다.

"이까부터 기다렸는데 말야."

그러자 세화가 무슨 용건이 있다는 듯 입을 열었다. 세화는 말을 꺼내고 나서 한참 동안 나를 바라보고만 있었다. 조바심이 났다. 혀로 마른 입술을 축이려고 했으나 혀마저 바싹 말라 있었다.

"말해봐."

나는 간신히 재촉했다.

"난 너한테 줄 게 암것두 없어서 말야."

"뭘 말이지?"

그러자 세화는 손에 들고 있던 것을 내게로 불쑥 내밀었다. 무엇인가 그 애의 눈처럼 빛났다고 생각되었다. 나는 그 애의 손에 놓여 있는 것을 조심스럽게 들여다보았다. 그것은 달빛을 받아 기묘하게 번득이며 어른거렸다.

"자, 받아. 이거야."

세화의 그 길고 가느다란 손가락이 내 손에 와 닿았다. 나는 자철광(磁鐵鑛)에 닿은 고슴도치처럼 움찔 놀라서 어쩔 줄을 모르고 가만히 있었다. 순간 나는 내 입술을 스치는 이상한 감촉을 느꼈다. 참으로 짧은 순간이었다. 세화의 입술은 내 입술보다도 따뜻하고, 매끄럽고, 젖어 있었다. 내가 놀란 것은 세화의 손이 내 손에 닿을 때뿐이었지 결코 그때는 아니었다. 어느새 세화는 나를 남겨놓고 쏜살같이 마당을 질러갔다. 나는 얼이 빠져 한동안 그 자리에 말뚝처럼 서 있었다. 문득 머리에 붕대가 그대로 감겨 있나 하고 손을 올리려 했을 때 나는 내 손아귀에 무엇인가 쥐어져 있음을 알았다. 바로 그 유리 덩어리였다. 불탄 자리를 뒤져 그 눈감은 인형을 놓아두었던 곳에서 주워온 것이었다.

다음날 세화는 떠났다. 간밤의 일은 아예 없었던 것처럼 세화는 내게 찡긋하면서 웃음까지 띠었다.

"잘 있어."

세화는 삼촌과 나란히 서서 내게 인사하더니 어느새 뒤돌아서서 타박타박 걸어가버렸다.

처음에 나는 세화가 잠시 머물리라는 보육원으로 찾아간다는 건 생각조차 하지 못했었다. 그러나 하루 이틀이 지나고 내 상처가 점차 아물어갔던 것에 발맞추어 세화를 만나보고 싶다는 충동도 점차 여물어갔던 것이다.

땡땡땡땡. 나는 지금도 그 보육원의 투박한 종소리가 귀에 들려 오는 듯하다. 내가 세화를 본 것은 한참 뒤 두 번째 종소

106

리가 들리고서였다. 잔뜩 실망한 내가 집으로 돌아갈까 망설이던 찰나였다. 머리를 양쪽으로 묶고 멜빵이 달린 스커트 차림이었으나 나는 한눈에 세화를 알아보았다. 얼핏 이쪽으로 눈이 쏠렸던 세화도 담 위로 머리를 한껏 들어올리고 있는 것이 나인 줄 직감한 모양이었다. 세화는 깡충깡충 뛰어 담 옆으로 왔다.

"어떻게 왔니?"

세화는 상기된 어조로 물었다. 몹시 반가워하고 있는 투가 역력했다. 나는 그 말에 대답할 말이 없었으므로 한동안 겸연쩍은 웃음만 띠고 있다가 마치 벼르고 있던 말인 양 느닷없이 되물었다.

"넌 아직두 새를 타고 날아가겠니?"

세화가 나를 뚫어져라 쳐다보았다. 그리고 내가 웃고 있는 걸 확인하고 나서야 안심하는 듯했다. 그러나 세화의 얼굴에 잠시 어렸다가 지나가는 어두운 그림자를 나는 놓치지 않았다. 나는 좀 의아했다. 세화는 새를 타고 날아간다는 데 대해서는 한 번도 양보하지 않았었고 내가 그렇게 물은 것은, 응당 예전과 같은 태도로 나오리라 굳게 믿었기 때문이었다.

"미안했어, 그때는."

세화는 내 이마 쪽을 보고 있었다.

"괜찮어, 다 나았으니까, 뭐."

나는 세화의 마음이 조금이라도 언짢아지지 않기를 진심으로 바랐다. 그러나 허사였다. 그 애의 얼굴에는 짙은 어둠이 깔리고 있었다.

"새를 잡아달래서 미안해. 나두 다 알구 있었어. 새를 어떻게 타고 날아가니, 사람이?"

나는 영문을 알 수가 없었다. 이제 와서 그 애는 왜 그런 말을 하는 것일까. 게다가 그 애의 말은 아예 누구에겐지도 모를 항변조였다. 나로서는 그 변화를 받아들이기란 여간 힘들지 않았다. 그 애의 그런 말을 듣고 보니 맥이 쪽 빠졌다.

"난 다 알구 있었단 말야. 사람이 새를 타고 날아갈 순 없어. 그리구 우리 아빠 죽었구 그리구 우리 엄만……."

갑자기 세화의 목소리가 격앙되는 듯하더니 말을 다 맺지도 못했다. 세화의 어깨는 감정의 고조로 말미암아 아래위로 들먹거렸다. 나는 한 마디 말도 할 수가 없었다. 거의 아문 상처가 덧치는 것처럼 이마가 화끈거렸다. 그 애로부터 그런 말을 들으리라고는 꿈에도 상상하지 못한 일이었다. 여전히 어깨를 들먹이고 있었다.

"넌 바보야, 암것두 몰르는 바보."

세화는 거의 울먹이면서 말했다. 세화에게는 나는 항상 바보였다. 내가 새를 타고 날아갈 수 없다고 말했을 때도 나는 바보였고, 그 애가 새를 타고 날아갈 수 없다고 말할 때도 역시 나는 바보였다.

그때 집 안으로부터 나온 중년의 남자가 우리를 발견하고 꽥 소리를 쳤다.

"야, 거기서 뭣 하는 거야?"

그 서슬에 놀라 나는 디딤돌 위에서 내려서 비실비실 뒷걸음질을 쳤다. 남자의 빠른 발자국 소리가 저벅저벅 들렸으므로 나는 지레 겁을 먹고 뛰다시피 담장에서 멀어져갔다. 등 뒤에서 세화에게 호통치는 목소리가 들려왔다.

나는 뛰었다.

목이 꽉 막히고 몸이 나무 위에 올라갔을 때보다도 더 후들후들 떨렸다. 나는 무엇 때문에 세화를 다시 한번만 보고자 했던가. 갈피를 잡을 수 없었다. 머리가 빙빙 돌고 다리가 허청거렸다. 나무에서 떨어질 때 보았던 그 새의 검은 얼굴이 나타났다가 사라지기도 했다. 나는 막다른 골목에서 쫓기는 사람이었다. 진땀이 났다. 나는 쉬지 않고 달렸다. 만약 멈춘다면 금방 땅속으로라도 꺼져버릴 것만 같았다. 나는 세화로 하여금 그와 같은 말을 하게 하고자 갔던 것은 아니었다. 세화의 말이 귀에 울렸다. 목구멍이 가마 속의 토관처럼 바싹 말라 타올랐다. 아, 무슨 일이 벌어진 것일까. 내 몸은 온통 땀투성이였고 극도의 피로감이 엄습해왔다. 그래도 나는 멈추지 않았다. 눈이 아리고 가슴이 터질 것만 같았다. 그러면서 구역질이 솟구쳤다. 나는 그 자리에 주저앉았다. 웨엑, 웩, 신물이 울컥 솟으면서 밥이며 김치 따위가 버무려져 암죽이 된 토사물이 쏟아져나왔다. 웨엑, 웨엑. 나는 죽어가는 왜가리처럼 울부짖으며 배 속에 든 모든 것을 있는 대로 토악질해냈다. 오한과 신열이 동시에 났다. 마지막까지 토해낸 나는 엉거주춤 일어났다. 사방은 이미 어두워져 있었다. 나는 제정신이 아닌 채 다시 걸음을 옮겨놓았다.

이윽고 내가 도달한 곳은 숲속이었다. 내가 왜 그곳으로 갔는지는 나도 모르는 일이었다. 나무 위를 쳐다보았다. 아무 것도 제대로 분간이 되지 않았다. 정신이 자꾸만 아물거렸다. 뭐라고 외치려 했지만 목소리는 혀끝에서만 맴돌았다. 나는 마지막 남은 힘을 모아 악을 썼다.

"이놈의 새야, 내려오지 못해!"

그러면서 나는 그 자리에 쓰러지고 말았다.

갑자기 커다란 빛의 무리가 내게로 밀려온다고 생각되었다. 눈부시고 거대한 빛, 혹은 빛이 아닌지도 몰랐다. 하늘의 일각이 내려앉는 듯했다. 나는 엉겹결에 눈을 크게 떠 바라보았다. 그것은 한 마리의 새였다. 그토록 눈부시고 거대한 새가 사뿐히 내려와 앉는 것이었다. 나는 쓰러져 있던 곳에서 일어나 새에게로 걸어갔다. 새는 다소곳이 깃을 모으고 누군가를 기다리는 자세였다. 나는 이제는 터럭만 한 두려움도 없었다. 새는 눈가에 선명한 테두리를 두르고 눈알에서는 부드럽고도 강렬한 광채를 뿜었다.

나는 스스럼없이 새의 목덜미를 붙잡고 그 위로 올라갔다. 미끄러지기는커녕 그 위는 끝 모를 풀밭처럼 넓고 아늑했다. 내가 새의 목덜미를 그러안자 그 거대한 것이 내 두 팔 안에 꼭 안겨왔다. 나는 두 다리를 목덜미 아래로 내려 새의 가슴에 꼭 끼었다. 그러기까지 새는 꼼짝도 하지 않았다. 내가 새의 따듯한 체온을 느끼며 막 잠이 들려 하였을 때 어디선가 서늘한 바람이 섬뜩 와 닿았다. 나는 사방을 두리번거렸다. 어느새 새는 하늘 높이 솟아 있었다. 산맥처럼 융기한 용골돌기가 부풀었다 가라앉았다 할 때마다 산자락 같은 날갯죽지가 하늘을 갈랐다. 아래쪽을 내려다보면 작은 물뱀 같은 강들이 꼬불거리며 땅을 헤엄쳐가는 것만 보일 뿐이었다. 아, 이게 어찌된 일일까. 그러나 다음 순간 새는 한 마리 가마우지로 작아져서 어디론가 날아가고 있었다. 나는 깜짝 놀라 나를 쳐다보았다. 나는 여전히 새의 어깨 위에 올라타고 있었는데 나는 바로 그 유리 인형이었다.

다음날 나는 숲속에 쓰러진 채로 발견되었고 그런 사건들 때문에 다음해 학교에도 못 들어가고 멀쩡한 몸으로 집에서 쉬어야 했다. 그러나 그날 내가 왜 숲속에 가서 쓰러졌는지는 끝까지 아무에게도 말하지 않았다. 말할 수도 없었다. 세화가 있던 보육원이 난데없이 폭격을 당한 것은 내가 갔던 바로 뒤였다. 세화에 대해서 나는 아무 내색을 안 했다. 다만 높새바람만이 내 몸을 휩쌀 뿐이었다.

그 새의 존재 역시 늘 내 뇌리에 남아 있었지만 거기에 대해서도 나는 아무에게도 말하지 않았고 또 말할 수도 없었다. 그 뒤 내가 연세대학교에 입학해서 구본명(具本明) 교수로부터 장자(莊子)를 배울 때였다. 작은 키에 동안(童顔)의 노교수는 느릿느릿 교단 위로 올라와 교탁 위에 책을 올려놓고 〈소요유(逍遙遊)〉 편을 펼쳤다.

북명유어 기명위곤(北冥有魚 其名爲鯤). 곤지대 부지기기
천리야(鯤之大 不知其幾千里也). 화이위조 기명위붕(化而
爲鳥 其名爲鵬). 붕지배 부지기기천리야(鵬之背 不知其幾
千里也). 노이비 기익약수천지운(怒而飛 其翼若垂天之雲).

구 교수는 봄이 오고 있는 창 밖을 바라보고 나서 입을 열
었다.

"북쪽 바다에 고기가 한 마리 있는데 말이지. 그 이름이 곤
이란 말이야. 헌데 이 곤의 크기가 몇 천리나 되는지 도무지
알 수가 없어. 이눔이 변해서 새가 되는데 그 이름을 붕이라고
헌단 말이야. 붕의 등떼기는 또 몇 천리나 되는지 알 수 없이
커. 이눔이 노해서 디리 날아올르믄, 아, 날개가 하늘에 구름이
드리운 거 같단 말이지. 허허허허허."

그 말을 듣고 있던 나는 퍼뜩 하고 무엇인가 머리에 와닿는
것을 느꼈다. 그렇다, 한 마리의 붕(鵬). 일찍이 그 새는 붕이었
고, 우리가 비록 실제의 새를 타고 날아갈 수는 없다고 하더라
도 현실과 이상의 괴리 사이에서 붕은 얼마든지 우리를 태우
고 날아갈 수 있는 것이다. 그러므로 현실의 차꼬에 얽매이고
칼을 쓴 자는 새를 타고 날아갈 수 없다.

"자, 그럼 차근차근 읽어보두록 허지 그래."

다시 구 교수의 말이 들렸다. 나는 가슴이 벅차올라 책을 들여다볼 수가 없었다. 저 속 깊은 곳에서 울컥하고 감정이 북받치면서 눈시울이 뜨듯해지는 것을 나는 느꼈다.

위의 글을 쓰고 2년이 지나 이번 여름에 책을 펴낼 계획을 세웠을 때 우연히 지구의 북반구를 일주하는 세계 여행길에 오르게 되었다. 아니, 북반구라고 잘라 말할 수는 없다. 적도의 밑, 남반구에 해당하는 인도네시아의 수도 자카르타도 여행길에 속해 있었다. 대한항공으로 홍콩까지 간 다음, 자카르타로 가기 위해 탄 비행기는 가루다(GARUDA)였다. 가루다는 인도네시아 항공회사의 명칭이며, 그것은 인도네시아 말로 독수리를 뜻하는 것이었다. 홍콩에서 자카르타까지 가루다, 자카르타에서 그 북쪽 섬 수마트라의 중심지 페칸바루까지 가루다, 그리고 인도네시아를 떠나 싱가포르까지 가루다, 모두 세 번 가루다를 탔다.

"나시?"

여승무원이 음식을 나누어줄 때 물었다. 나는 얼떨떨해서 멍하니 쳐다보고만 있었다. 그러자 그녀는 "라이스?" 하고 고

쳐 말했다. 나시는 인도네시아 표준어로 쌀밥이었다. 나는 고개를 끄덕였다. 나는 '나시'의 길쭉한 밥알을 씹으면서 무슨 생각엔가 깊이 빠져들어갔다.

가루다, 독수리.

오랜 세월이 흐른 다음 나는 어쩌면 가장 현실적인 한 마리의 새를 타고 날아가고 있는 것이라고 할 수 있었다. 가루다는 현대 문명의 기막힌 산물인 비행기라는 기계가 아니라 한 마리의 살아 있는 독수리, 새였다. 구름 속에서 가루다가 흔들렸기 때문인지, 세화에게 무슨 이야기인가 들려주고 싶은 내 충동 때문인지, 숟가락에 퍼 담은 '나시'가 자꾸만 무릎 위에 흘러 흩어졌다.

옛 바다로 가는 길

강릉에 가서 익숙했던 그 집을 찾지 못한 것은 도무지 이해할 수 없는 일이었다. 그곳에 갈 때마다 어떻게든 틈새 시간을 내어 찾아가 확인하곤 했었다. 확인이라는 말이 지나치다면 스쳐가며 보았다 해도 그만이었다. 하기야 늘 바쁜 일정으로 가게 되는 고향. 이번에도 바쁘기는 마찬가지였다. 그러나 나는 어머니가 세상을 떠난 뒤로 그 집을 찾아가보지 못했다는 사실이 늘 켕겼던 터라 택시를 몰았다. 다만 이번에는 예전과 달리 바닷가 쪽에서 접어든 길이었다. 예전과는 역방향인 셈이었다. 말이 역방향이지 뭐 특별히 달라질 것은 없었다. 워낙 빤한 길이었다. 여하튼 그 앞 사거리까지만 가면 거기였다. 어디서든 객사문이 나타나면 나는 순식간에 어릴 적 풍경 속

에 놓인다. 객사문은 나무문일 뿐 그것을 열고 들어가면 있어
야 할 건물들은 모두 사라져버렸다. 내용은 없고 포장만 있는
느낌이었다. 언젠가 마카오에 가서 유명한 성당 앞에 이르렀
는데 앞면만 남아 있고 그 뒤는 아예 없어 황당한 모습인데도
객사문을 연상하며 충분히 받아들일 수 있었다.

사거리 한 모퉁이에서 내린 나는 여유롭게 걸음을 옮겼다.
그런데 당연히 하나뿐이어야 할 골목길이 둘이었다. 어? 나는
머리를 갸우뚱했다. 그렇다고 새로 뚫린 흔적도 없었다. 애초
에 그렇게 되어 있는 길이었다. 도무지 알 수 없는 일이었다.
몇십 년 동안 아무런 헷갈림이 없었다. 나는 정확하게 그 앞
에 이르러 옛 모습을 떠올리곤 했었다. 앞부분이 빌딩으로 재
개발되어 화장품 가게 간판을 달았든 어쨌든 나는 그 뒤에 숨
겨진 우리 집 텃밭을 알고 있는 것이었다. 텃밭 한쪽에 파놓은
방공호를 알고 있는 것이었다. 그런데 난데없는 골목이 사이
에 끼어들며 내 눈을 의심케 했다. 어? 건성으로 본 화장품 가
게 간판도 이제는 없었다. 그야 업종이 바뀔 가능성은 늘 있었
다. 그게 하필이면 이번이었다.

나는 이리저리 기웃거리다가 건물 옆 더 작은 골목으로 들
어갔다. 나무로 얼기설기 짠 허름한 문이 반쯤 열려 있었다. 사

립짝에 가까운 문 안쪽의 텃밭은 예전 우리 집 텃밭과 거의 다를 바 없었다. 심겨 있는 채소가 상추든 감자든 상관없었다. 나는 감자꽃을 보았다. 곧 울타리콩꽃이 피리라. 텃밭은 몇십 년 동안 똑같은 식물을 기르며 집을 지키고 있는 것이었다.

"누구요?"

목소리를 듣고서야 나는 아차 했다. 나는 주인의 허락 없이 이미 문 안쪽으로 들어서 있었다. 나는 여유를 가장하여 주춤주춤 물러서며 그에게 약간 몸을 숙여 보였다. 뭐 도둑은 아니외다. 나는 태도로 말하고자 했다. 그러나 그는 '외다'는 투의 허세는 또 뭐냐는 듯 나를 꼬나보았다. 나는 더 솔직해져야만 그를 누그러뜨릴 수 있다고 여겼다.

"실은……."

나는 털어놓았다. 나는 고향에 와서 내가 살던 집을 찾는 사람입니다……. 나는 과거의 한 부분을 그대로 옮겨놓았다. 그런데 골목 자체가 헷갈려서……. 숨김없는 말이었다. 얼마 전에 어머니가 집 앞에서 찍은 사진을 나는 또렷이 기억하고 있었다. 그 사실도 그에게 밝혔다. 어머니는 반소매 블라우스에 통 넓은 치마를 입고 가방을 들고 건물 앞에 서 있었다. 화장품 가게의 간판이 뒤에 보였다. 나는 화장품 가게를 표적으로 삼고 있었다. 그게 어디론가 사라질 줄 예측하지 못한 것이 잘 못이었다. 그러나 그는 내가 말하는 화장품 가게를 부인했다.

"화장품 가겐 없어요. 내가 태어나서부터 여기 산 사람인데."

그는 단호했다. 그래서 나에 대한 의심을 풀지 않는 듯했다. 답답한 노릇이었다. 그럴 리는 없었다. 어머니의 사진이 아니라도 나는 올 때마다 그곳을 표적으로 삼아서 왔었다. 나는 주위의 소방서 건물이며 읍사무소며 객사문까지 각도를 손으로 그려보이며 머리만 갸웃거렸다.

그만 바다로 가고 싶었다. 불과 두 골목을 두고 어느 쪽인지 몰라 헤매고 있는 꼴이 스스로 못마땅했다. 뭔가 마가 끼었다고 해야 할 것이었다. 전혀 현실과는 관계없는 줄 알았던 좀비가 은행 컴퓨터를 마비시켜 현실을 가로막는 사태를 본 다음부터 나는 가상공간이라는 말을 함부로 쓸 수 없었다. 가상공간이라는 게 현실공간이었다. 나는 마치 그런 공간, 즉 가상공간이자 현실공간을 함께 겪고 있는 것처럼 떠 있는 느낌이었다. 그렇다면 텃밭도 가상공간이자 현실공간이 되는 셈이었다. 그러자 나 자신이 좀비의 일종이 되고 만 성싶었다. 나는 서둘러 그에게 꾸벅 절을 하며 어디론가 떠날 수밖에 없었다.

어디로? 역시 바다였다. 일기예보는 너울을 예보하고 있었다. 며칠 전에도 너울이 밀려와 몇 사람을 바다로 끌고 들어갔다는 것이었다. 너울은 형태가 보이지도 않게 밀려와서 갑자기 방파제 위를 덮쳐 휩쓸어 들어간다고 했다. 그게 두려우면 서울로 돌아올 수도 있었다. 그러나 아직 그럴 시간이 아니었다. 언제나 행사 때문에 들렀다가 돌아오곤 하면서도 내 개인적인 숙제를 못 마친 듯해서 발길이 가볍지 않았다. 집을 찾지 못해서 더 그랬을까, 바다 쪽으로 향하는 마음을 주체할 길이 없었다. 바다의 일망무제를 바라보며 흐릿한 추억의 미로에서 허우적거리는 나를 달래고 싶었다. 하지만 그 바다가 풍경만의 바다가 아니라는 사실을 나는 알고 있었다. 그 바다 또한 내게는 보이지 않는 그물이었다.

무엇보다도 그 바다에서 내게 가장 먼저 다가오는 형체는 한 척의 배였다. 그 배는 유령선처럼 떠 있다가 나를 보는 순간 서서히 저어오기 시작한다. 보통 때도 나는 배를 탈 때마다 유령선을 생각하곤 했다. 유령선이란 무엇인가. 바다에 배가 떠서 어디론가 가고 있는 중이다. 그러나 그 배에 타고 있는 사람은 하나도 없다. 빈 배가 어디론가 떠 가고 있다. 이것이 유령선이다. 어렸을 때, 유령선 이야기는 머리카락을 쭈뼛 서

게 하기에 충분했다. 왜 배에는 아무도 없을까. 어떻게 빈 배가 어디론가 가고 있을까. 무서운 일이었다. 더군다나 배의 돛대 끝에 해골 표지라도 하나 매달고 있다면 더욱 그랬다. 실제로 는 전염병이 번졌거나 혹은 반란이 일어나 싸우다가 모두 죽 은 다음 조류와 바람에 떠밀려 다니는 배를 그렇게 불렀다고 했다. 그런데 그곳 바다에 가면 배가 보이지 않아도 멀리 유령 선의 모습이 가물가물 망막에 어린다. 착각, 착시가 아니었다. 배는 수평선 밑 어디에, 내 머릿속에 숨겨져 있었음에 틀림없 었다. 그러니까 바다는 바깥의 바다가 아니라 내 머릿속의 바 다라고 해야 한다. 누구에게나 고향의 바다는 단순한 풍경으 로서의 바다가 아니다. 바다는 의미의 그물을 던진다.

한 척의 검은 배가 있다. 어린 나는 그 배에 태워진다. 배에 는 아무도 없다. 여기서 꼼짝 말고 기다려야 해. 어머니의 말만 으로는 버티기 힘든 텅 빈 공간. 둘러보면 온통 거무튀튀한 첫 빛뿐 온기라곤 없었다. 꽉 막힌 감옥, 혹은 무덤 속이라는 생각 을 어린 나이에 할 수 있었던 것 같지는 않아도 나는 잔뜩 겁 을 먹고 마침내 울음을 터뜨렸다. 텅 빈 공간을 우웡우웡 울리 는 울음소리. 텅 빈 공간을 울리며 내 귀조차 어룽거리게 하는 울음소리. 울음소리의 메아리. 그로부터 내 뒷머리를 언제나 메아리치게 된 유령선 속의 울음소리. 나는 그 장면의 울음소리와 함께 고향 바다를 기억에서 끌어낸다. 그때를 회상하는 말이든 글이든 나는 기회가 있을 때마다 그 메아리를 입에 올릴 수밖에 없었다.

검은 배는 유령선이 아니었다. 그러나 아무도 없는 텅 빈 공간의 울음소리의 메아리와 함께 유령선이 되고 말았다. 그리고 그 앞뒤의 이야기는 내게서 지워져 있다. 쉽게 말해 나는 유령선을 탄 어린 피란민에 지나지 않았다. '흥남 철수'라는 사태는 요즘에도 신문 보도에 종종 나오는데, 도대체 '강릉 철수'에 대해서는 이렇다 할 뭐가 없었다. 하지만 나는, 우리는 배를 타고 부산으로 '철수'했었다.

나는 그 배의 정체를 모른다. 어느 나라 배며 쓰임새는 무엇인지 크기는 얼마만 한지 제원조차 모른다. 내 기억은 울음소리와 함께 끊어지고 나는 피란지에 닿아 있다. 그러므로 더욱 유령선이 되어 있다. 나중에 서른 살이 넘어 거제도에 가서 얼마 동안 지낼 때, 작은 연안여객선에서 며칠을 지내면서도 나는 줄곧 그 예전 유령선을 다시 탄 느낌을 갖고 싶었다. 폐선이 된 연안여객선은 내 생활 터전으로서는 안성맞춤이었다. 나는 좁은 조타실에서 혼자 소주를 마시며 먼바다를 떠도는 상상에 젖을 수 있었다. 실제로 먼바다는 방파제에 가려 있었고, 방파제 끝의 등대를 빠져나간다 해도 먼바다는 아니었지만 말이다. 나는 한 번도 먼바다를 항해해본 경험이 없었다. 일본의 세도나이카이까지 현해탄을 건너본 게 다였다.

빨리 바다로 가서 나의 유령선을 보고 싶었다. 그러면 찾지 못한 집의 망령도 잊을 수 있을 것 같았다. 유령이 망령을 다 독거린다는 어이없는 대비에 나는 웃음을 머금었다. 실제로 유령선이란 없었으며, 또 내가 아무리 유령선이 아니라고 해도, 내게는 엄연히 유령선이 나타난다. 삶은 이토록 실체와 이미지 사이에서 헤맨다. 그 간극 위에 예술은 둥지를 튼다.

"바다로 가는 길이 어딘가요?"

택시에서 내린 나는 지나가는 남자에게 물었다. 그곳도 예전과는 다른 모습이었다. 어리둥절해 있는 나를 그는 물끄러미 쳐다보았다.

"어디든지 있지요."

"예전에는 바닷가에 긴 둑이 있었는데요."

나는 팔을 길게 뻗쳐 보았다.

"그런 덴 없어요."

"아니, 분명히……."

나는 언젠가 둑길을 같이 걸어가던 여자를 머릿속에 떠올렸다. 그곳이 평생교육도시로 지정된 기념식 행사에 갔다가 어울리게 된 여자였다. 행사가 끝나고 걸어나오는 내게 여자는 이제 어디로 갈 계획이냐고 물었다. 내 입에서 아무 생각 없이 불쑥 나온 게 '바다'였다. 바다로 갈 거요. 그러자 그녀가 바다로 안내하겠다고 나선 것이었다. 나로서는 처음 가보는 마을이었다. 그리고 우리는 밤을 지내고 둑길에 서 있었다. 한쪽으로는 생선을 말리는 덕장이 설치되어 있고 바로 아래 바다가 다가와 있었다. 웬일인지 한가하게 비어 있는 덕장은 이제는 사용하지 않는 듯 버려진 풍경이었다. 우리는 다시 만난다거나 어쩐다거나 하는 약속도 없이 지난밤의 만남으로부터 멀어지고 있었다. 그것이 바다와 뭍을 가로지르는 형상의 둑의 역할이었다. 누구도 말을 못 꺼내게끔 둑이 막고 있는 것이었다. 오래 뒤 그녀로부터 어떤 전갈이 왔으나, 나는 흘려들었다. 예전처럼 그녀는 앞으로의 계획을 물었던 것 같았다. 바다로 갈 거요. 나는 또다시 반복했다. 아직도 바다로 안 갔어요? 그녀의 키득키득 웃는 소리가 들려왔다. 바다로…… 아주 오래전에 다녀왔지요. 바다로 갈 거요……. 그것이 마지막이었다.

내가 바다로 가겠다고 한 것은 유령선 때문이었을까. 내 울음소리의 메아리와 함께 끊어진 기억의 실마리를 찾고 싶은 마음이기도 했다. 살아오면서 여러 도시들을 전전했지만, 나는 그날을 잊지 않고 있었다. 그 첫 항해로 고향을 떠나면서 내 인생이 시작되었음을 확인하고 싶었다. 그러나 나는 그 배를 타려고 갔을 장소에 대해서는 감조차 잡을 수 없었다. 만난 상대방과 술잔을 기울이며 개인적인 이야기가 무르익을 때쯤 질문을 던져보면 하나같이 눈만 꿈벅거릴 뿐이었다. 강릉단오제를 세계문화유산으로 올릴 때도 그랬고, 최근에 바우길이라는 이름의 길을 만들 때도 그랬다. 공식적인 이야기가 아니면 입을 닫는 묵계라도 한 듯했다. 경포는 물론 아니었고, 강문도 아니었다. 그렇다면 안목? 그녀가 바다로 안내를 자청하자 내가 꼽은 곳이 안목이었다. 그녀도, 그 밖에는 이디 항구라 할 만한 곳이 없다고 맞장구를 쳤다.

그런데 도저히 예전 풍경이 아니었다. 눈에 가장 먼저 들어와야 할 둑조차 보이지를 않았다. 나를 어디다 내려놓고 가는 거냐고, 하마터면 택시기사에게 소리칠 뻔했다. 사실 바다로 가는 길을 물을 필요는 없었다. 그리 멀지 않은 앞쪽으로 거대한 항구시설이 들어서고 있었고, 역시 출렁거리는 바다가 눈에 들어와 있었다. 그러나 나는 머리를 흔들며 바다로 가는 길을 찾았다.

"바다로 가는 길이 어디 있었는데요."

나는 누구에겐가 또 길을 묻고 머리를 갸우뚱거렸다. 그러고 보면 나는 바다를 찾아가겠다는 게 아니라 바다로 가는 길 자체를 찾는 셈이었다. 그곳은 어디서나 쉽게 바다가 바라다보이는 지형이었다. 그럼에도 불구하고 나는 바다로 가는 길이 어디냐고 묻고 있었다. 어쩌면 울음소리의 메아리를 찾는다는 말이 더 정확했을지도 모른다는 생각이 들었다. 내게는 고향의 모든 길들이 전쟁 때의 길로 연결되어 있었다. 그곳에 가면 나는 언제나 피란길에 나선 모습, 아니 몰골이었다. 어린 나는 어머니의 손에 이끌려 어디론가 가고 있다. 골목마다 몸을 숨기며 모퉁이마다 기웃거린다. 그 길 끝에 유령선이 있었다. 내게는 김종삼 시인의 〈민간인〉이라는 시가 들려온다.

1947년 봄

심야

황해도 해주의 바다

이남과 이북의 경계선 용당포

사공은 조심조심 노를 저어가고 있었다.

　　울음을 터뜨린 한 영아를 삼킨 곳

　　스무 몇 해나 지나서도 누구나 그 수심을 모른다.

　이 시를 읽을 때마다 '용당포의 영아'는 내가 되었다. 내 울
음소리의 메아리는 텅 빈 배의 밑창을 돌아 동해의 수심 깊이
에서 울려오고 있었다. 내가 바다로 가는 길을 물어물어 찾는
것은 단순히 눈에 보이는 길을 못 찾아서가 아니었다. 나는 수
심을 향하는 길을 묻는 것이었다. 그때의 울음소리와 함께 나
는 동해에 삼켜졌고 아무도 '그 수심'을 모르기 때문이었다. 나
는 고향에 갈 때마다 '그 수심' 앞에 서 있는 내가 되었다. 나는
살아났고, 시를 읽을 수 있었다.

　둑조차 어디론가 사라져버렸다. 온 나라가 온통 토목공사인
판국에 둑 하나 사라진 풍경이란 그리 대단한 일도 아닐 것이
었다. 그러나 언젠가 둑길을 걷던 사람들도 사라져버렸다. 나
는 그녀의 얼굴조차 기억할 수 없었다.

　포클레인이 커다란 시멘트 기둥을 굴리고 있었다. 흔히 방
파제에 비죽비죽 돋게 만들어 파도를 막는 모형들이었다. 나
는 그녀와 함께 밤을 지낸 집이 어디쯤일까 둘러보았다. 감을

잡을 수가 없었다. 바다가 찰랑찰랑 발밑에 닿을 듯한 집이었다. 나는 마침내 '끝'이라는 이름의 동네에 이르렀던 것일까.

"여기가 끝이에요."

그녀가 주위를 둘러보며 말했었다.

"끝이라니? 시작이겠지."

나는 짐짓 장난스럽게 받았지만 실은 속으로 무척 놀라고 있었다. 웬일인지 모를 일이었다. 나는 '수심'에 이르는 물길을 밟는 느낌이었다. 바다에서 엷은 '쯔란' 향내가 묻어났다. 유령선은 이항선(異港船)으로서 방금 아라비아해를 건너온 모양이라고 여기고 싶었다. 쯔란은 양꼬치를 구우며 바르는 향신료였다. 쯔란 향을 얻기 위해 화분에 나무를 키우는 여인을 본 적이 있었다. 그녀는 쯔란 씨앗을 얻으러 중국 서쪽 멀리 위구르족의 땅 카시가르까지 갔었다고 했다. 쯔란, 영어로는 'cumin'이지요. 그리고 한자로는 '孜然'이라고 씁니다. 그녀의 말을 들으며 나는 함께 둑길을 걸었던 예전 그 여자를 다시 만난 게 아닌가 몇 번이나 얼굴을 흘깃거렸었다.

"여기가 '끝'이란 말이지?"

나는 곧 받아들였다. '끝'의 여숙(旅宿)은 아라비아의 향신료를 묻힌 바닷물 자락에 흔들리고 있었다. 바다로 안내하겠다고 나를 데려온 그녀가 그것까지 어떻게 만들었을 리는 없었다. 혹시 혐의가 있다면 바닷가 덕장의 생선 비린내 마르는 냄새일 터였다. 그러나 나는 아라비아의 향신료를 양보하지 않는다. 다만, 그 당시의 나는 그것을 '쯔란'이라고 지칭하지는 못했다는 사실은 밝혀두어야 한다. 편의상 둑길의 여자라 부르는 그 여자와 쯔란 키우는 여자는 전혀 다른 사람인 것이다. 그런데도 나는 기억 속에서 진한 쯔란 향내를 맡는다. 둑길의 그녀는 나를 바다로 이끌어 서슴없이 앞장을 서고 있었지만, 의도한 바가 아니라는 사실은 충분히 받아들여졌다. 제법 세월이 흐른 지금 내가 그날 쯔란 향내를 맡았다고 쓴들 누가 탓할 것인가.

포클레인이 분주히 삽질을 하고 있는 현장을 바라보며 나는 담배를 피워 물었다. 예전의 모든 풍경이 사라져버렸다. 그녀가 '끝'이라고 말한 뜻을 알 수 있을 것 같았다. 나는 내가 살던 집을 갑자기 잃어버리고 기껏 찾아온다는 게 더욱 낯선 풍경이었다. 낯선 풍경 속에서 열심히 일하는 포클레인이 코끼리 같다는 생각과 함께 지난겨울의 태국 풍경과 겹쳐졌다.

겨울의 지겨움을 견디지 못하고 다녀온 곳이 태국 치앙마이였다. 떠나기 전부터 그곳에 가면 코끼리 트레킹 따위는 결코 하지 않을 심산이었다. 그런데 막상 가서 보니 일행과 떨어져 행동하기가 불가능했다. 코끼리를 타고 가고 물소 수레를 타고 가고 뗏목을 타고 가야만 하는 곳으로 버스는 움직이고 있었다. 걸어가는 방법은 없었다. 코끼리 트레킹을 기피하려 한 까닭은 단 한 가지. 어린 야생 코끼리를 길들이는 영상을 보고 나서였다. 코끼리에 올라타서 날카로운 표창으로 정수리를 찍어대는 과정이었다. 야생마를 길들일 때의 로데오 같은 것과는 비교가 되지 않았다. 사람을 거부하는 코끼리는 표창에 찍혀 피를 흘리지만 찍고 또 찍는 집요한 표창질에는 결국 항복하고 만다. 어린 코끼리는 달리기를 멈춘다. 길들여지기를 받아들인 순간이다. 엉겨붙은 피딱지 밑으로는 여전히 피가 흐른다. 이게 뭐란 말인가. 저 코끼리를 타고 다닌다고? 난 못해.

"태국에는 처음인가요?"

일행이 물었다.

"아, 예. 친한 후배가 여기서 그만 세상을 떠났어요."

"저런…… 어떻게요?"

"나도 그걸 알고 싶어서요."

도대체 종잡을 수 없는 대답이었다. 사진 찍는 후배가 그곳에서 줄지에 세상을 떠난 것은 사실이었다. 그래서 어쨌다는 것인지 나 자신도 어리둥절한 말을 나는 몇 번이나 반복했다. 나는 마치 그를 찾아, 그의 흔적을 찾아 여행을 왔다는 것처럼 말하고 있었다. 하지만 내가 그의 죽음에 할 수 있는 일은 아무것도 없었다. 코끼리를 타지 않겠다는 고집에 대한 변명이 될 것인가. 아무 상관이 없었다.

나는 코끼리를 타고 구릉을 넘었다. 그 후배도 필경 코끼리를 탔으리라. 그 정도의 짐작이 흔적을 찾는 시늉의 전부였다.

"그래 목적은 달성했습니까?"

누군가가 물었다.

"목적…… 아, 그렇지요. 아직……."

나는 그의 죽음에 대해 생각하려 하기는 했다. 언젠가 대관령의 산신제를 가보자고 동행한 뒤로 우리는 거의 만난 적이 없었다. 내 고향 땅이라는 게 내가 동행한 까닭이었다. 산신제는 강릉단오제의 앞머리 부분에 해당하는 행사였다. 우리는 아흔아홉 굽이 고갯길로 차를 몰았다. 지금의 새 길이 뚫리기 전의 옛길이었다. 나는 그에게 선녀라는 이미지를 말해주려고 애썼다. 예전에 썼던 시 〈고산가(高山歌)〉까지 인용했는지는 어렴풋했다 '선녀'에서 '선봉(仙峰)'이라는, 없는 글자를 조합

해낸 시였다.

    꽃다운 처녀의 눈엔 선봉(仙峰)이 들고
    하늘을 괴나리봇짐에 진 선봉이 들고
    빈방도 많을 타관의 불빛
    선봉을 낭군의 말씀으로 비추인다
    못 먹어도 머릿단은 아침마다 길어
    풋정이 아니게 한다
    풋보리 같은 정을 두고
    봉 넘어 가신 낭군은
    타관의 불빛에 수신(修身)을 누이리
    긴 밤 흰 눈물
    선봉에 차 넘치고
    녹슨 단도에 비춰 보는 얼굴,
    차겁게 여울져
    길게 차거워라

  이 도저한 언어, 동떨어진 언어의 시는 대관령의 선녀를 위
해 쓴 것이었다. 선녀는 '꽃다운 처자'로서 여성황이 되기도

하고 낭군은 '타관의 불빛에 수신을 누이'는 대성황신이기도 하다. 이 모두 '하늘을 괴나리봇짐에 진' 대관령, 즉 '선봉'에서의 일이다. 그리하여 두 남녀의 만남이 단오제를 이끄는 줄기라는 게 내 생각이었다. 유네스코에서 세계문화유산으로 지정하기 전의 일이었다. 나는 어머니로부터 들은 이야기 속의 처녀를 기억에서 떨쳐버리지 못하고 있었다. 호랑이가 처녀를 물어갔는데 나중에 찾아보니 성황당 바위 위에 머리를 고이 올려놓았더라는 이야기였다. 나는 대관령의 바위들을 볼라치면 처녀의 머리가 올려져 있는 모습이 떠오르곤 했다. 몸뚱이는 먹혀버리고 머리통만 오도카니 남은 모습. 그리고 해마다 처녀가 물려간 날이 되면 산에서 나무들이 쿵쿵거리는 소리와 함께 내려온다. 그 속에는 호랑이가 숨어 있다. 나무들로 변신한 호랑이가 처갓집으로 오는 것이라 했다. 호랑이는 성황당 산신의 다른 모습이기도 하다. 이렇게 대관령 산신과 처녀 여신이 맺어짐이 단오제로 이어진다고 나는 읽고 있었다.

"나무들이 산에서 내려와요? 거 재미있는 장면이 되겠네."

그는 그런 사진을 찍고 싶다고 말했다. 나도 그 장면이면 무엇인가 떠오를 듯해서 아끼고 있다고 대답해주었다. 그러다가 세월이 흘러 영화 〈반지의 제왕〉을 보다가 나무들이 용맹스러운 군사가 되어 나타나 직접 전투를 하는 걸 보고 놀라지 않을 수 없었다. 나무들에게는 맞설 자가 없다는 영상은 식물이 생산자로서 우리를 먹여 살린다는 교훈을 말한 것일까. 거기까지는 못미쳐도 나무의 의인화는 뇌리에 남았다.

내게 대관령은 호랑이와 나무를 앞세운 고갯길이었다. 고갯길에 산신과 여신이 있다. 나는 고갯마루에서 멀리 아래를 내려다본다. 시력이 약해 뿌연 풍경은 시가지를 넘어 바다에 이른다. 하늘에서 내려온 선녀의 옷자락 소리가 들린다. 단옷날 남대천 가에서 그네를 타는 여자들의 옷자락 소리이기도 하다.

해마다 음력 3월 20일에 제사 지낼 술을 빚고 4월 1일에 그 술과 시주를 올리며 무당들이 굿을 한다. 4월 8일에 다시 굿을 올리고 4월 14일에는 성황신을 모시고 대관령을 내려온다. 도중에 송정에서 하룻밤을 자고 이튿날 성황사에 도착하여 성황신과 산신당에 각각 제사를 지낸다. 성황당 근처에서 무당이 굿을 하여 흔들리는 나뭇가지를 신이 내린 나무로 베어가지고 강릉으로 내려와 여성황사에 모셨다가 다음날 대성황사로 옮겨 모신다. 4월 16일부터 5월 6일가지 관리들과 무당들이 문안을 드리는데, 4월 27일에는 큰 굿을 하고 5월 1일부터 단오제에 들어간다. 굿과 가면놀이가 당집 앞에서 벌어지고 드디어 5월 5일에는 축제가 절정을 이룬다.

나는 마무리 공사가 아직 끝나지 않은 방파제를 걸어갔다. 좀 더 바다 가까이 가고 싶었다. 바다의 물결 이랑에 울타리콩의 덩굴이 가득 뻗어 있는 것처럼 눈에 어른거렸다. 아까 텃밭에도 저렇게 울타리콩들이 붉은 꽃들을 피우고 있었을까. 푸른 물결에 흰 포말임이 틀림없건만 붉은, 주홍빛의 붉은 빛깔은 어디에 숨어 있는 것일까. 숨어 있는데 발긋발긋 꽃피는 것은 무슨 까닭일까. 나는 고향 집의 텃밭 가장자리에 덩굴져 있는 울타리콩이 발긋발긋 꽃피어 있는 것을 보았다. 텃밭이 그랬던 것처럼 바다도 울타리콩을 키우고 있었다. 울타리콩의 덩굴줄기가 가득 감겨 있는 바다였다. 바다는 그 덩굴줄기의 그물을 내게 던지며 나를 옭아매려 하고 있었다. 그리하여 나는 홍역의 발진이 발긋발긋 돋은 몸으로 마치 전쟁 때로 돌아간 듯이 방파제에서 찬바람을 맞고 있었다.

"너울을 조심하시오. 너울, 너울을 조심하시오."

누군가 소리쳤다.

"너울이라니요?"

나는 소리 나는 쪽으로 얼굴을 돌렸다.

"며칠 전에 일가족이 휩쓸려 들어갔지요. 거긴 위험해요."

얼굴은 보이지 않고 계속 소리가 들려왔다. 신문과 방송에서 읽고 들은 바였다. 뉴스와 함께 나는 너울이 커다란 가오리처럼 덮치는 상상을 했었다. 나는 바로 그 방파제에 서 있었다. 고향 바다가 그렇게 무서운 곳인 줄 처음 알았다. 내 몸의 발진은 더욱 발긋발긋해지고 있었다. 아니, 정확하게 말해서 몸의 발진이 아니었다. 몸이 아니라 마음인 것을 내가 굳이 집어 밝히기 싫을 뿐이었다. 나는 옛집의 텃밭만 한 가오리가 저쪽에서 너울너울 솟아올라 닥쳐든다는 생각에 숨이 막히기 시작했다.

"바다로 가는 길을 찾고 있었습니다."

나는 소리친 사람에게 머리를 숙였다.

"바다로 가는 길요?"

"예."

"여긴 어디나 다 바다 아뇨?"

"아, 예."

나는 도망치듯 그곳을 피해 주위를 두리번거리다가 카페의 문을 열고 들어갔다. 들려오는 노래가 귀에 익었다. 싱어송라이터 강허달림이 '한가운데 서 있는 하늘과 바다'라고 노래하고 있었다. 나는 그 구절을 따라 부르곤 했었다. 처음에는 그 간단한 소절도 따르기 힘들었다. 바다가 하늘 한가운데 '서' 있고, 하늘이 바다 한가운데 '서' 있다고 하는 노래. 왜 하늘과 바다는 '서' 있는 걸까. 차라리 '누워' 있는 건 아닐까.

그걸 확인하자면 바다로 가야 한다고 생각했는데 이제 막상 바다였다. 그렇지만 나는 바다로 가는 길마저 찾지 못하고 있지 않은가. 더군다나 바다가 하늘 '한가운데 서 있는' 건 누구나 볼 수 있지 않다. 바다가 과연 하늘 '속'에 '서' 있는가, '누워' 있는가를 볼 줄 아는 눈은 새롭다.

방파제 안의 내항은 잔잔한데 조금만 밖으로 나가면 '장난이 아니'라는 것이었다. 아닌 게 아니라 실눈을 뜨고 멀리 내다보니 허연 파도들이 역린처럼 돋아 몰려오는 게 보였다. 파도야 어쩌란 말이냐. 시인은 절규했었다.

바다를 한 번도 보지 못한 사람이 있었다. 중앙아시아에서 온 '고려인'이었다. 나는 놀랐다. 그를 데리고 바다로 가는 일은 내 의무에 속했다. 그에게 바다를 꼭 보여주어야 했다. 그를 만나자 바다를 한 번도 못 본 것은 그가 아니라 내가 아닌가 싶을 지경이었다. 눈을 뜬 사람으로서 어떻게 바다를 못 본 채 살아왔단 말인가. 있을 수 없는 일이었다. 기가 막혀서 나는 바다에 대한 기억조차 아득해졌다. 견딜 수 없었다. 어서 바다를 확인해보고, 아 저게 바다였지, 가슴을 틔워야 한다.

바다는 아무것도 가지고 있지 않다. 굉장한 것이 아무것도 없어서 굉장하다는 바다. 벼랑길에서 바다를 본다. 못 건너간 섬까지 물결 이랑이 온 바다에 일렁이고 있다. 바람이 그 모습을 물결로써 우리에게 보여주면, 바다의 말이 들려온다. '사랑'……이라고 바다는 말하고 있는가, '믿음'……이라고? 아니면 '너와 나'……? 그러나 그 말은 막상 메시지로 전해지지 않는다. 바다의 말은 이미지일 뿐이다. 살다가 지치면 무엇인지 확인이 안 되어서, 미심쩍어서 다시 바다로 가야만 하는 까닭이다. 그러나 바다는 늘 실체를 보여주지 않는다. 애꿎은 파도만이 바다의 신기루를 지키고 있다. 그리고 바람에 뒤집어지는 새들을 시켜 날갯짓 같은 말을 전한다. 신천옹, 군함새, 콘도르 등등의 거조(巨鳥)들이나 가마우지, 갈매기, 바다제비 등등의 소조(小鳥)들도 바다의 말을 전하려고 태어난다. 아, 그렇구나. 새들의 날갯짓으로 바다는 하늘 한가운데 '서' 있구나. 바다로 가면 무엇인가 알 듯하다는 깨달음이 오는 것은 그래서였구나.

바다 앞에 선 고려인은 아무 말이 없다. 바다까지 오기 위해 그는 너무나 많은 일들을 겪어야 했다. 유랑(流浪)이란 그에게나 쓸 수 있는 낱말이다. 아니, 흘러 다닌 삶이란 그에게 유약하기 이를 데 없는 표현이다. 그것은 쫓겨다닌 삶이다. 그가 바닷물을 손에 적셔 혀를 축인다. 그런데 막상 그의 삶이 짜디짜게 내 목줄기를 타고 흘러내린다. 이것이 태어나서 처음 보는 바다다. 태내 양수(羊水)의 바다다. 그가 그러하니, 나도 그러하다.

그러므로 바다는 늘 첫 경험이다. 속삭이며 삶의 겨드랑이에 와 닿는다. 파도가 뒤에 커다란 고래의 꼬리를 이끌고 넘실이는가 하더니 바닷새들이 날아오른다. 어미 고래가 새끼 고래를 잠재우는 자장가를 새들이 흉내 낸다. 해초들 사이로 새끼 고래의 숨소리가 잦아든다. 바다의 심연은 그 소리들의 고향이다. 그래서 바닷소리는 깊은 울림의 자장가로 들려온다. 고려인과 나는 귀에 들리지 않는 그 소리에 이끌려 밤늦게까지 바닷가에 머물렀다. 나는 아무것도 묻지 않고 다만 바다를 보여주기만 하면 되었다. 모든 것은 자기의 몫이다.

바다에서 무엇을 생각할까를 생각한다. 생각은 어떤 형상을 그리며 수평선까지 이어지다가 허공으로 흩어져 사라진다. 평온을 얻으리라는 기대는 서성거리고만 있다. 그래서 바다는 설렌다. 설렘을 가슴에 안고 돌아가야 할 길은 '첫마음'의 길이다. 깊고 깊은 자기 자신의 심연에 이르러 태어남의 설렘을 생각해야 할 때다. 진정한 사랑이 설렘으로부터 시작되고 있다.

그가 고려인으로 불리고 나는 한국인으로 불린다는 사실이 파도 소리에 휩쓸려 뒤섞이기를 바라며 우리는 포장마차를 찾아 들어갔다. 그 얼마 전 초청을 받아서 가본 그림 전시회에는 모두 포장마차 풍경이 걸려 있었다. 보기 드물게 크레용으로 그린 그림들은 예전의 정서를 정겹게, 그립고 보여주고 있었다. 포장마차에 등장하는 인물 가운데 내가 등장한다고 해서 찾아간 전시회였다. 과연 내가 있었고, 여러 낯익은 사람들도 있었고, 안타깝게 이미 이 세상에 없는 사람도.

나는 그림 속 포장마차에 다시 등장했거나 더 예전 술도가에서 흘러나온 술지게미를 받아먹거나 시간을 초월해 있는 나를 떠올렸다. 전쟁이 한창이었고, 바다에는 유령선이 떠 있었다. 아니, 새로운 계획도시와 공단이 들어서고 젊은 노동자들이 전국에서 모여들었다. 한창 술을 마실 무렵, 나는 소주잔을 붙들고 포장마차에서 살다시피 했다. 새벽에 첫 버스가 헤드라이트를 켜고 나타나는 걸 보고서야 자리에서 일어설 때가 되었음을 안 것이 여러 날이었다.

"본래부터 아는 사이입니까, 두 분은?"

그림 속 나는 옆자리에 앉아 있는 젊은이들에게 다가갔다.

"아뇨. 여기서 지금 만났죠. 왜요?"

허우대가 큰 젊은이가 나를 흘금거렸다. 나는 자연스럽게
그들의 자리에 끼어들었다. 그리고 그날도 늘 그렇듯이 취하
고야 말았다. 새벽에 내 집으로 따라온 그들은 다시 술잔을 기
울였다. 그것이 그들과 함께 시를 공부한다고 어울리게 된 단
초였다. 흔히 야학이라는 근사한 이름으로 불리는 모임이라고
해도 좋았다. 공부는 지지부진이었다. 야학이고 뭐고 애초에
모임 따위를 만들지 말걸 그랬다고 은근히 후회하기도 했다.
그러나 후회하기에는 때는 이미 늘 늦어 있었다. 어디선가 동
료들까지 하나둘 엮어와서 인원수는 조금씩 늘어만 갔다. 청
원경찰도 있었고, 산불 감시원도 있었고, 여자 간호조무사도
있었다. 전국 각지에서 모여든 구성원들이었다. 그러면 그럴수
록 그들과 함께 밤늦게 포장마차로 기어들어가는 맛은 깊어만
갔다. 근로자들 중에 다음날 근무가 아예 없는 축이 있기 마련
이어서, 앞에 말했다시피 새벽 버스 시간까지 앉아 있게 되곤
했던 것이다.

전시회에 나온 그림은 야학 시절을 그대로 재현시켜주었다.

그 무렵의 포장마차 여주인이 와서, 상당히 값비싼 그림 몇 점에 서슴없이 빨간 딱지를 붙이는 데는 그저 황홀할 지경이었다. 세월은 그렇게 지난 것이었다. 그것은 어두웠던 시절에 대한 고별사이기도 했다. 그림들을 둘러보고 뭔가 모를 야릇한 감회에 젖어 식당으로 몰려갈 때는 예전 포장마차로 기어들어가는 모습이 그대로 옮겨졌다는 환상에 빠지기도 했다. 그런 다음 이제 다시 나는 전쟁 때의 포장마차에 고려인과 함께 앉아 있는 것이었다. 그러면서 나는 나도 모르게 속으로 중얼거렸던 것 같았다.

어서 바다를 봐야 해. 바다로 가는 길은 어디지?

카페에서도 포클레인이 내다보였다. 모든 길은 포클레인의 길이었다. 바닷물이 찰랑대던 집도 사라졌다. 나는 내 집 앞의 골목길도 잃어버렸다. 그 이름 '끝'임을 증명하고 있었다. 그런 마당에 기어코 바다로 가는 길을 묻는 것은 유령선을 찾겠다는 뜻이었다. 찾지 못할 것임을 알면서도 찾아야 한다. 너울이 오더라도 나는 길을 찾는 사람이 될 수밖에 없을 것이었다. 저쪽 자리에서는 젊은 남녀가 서로 껴안고 속삭이고 있었다. 모두가 사라진 다음에 나타난 풍경이었다. 젊은 남녀의 뜨거워진 몸은 시간을 연료로 불타오른다. 소멸을 위한 시간의 연료였다. 그러나 나는 찾아야 한다. 너울이 올 때까지.

그때 멀리서 유령선이 너울을 타고 오는 소리를 들으려는 듯 내 귀는 아득한 바다 쪽으로 향했다. 마치 그 안에서 어머니의 모습을 볼 수 있으려니, 하는 듯.

모래의 시

끝났다,

그럼에도 불구하고 나는 마침표 대신에 쉼표를 찍는다. 분명 쉼표다. 끝나지 않았다는 뜻인가. 그렇지는 않은 듯하다. 그러나 나는 그렇게 표기하지 않으면 안 된다고 몸부림친다. 그래봐야 단순히 문장부호 속의 몸부림에 지나지 않지만, 나는 그럴 수밖에 없다. 바닷가의 모래밭을 걸어 내려간 곳에서, 파도가 밀려오는 곳에서 나는 신음 소리처럼 나를 향해 말했던 것이다. 끝났다,

마치 바닷가에 도달한 어떤 소설의 주인공처럼 나는 '끝'을 말하고 있는가. 아니다. 여기에도 분명 '.'와 ','의 차이가 있으리라는 강한 느낌을 나는 강조한다. 강릉의 바다는 본래 내게

그런 곳이었다는 생각이 든다. 누구에게나 고향은 마침표여야 하는데, 내게는 쉼표로 남아 있는 것이다. 아니다. 어떤 시인의 쉼표는 느낌표를 대신하고 있음을 나는 배웠었다.

그리하여 어머니는 고향의 바다로 돌아갔다. 밀려온 파도가 어머니의 유골을 휩쓸고 되돌아갔다. 그러니, 바다로 돌아갔다고 하기보다는 그 어디 모래톱에 가라앉아 있다고 하는 편이 옳을 것이다. 유골이라야 아주 일부에 지나지 않는다. 어머니의 뼈를 담은 항아리가 묘소까지 와서 묻히기 전, 나는 부랴부랴 종이컵으로 얼마를 커피 캔에 옮겨 담았다. 나도 예상 못했던 행동이었다. 집에 놔두었던 그걸 가방에 챙겨넣고 나는 경주에서 무슨 토론회를 마치고 포항, 울진, 삼척을 거치는 길을 택해 고향의 바닷가에 닿았다. 모래밭을 걸어 파도 쪽으로 다가가면서 나는 오래전부터 친숙한 곳이 전혀 생소하게 느껴졌다. 저쪽 모래부리를 바라보아도 마찬가지였다. 모래톱이 아닌 모래부리라고 이름하고 싶은 까닭은 거기서 가까운 곳의 새 때문이었으리라. 새의 부리(嘴)를 내세워 새와 연결시키려는 뜻 때문이었으리라. 만약 모래톱을 새 날개라고 부를 수 있다면 모래날개라고 했을 것이다. 어쨌든 그 모래부리 가까운 곳에는 오래전부터 솟대 위에 새가 앉아 있었고 '강문 진또배기'라는 풍어제를 벌이는 풍속이 있어왔음을 나는 알고 있었다. 언젠가 가보니 솟대의 새는 누구 하나 돌보지 않은 채 구박을 받으며 주차장 한쪽 구석에 몰린 초라한 몰골이었다. 처음 발견했을 때부터 빈약하다고 여겼었다. 그러나 나는 새를 보고 싶었다. 어머니와 새를 연결시키고 싶은 마음이라고 해석되었다. 즉, 어머니를 솟대의 나라로 보내고 싶은 마음.

다 쓸데없는 헛된 행위라는 생각이 없는 것은 아니었다. 새벽에 경주를 떠나올 때도, 아니 강릉 바다에 가서 모종의 의식을 치르겠다고 마음먹은 그때도 변함없이 그랬다. 그 밑바닥에는 고향이 뭐냐고 짐짓 축소시키려는 의도도 속에 깃들어 있었다. 누구의 유골을 어디 가서 뿌린다는 이야기는 낡았으며, 내가 그 주인공이 되는 경우는 없다고 나는 단정하고 있었다.

"여섯 시간 걸립니다."

몇 시에 도착하느냐는 내 물음에, 운전사는 나를 흘깃 쳐다보며 시계를 들여다보았다. 포항에서 갈아타지 않고 갈 수 있다는 사실은 고마웠다. 그러나 나는 그 사실이 아닌 어떤 것에 고마움을 표시하고 싶은 마음이었다.

"고맙습니다."

"아, 뭘요."

요즘에는 보기 힘든 낡은 완행 시골 버스였다. 바람이 점점 세게 불고 있었다. 포항을 지나 울진에서 30분이나 그냥 서 있다가 출발하고, 삼척에서 다시 30분. 고속도로처럼 휴게소가 제대로 있는 것도 아니었다. 여섯 시간 걸린다는 말을 나는 곱씹었다. 터미널 주변을 어슬렁거리며 시간을 보내는 것은 바람을 피해다니는 일이었다. 예전 동해남부선 열차를 몇 번 탔을 때부터 나는 바닷가 그 길을 올라가보고 싶었다. 그 소박한 꿈을 이루는 데 몇십 년이 걸렸는가. 그 길에서 동해를 바라보고 싶었다. 옛날 수로부인이 남편을 따라가다가 늙은이에게 꽃을 꺾어달라고 한 옛 노래 〈헌화가〉의 절벽이라든가 등명락가사라는 이름의 절이라든가 하는 정도만의 이정표가 머리에 있기는 했다. 그러나 그 길은 모든 게 백지도 위를 달리고 있었다. 바람을 피해 어느 카페에 들어가 빵 한 쪽에 커피 한 잔을 시켜놓고 앉아 있고 싶었다. 어디서나 그 흔한 카페는 눈을 씻고 보아도 없었다. 강릉에서는 커피 축제라는 것도 열린다는데…… 고향이라고 보내주는 홍보책자에서 보았다. 전국 방방곡곡이 축제 난리였다. 예전에 그다지도 시골 '흐린 주점'의 분위기를 좋아해서 기어들어가곤 했건만 이제 그런 주막은 사라지고 없었다. 그렇다면 주막과 카페 사이에 내 인생은 놓여 있다고 해도 좋을 듯싶었다. 둘 가운데 어느 하나도 없는 시골 터미널에서 나는 시간을 보내야 했다. 그래도 우중충한 구멍가게에서 커피를 판다기에, 마치 이국(異國)의 카페처럼 여기며 테이크아웃 한 잔을 종이컵에 받아 들기는 했다.

바닷가 길 위에서 방파제를 바라보는 행복이 있다. 방파제 끝에는 어김없이 등대가 있다. 방파제는 빨갛고 하얀 야구 모자를 쓴 것 같다. 등대가 왜 빨갛게, 하얗게 서 있나, 방파제 끝으로 가보곤 했지만 한 번도 무슨 실마리를 잡은 적이 없었다. 방파제의 등대는 아무리 가까이 옆으로 다가가도 실체를 보여주지 않고 멀리 비켜나 있곤 하는 듯했다. 멀리서 보면 따뜻하게 내게 손짓하는 모습이다가도 가까이 가면 싸늘하게 식은 구조가 묻고 싶었으나, 웬일인지 행동으로 옮길 수가 없었다. 아무도 그런 속내를 내게 보이지 않은 때문이었다. 차라리 드러내지 않는 게 편했다. 까딱 잘못했다간 나를 이상하게 볼지도 몰랐다. 아무것도 아냐. 그냥 방파제와 등대일 뿐이야. ㅂ, ㅏ, ㅇ, ㅍ, ㅏ, ㅈ, ㅔ, ㄷ, ㅡ, ㅇ, ㄷ, ㅐ.
나는 내가 갔던 가장 먼 곳이 방파제를 머리에 떠올리고 있었다. '가장 먼'이라는 수식어는 나를 붙잡고 놔주지 않았다.

쿠바의 아바나 성채와 연결된 방파제는 관광지가 변변히 없는 그곳에서는 훌륭한 볼거리였다. 방파제를 돈 다음 구경 간 시장의 좌판에서 나는 그림 한 점을 집어 들었다. 'DANILO 92'라는 사인. 3호 정도 크기에, 가격 10달러. 값을 치르고 나름대로 '아바나의 방파제'라 이름 붙였다.

방파제의 사람들은 하나같이 통통한 몸매이며 따라 나온 강아지도 통통하다. 방파제 바깥쪽의 바다에 떠 있는 성모상(聖母像)도, 아기 예수도, 예배자들도 통통하다. 바다는 청람색. 오른쪽으로는 등대가 보인다. 이 평화로운 풍경은 언제의 모습인가. 나로서는 가늠할 수 없다. 어두운 저녁, 공항에 내려 시내로 들어갈 때, 붉은 주먹을 불끈 쥔 '세계 청년 축전'의 포스터에 움츠러든 마음으로는 그 그림의 내용이 쉽게 받아들여지지 않았다. 다만, 뜻밖에 보게 된 그 북한 포스터의 한글이 새롭게 보이며 자랑스럽기는 했다. 무슨 이데올로기든 이데올로기는 이 세상의 존재 양식에 의구심을 갖게 하는 길이기도 했다. 그곳도 마찬가지였다. 시가를 만드는 공장의 화장실 앞에 서서 나를 바라보던 처녀의 공허한 눈에 게바라의 커다란 벽화는 무슨 의미일까. 그저 '삶이란……' 하고 한숨지을 수밖에 없는 것이었다.

〈배를 타고 아바나를 떠날 때〉라는 노래는 그들에게는 그리 알려져 있지 않았다. 그러나 〈아바나의 방파제〉에서 바라보는 카리브 바다는 그 노래를 떠오르게 했다. 헤밍웨이가 자주 들렀다는 술집, 그가 즐겨 마셨다는 술을 따른 술잔에서도.

쿠바에서 돌아와 〈부에나 비스타 소셜 클럽〉의 음악가들을 보며 그들의 음악을 들었다. 아바나의 낡고 후미진 길목들이 정감 있게 다가왔다. 나는 비로소 그 여행을 달리 받아들이고 싶었다. 그로부터 쿠바 화가 다닐로가 1992년에 그린 〈아바나의 방파제〉는 거실의 중요한 그림이 되었고, 나는 '가장 먼' 방파제와 등대를 매일 바라보게 되었다.

방파제라면 우리나라의 화가 임만혁의 그림도 있다. P화랑에서 그의 그림을 보고 온 나는 다음과 같은 소감을 적었다.

내가 그의 그림을 처음 본 것은 몇 년 전 고향의 상실감에 유난히 시달릴 때였다. 나는 무엇에겐가 '그립다' 하고 고백하기 직전까지 몰려 있었다. 어릴 적 방파제에서 바닷물에 빠져 문어와 놀았던 기억이 무섭게 새로워질 무렵, 내 고향 사람인 그가 나 대신 나의 고백을 들려주고 있었다. 그 바다/방파제는 내게는 전쟁의 그늘이 어려 있는 곳이었다. 그의 그림의 황색은 모노톤이 아니라 삶의 삼라만상, 희노애락이 어우러진 공간으로 다가와 내게 속삭였다. 나는 왜 여기 와 있지요? 당신은?

그림들 가운데 바다/방파제의 인물은 얼마쯤 극복을 외치는 것처럼 보인다. 그리하여 가족이 등장하고 짐승까지도 대화에 끌어들인다. 여러 포즈의 여자들은 또 어떤가. 현실에 적극 개입하는 능동적인 탐구가 펼쳐진다. 소통 없는 가족에게는 어떤 활력이 필요하다. 그리하여 다시 등대가 있다. 그에게 등대란 어두운 바닷길에 뱃길을 알려주는 신호체계로서만 서 있는 게 아니다. 이를테면 방파제에 서 있는 빨간 등대는 우체통과 같다. 어느 미지의 세계로 보내는 엽서를 넣으려고 그는, 그녀는, 우리는 그곳으로 간다. 서커스나 모임의 탁자에 놓여 있는 빨간 주스 깡통도 등대/우체통이 되어 안부를 묻는다. 어떤 그림에서 그것은 휴대전화가 되기도 한다. 그래서 주스 깡통/등대/우체통/휴대전화를 통해, 방파제의 다른 모습인 교각 위에 외로움을 반추하는 남자와 여자가 서로 뒷모습이지만 같은 시선으로 안부를 묻는다. 우리는 왜 여기 와 있지요?

좀 더 긴 파도가 쭉쭉 밀려와 드디어 내 구두는 바닷물에 젖는다. 예전에 어머니도 이 파도에 발목과 종아리를 적셨으리라. 그 모습을 본 적이 없다 하더라도 틀림없다는 확신을 갖는다. 그런데 구두를 적신 파도가 밀려가면서 한 장면이 모래알들을 들치고 살아난다. 육이오 때 이 바닷가에서 총살을 당한 사람들의 모습이다. 그들이 정말 '적'인지 어린 나는 알지 못한다. 다만 그들은 모래밭에 박힌 기둥에 묶여 헌병의 구령을 기다려 총알을 받는다. 그들의 목이 푹 꺾이는 것을 나는 똑똑히 보았다. 그 바닷가에 지금은 젊은이들이 장난을 치며 지나간다. 그리고 나는 어머니의 유골을 파도에 흩뿌린다. 파도를 보기만 하면 읊조리는 한 줄의 시 〈파도야 어쩌란 말이냐〉와 함께.

　이로써 나는 어머니를 고향에 모신 것일까. 나는 내 행위가 무엇인지 가늠하기 힘들었다 어떠한 검증도 없는 일일 뿐이었다. 그리고 솟대의 새를 거쳐 지금은 남의 집인 내 옛집 앞을 지나 터미널에서 서울행 버스를 타면 그만이었다. 한두 해 전에 어머니는 강릉에서 우리가 살던 집을 배경으로 찍은 사진을 남겼다. 옛 가옥은 앞을 3층짜리 빌딩으로 개축하였고, 아래층에는 화장품점, 위층에는 미용실 간판이 붙어 있었다. 우리가 육이오의 얼마 동안 방공호를 파고 견딘 집이었다. 나는 그 집에서 경포 바닷가까지 걸어갔었다. 모두들 걸어서 갔다 오곤 하는 바닷가가 궁금해서 견딜 수 없었다. 어린 나이의 나로서는 엄청난 모험이었다. 나는 그때처럼 바닷가를 어설프게 서성거렸다.

버스는 다시 출발했다. 잠깐 눈을 붙였는가, 몸이 기우뚱거리며 휘뚝하는 느낌에 눈을 떴다. 센 바람에 버스의 몸체가 흔들리고 있었다. 삼척까지는 그래도 서너 명 승객이 있었으나, 이제는 나 혼자뿐이었다. 혼자서 버스 승객이 되어 해안도로를 달려가는 나라는 존재가 갑자기 낯설기 짝이 없다는 생각이 들었다. 낯선 나를 만나자면 선(禪)처럼 혼자 있어야만 하는 것이다. 흔들리는 차체는 어느 순간 중앙선을 밟고 휘청거리기까지 했으나, 그것은 바람에 묻어오는 모래알의 소리이기도 했다. 여기 어디쯤 등명락가사가 있다고 들었는데. 속으로 공연히 절 이름을 들먹이고는 있었으나, 지리에 자신은 없었다. 앞 의자 등받이 그물에 넣어둔 테이크아웃 커피가 넘쳐 주르르 흘렀다. 이미 차게 식은 커피였다. 바람 때문에 커피도 외로워진 것이었다. 삼척에서부터 떠오른 따뜻한 카페의 발상이 버스의 요동침과 함께 되살아난다. 나는 쿠바처럼 먼 나라를 머리에 그린다.

러시안룰렛이라는 게 있다. 권총의 탄창에 단 한 발만 실탄을 넣고 다른 다섯 곳은 비운 채 빙그르르 돌려 머리에 갖다 댄다. 방아쇠를 당긴다. 총알이 발사될 확률은 6분의 1. 거기에 운명을 거는 게임. 그런데, 나는 먼 나라라고 러시아를, 또 그곳의 카페를 말하려고 하면서 왜 엉뚱한 걸 연상하는 것일까.

우리는 그때 어둑어둑한 거리를 걸어가고 있었다. 오후 세 시만 되면 거리에는 저녁빛이 어렸다. 러시아 상트페테르부르크의 네바 강가에서 접어들어간 골목길, 점심때나 되어 빵과 홍차로 끼니를 때우고 나온 우리는 허기를 느끼고 주위를 두리번거렸다. 걷기에도 지쳐 있었다.

"저기, 카페."

그녀가 가리키는 대로 나는 커피, 카페의 러시아어 철자 'кафе '를 바라보았다. 영업을 하는지 안 하는지도 알 수 없게, 작은 간판에 인적마저 끊긴 듯한 가게였다. 우리는 문을 열고 들어갔다. 뜻밖에 젊은 사람들이 여럿 앉아 있었다. 레닌그라드 대학 근처니까, 대학생들로 여겨졌다. 우리는 빵을 고르고 커피를 시켰다. 우리는 벌써 한 달 넘게 그 나라에 머물렀다. 그런 우리는 우랄 산맥 동쪽 어디쯤 러시아 변방의 작은 자치공화국에서 온 남녀로 보였음 직도 했다. 카페를 찾아 들어가는 것도 그곳에서 익힌 발걸음이었다. 프랑스도 그렇지만, 그 프랑스 지향의 나라에서 카페는 생활의 공간이었다.

커피는 금방 나오지 않았다. 나는 일하는 청년에게 눈길을 던졌다. 그는 커피를 끓이고 있었다. 그런데 그는 달랐다. 쇠국 자 같은 것을 모래에 올려놓고 커피를 뜨겁게 달이고 있는 것 이었다. 나는 그렇게 끓이는 커피를 처음 보았다. 모래를 달구 고 그 위에 놓아 끓이는 커피.

"그게 진짜 커피예요."

나중에 우리 동포 미하일에게 말했더니, 그는 엄지손가락을 곧추세우며 대꾸했다. 러시아에서는 흔히 그렇게 달인다는 것 이었다. 그렇게 해서 나는 '진짜 커피'를 마셨다. 끓이는 방법 에 따라 커피 맛은 달라지는가. 나는 알 수 없다. 모래가 무슨 역할을 하는지는 더더욱 알 수 없다. 그리고 몇 번인가 그런 식의 커피를 마시며 친근함 속에 모래 커피라는 이름을 붙였 다. 그러니까 버스로 날아드는 모래알 때문에 모래 커피가 새 삼 내게 다가온 셈인 것 같았다.

서울에 돌아와서 웬일인지 그 커피를 잊을 수 없었다. 한 친 구에게 말했더니, 그런 커피점을 열면 어떨까 하고 제법 본격 적으로 상의를 해오기도 했다. 이 차별화의 시대에 그러면

특징이 있을 거라고, 지금도 러시아에 가면 그 도구들을 구할 수 있을 거라고 나는 맞장구를 쳐주었지만, 아무래도 시간이 오래 걸리는 통에 되겠느냐는 우려도 곁들였다. 그리고 러시안 룰렛의 사진도 걸어놓으라고 나는 자못 의미심장하게 조언했던 것이다.

"뭐? 러시안룰렛?"

말했다시피 모래 커피와 운명 걸기 권총은 어디에도 연결 고리가 없다. 그런데도 나는 그 이미지를 왜 고집했던 것일까. 역시 알 수 없다. 그러나, 그러나, 내게는 그 둘의 분위기가 함께 다가온다. 그날 네바 강가의 러시아 모래 커피가 내게 죽음과 같은 운명적인 순간을 맛보게 했단 말인가. 그것도 천만에 아니다. 새로 만난 우리가 그 여행을 운명적으로 여기려고 했음은 틀림없었다. 그러나 우리의 운명의 확인에는 불길한 총알 따위는 아예 없었다. 친구는 물론 모래 커피점을 열지 않았다. 한국 어디에도 그와 같은 커피점이 문을 열었다는 소식은 듣지 못했다.

모래 커피와 러시안룰렛, 그렇다면? 나는 모든 만남에는 일말의 죽음과 같은 담보가 요구된다고 말하고 있는가. 모래 커피가 그렇게 심각한 의미를 던졌단 말인가.

하기야 소설가가 되려고 어느 셋집에서 몇 날 며칠을 칩거할 때, 나는 죽음을 담보로 글을 쓰겠다고 이를 악물었었다. 소설가가 되지 않으면 안 될 절체절명의 막바지 언덕길이 내 앞에 놓여 있었다. 앞이 캄캄한 시간마다 커피를 타가지고 옥상에 올라 폐부 깊숙이 숨어 있는 한숨을 토해내곤 했었다. 커피는 나를 달래주고 의욕을 부추겼다. 뜻을 이루지 못하면 오늘의 커피는 내일의 사약이 될지니, 부디 일어나라, 일어나라.

오랜 시간이 흘렀다. 그 뒤로 나는 모래 커피를 어디서도 대할 수 없었다. 러시아의 어느 한구석에 그게 남아 있을지 모른다. 한국에 많이 오는 러시아 사람들은 오직 우리의 '빨리빨리'만 배우려 하는 모양이었다. 모래 커피도 사라진 유풍(遺風)이 되었을 것이다. 그 커피가 새삼 그립고, 그 시절이 그립다. 삶이란 그리움의 야적장 같은 것이다. 아무렇게나 쌓여 있는, 버려져 있는 저 폐품들을 보라. 한참 바라보고 있으면 폐품은 유품이 되어 달려든다. 버려야지 하면서 내놓았다가 다시 하는 수없이 간직하곤 하는, 이젠 못 쓰는 낡은 물건들 속에서 결코 빠져나오지 못하는 그리움들……. 많은 그리움을 뒤에 두고 우리는 어디로 걸어가야 하는 것일까. 한 잔의 모래 커피를 마시고 싶었다. 등 뒤에 러시안룰렛의 그림자를 느낄 것인가. 모든 한 잔의 커피가 운명의 한 잔이라고 말하고 싶은 지금.

쿠바든 러시아든 나는 먼 나라라는 느낌만이 크다. 시간이 갈수록 모든 일은 희미해져서 먼 나라의 일처럼 잔상(殘像)만을 남기며 묻힌다. '어머니, 당신은 그 먼 나라를 아십니까' 어느 시에 있는 구절이었다. 한때 먼 나라의 이름 모를 거리를 기웃거리는 나날이 좋았었다. 유목민의 식량인 빵조각을 씹으며 버림받은 저녁 분위기에 취했었다. 그것이야말로 혼자의 고독의 자위의 낯선 시간이었다. 서울에서 직접 강릉으로 갈 수는 얼마든지 있었다. 하지만 나는 경우를 기다렸다. 내가 가보지 못한 동해안의 혼잣길이 주어져야 했다. 사실 〈헌화가〉나 등명락가사의 이정표도 필요가 없었다. 나는 혼잣길로 간신히 간신히 고향의 바닷가에 닿고 싶었다. 그래야만 의미를 완성할 수 있었다. 의미의 완성이야말로 내 인생의 목표가 아니던가. 완성이란 없음을 알고 있으면서도.

나 혼자를 승객으로 태운 버스는 바람을 피해 어디론가 달려가는 듯했다. 나혜석의 그림에서처럼 바닷가 언덕 집들 사이로 배가 놓여 있다. 흰색의 벽이 외롭고 강렬하다. 나는 차창으로 고향 가까운 바깥 풍경을 내다보며 휴대전화로 메시지를 보냈다.

꿈속의 그림자

누구일까

아무도 없는데

누구 하나 없는데

비껴가는 모습

누구일까.

　받는 사람의 전화번호는 물론 내 것이었다. 흘러가는 바깥
풍경에 반사되는 것은 내 얼굴이었다. 하지만 그 얼굴조차 '누
구일까' 하고 생소해하는 나는 정말 누구일까. 〈헌화가〉의 노
인처럼 나는 바닷가 절벽을 보고 있었다. 꽃이 피어 있을 시기
는 아니었다. 유감스럽게도 〈헌화가〉에서 수로부인이 원한 꽃
의 이름은 밝혀져 있지 않았다. 꽃의 이름을 불러줌으로써 꽃
은 비로소 내게 와서 '무엇'이 되어 의미를 갖는다고 한 시 구
절. 모든 사물은 이름을 불러주지 않으면 하나의 '몸짓'에 지나
지 않는다고 했다. 맞는 말이었다. 이제 와서 그 시를 새삼스레
인용하진 않겠지만, 그 선언적 시는 내게도 명확하게 전달되
어, 나는 그것이 사랑을 꿰뚫어보는 말이라고 받아들였다. 이
를테면 짝사랑하는 소녀의 이름이라도 알려고 애를 태우던 어

릴 적의 순간들, 안타까움이 손에 잡힐 듯 되살아났던 것이다.
세화는 강릉 옛집의 이웃집 소녀였다. 지금은 이 세상에 없는
소꿉소녀도 이름을 부르면 되살아난다. 두 집 사이의 개구멍
으로 얼굴을 내민다. 그리고 둘이서 손을 잡고 동네를 휘돈다.
객사문이 무너진다, 무너진다, 무너진다,고 소리치며 냅다 뛰
어, 차라리 남대천의 '미친 여자'를 보러 간다.

　모든 사물은 이름을 가져야 한다. 아니, 이름이 없는 사물은
이 세상에 없다. '우수마발'이 다 이름을 갖는다는, 도대체 '이
름 없는 꽃'이 무엇이냐는 일갈. 틀림없는 말이었다. 그래서 산
해박, 쇠뜨기, 세뿔석위, 속새, 머위, 천남성, 패모, 방풍, 잔대,
고비 등등 풀을 구해다 심는다. 그 이름을 부르며, 나와의 동질
성을 회복하려는 것이다.

　그런 어느 날 《금강경》을 들춰보게 되었다. 백남준 기념관
에 갔다가 그의 비디오 작품을 보고 온 결과였다. 흰 화면이
세로로 움직이며 가끔 그림자 같은 검은 자국이 흐르는 작품.
제목 '금강경'. 작품을 보면서, 그 경전을 언제 한 번이라도 면
밀히 읽어본 적이 있었던가, 싶었다. 언젠가 그 첫머리의 이야
기를 읽고 외다시피 한 적은 있었으나, 전편은 잘 다가오지 않

은 채로 세월만 흘려보냈다. 첫머리의 이야기는 부처가 천여 명의 비구들과 사위성에 있으면서 아침에 탁발을 나갔다가 본래 자리로 돌아와서 밥그릇과 옷을 제자리에 놓고 앉았다는 평범한 내용이었다. 그런데 웬일인지 나는 마지막 구절 '본래 자리로 돌아왔다'는 '환지본처(還地本處)'에서 눈이 쉽게 떨어지지 않았다. 《금강경》이 어떤 책인가. 불교의 진리를 가장 깊게 말해놓았다는 경전 아닌가. 그 경전에 탁발을 나갔다가 돌아와서 밥그릇을 놓고 옷을 걸고 하는 장면은 너무나 일상적인 사소한 일들이었다. 그렇다면 '환지본처'는 그냥 흘러가는 일상사라기보다 뭔가 중요한 시금석일 터였다. 그러고 나서야 나는 '환지본처'야말로 우리 삶에서 가장 중요한 원점이자 초심을 강조하는 뜻이라고 새길 수 있었다. 모든 일을 시작할 때 원점으로 돌아가서 행하지 않으면 안 된다. 처음처럼.

그런데 백남준은 작품 옆에 써놓았다. '뭐든 있다고 일컫는 것(一切有爲法)은 몽환과 같고 물거품과 그림자 같으니(如夢幻泡影)……' 일컬어 '금강경 사구게'였다. 허위허위 집에 돌아온 나는 그 구절을 베껴 써놓고 몽환에 사로잡힌 듯 그림 비슷한 것도 그렸다. '처음 마음'과 '몽환'은 도무지 앞뒤가 맞지 않았다. 그러다가 기어코 《금강경》을 다시 펴 든 것이다.

'모든 형상이 형상 아님을 보면(若見諸相非相) 바로 여래를 보나니(卽見如來).'

여기서 나는 새롭게 '견자(見者)'를 보는 느낌이었다. 견자란 무엇일까, 오래 시달려온 의문이었다. 그런 다음에 벼락같이 머리를 치는 말씀.

'내가 진리라고 하는 것은 다만 그 이름이 진리일 따름이니라.'

이처럼 부처가 말하는 모든 것은 다만 이름이 그러할 뿐이라는 말씀. 숨이 멎을 듯했다. 아니, 그렇다면…… 나는 그만 경전을 덮어야 한다. 궁극적인 '제상비상'을 말하는 이것은 금서(禁書) 중의 금서였구나. 나는 꽃의 이름을 부르는 시인의 명복을 빌며, 엄습해오는 종교적 진리의 비의를 감당하기에는 너무나 막막하여, 내 이름을 부르고자 발버둥쳐온 내 인생조차 눈물겨울 뿐이었다. 그렇다면 내가 지금 시라고 쓰는 이것은 그 어디쯤에 자리 잡고 있는 것일까.

차창에 비친 얼굴을 보고 얻은 '누구일까' 하는 물음은 '모든 형상이 형상 아님을 보는' 것에는 아직 거리가 멀었다. 백남준이고 견자고 《금강경》이고 뭐고 어려운 소리가 나온 것도 다 고향 때문이라고 여겨졌다. 그러니 내게 고향이란 진절머리 나는 곳일 수밖에 없었다. 그곳은 공연히 나를 심각하게 만드는 원흉이었다. 나만이 고향을 버스에 싣고 그곳으로 들어가는 것 같았다.

어머니의 유골을 뿌린 강릉 바다 위에 새가 날아간다. 오리 바위를 맴돌고 있다가 모래부리 쪽으로 방향을 잡는다. 이제 이 바다는 내가 올 때마다 '왔니?' 하고 반기겠다고 안심한다. 나는 그림을 그리기 시작한 첫 '작품'으로 지난해 캔버스에 열심히 옮겨놓은 새의 형상에 모래부리의 새를 대응해본다.

내가 그린 새를 보고 어떤 사람은 새인지 오징어인지 모르겠다고 했다. 누구는 밍크고래 같다고도 하고, 하물며 빨래집게 같다고도. 그림 이야기가 나왔으니 말이지 지난봄에 '어머니전'이라는 단체전에 내놓은 내 그림은 새로 탄생한 내가 어머니에게 꽃 한 송이를 바치는 내용이었다. 세상을 살아오는 동안, 보이는 마음과 보이지 않는 마음이 있다는 사실을 알았다. 그 어느 쪽도 허상일 수는 없음을 확인해야 하며, 그 확인이 문학이든 미술이든 '작품'으로 이루어지는 사랑이라고 나는 애써 정의했다.

여름이 시작되며 어머니는 더욱 병세가 깊어졌다. 어머니는 열아홉에 나를 낳았다. 나는 탄생했으며, 그동안 많은 고행의 길을 거쳐 이곳에 이르렀다. 그리고 예전에 그랬듯이 꽃 한 송이를 들고 어머니를 바라본다.

어렸을 때 이사 가는 집마다 나팔꽃 덩굴을 올렸듯이, 덩굴식물을 좋아해서 여러 가지를 구해 심었다. 여름 장마가 지나도록 으아리의 덩굴에서도 하얀 꽃들이 청초한 별들처럼 피어났다. 비슷한 덩굴에서는 하얀 꽃들이 청초한 별들처럼 피어났다. 비슷한 덩굴식물이라도 사위질빵의 꽃은 유백색이며 꽃잎이 좀 뭉툭하고 으아리의 꽃은 청백색에 갸름하여 귀태가 있다. 커다란 꽃송이를 자랑하며 봄에 피는 큰꽃으아리가 나무인데 으아리는 풀이라는 것도 특이하다.

덩굴식물은 하늘을 향해 자꾸만 올라간다. 마치 그걸 타고 오르는 걸 가르쳐주려는 듯이 보인다. 모든 식물이 하늘을 향해 자라는 모습은 신비하지만 덩굴식물은 그 신비가 더욱 구체적으로 표현되어 있다. 세상의 신비를 눈앞에 구현해 보이는 일이다. 덩굴식물이 감아 올라간 저 끝 어디에 이 신비의 세상은 실재의 꽃 이상의 꽃을 피우고 있다고 믿어본다.

언제부터인가 덩굴식물이 자라는 모습에서 손을 뻗고 있는 모습을 본다. 어떤 것은 덩굴손까지 휘젓는다. 어디론가 뻗어 무엇인가 붙잡으려는 손. 그 손이 무엇인가 붙잡지 못하면 그만 오그라드는 생태를 본다. 자기 덩굴을 감아 잡아 거꾸로 얼마쯤 뻗어나가기를 시도하지만 그만 멈추고 마는 것이다.

"손 한번 잡아보자."

어머니는 병상에서 내게 손을 뻗었다. 이미 시간을 다투는 생명임을 모두가 알고 있었다. 빨리 죽지 않으니, 어떡하느냐는 당신의 말을 나는 어떻게 새겨들어야 하는지 망연할 뿐이었다. 저 전쟁의 소용돌이 속에서 나를 살려낸 손이 나를 향하고 있었다. 많은 말들이 그 손끝에서 묻어나왔다. 나는 어머니의 손을 잡았다. 그러고 보니 실로 오랜만에 잡아보는 손이었다. 봄에 어머니에 대해 그린 그림에는 웬일인지 손이 유난히 강조되어 있었다. 나의 무심함을 일깨워주려는 손이었다는 생각이 들었다.

"또 올게요."

그러면서도 기껏 한다는 말이었다. 이승에서의 마지막 순간이 멀지 않은데, 기껏. 이렇게 되어 있는 게 삶이라면 도대체 우리는 무엇이란 말인가. 알 수 없는 회한에 나 자신이 부끄럽고 싶을 뿐이었다. 어머니는 세상을 떠났지만, 그 손은 내게로 뻗어 있다. 그리고 저 높은 어느 곳에 한 송이 꽃을 피워 내게로 전하고 있다. 장마 끝 덩굴식물에서 어머니의 손을 보는 마음이다.

어머니는 암으로 세상을 떠났다. 나이 든 탓에 의사도 더 이상 무슨 조치를 하려 하지 않고 그저 진통제로 버티라는 처방 아닌 처방을 내린 상태였다. 빨리 죽고 싶을 뿐이라는 말을 듣고 나는 대꾸할 말이 없었다. 이제 와서 지난 세월을 어찌 이런 글 몇 줄로 갈무리할 수 있으랴. 우리에게는 도저히 필설로 다 말할 수 없는 전쟁, 전쟁이라는 것이 있지 않았던가. 그것이 나라의 전쟁, 세계의 전쟁이었다면, 그에 따라 마음의 전쟁도 당연히 치를 수밖에 없지 않았던가. 어릴 적의 바닥이 그와 같으니, 살아 있는 동안 지금도 그 상처가 아물었다고 장담할 수 없는 나. 어머니와 함께 내 한계는 결정되어 있다.

어린 어느 날, 어머니가 나를 꼭 끌어안고 있는 장면이 흐릿하고 또렷하게 뇌리에 남아 있다. '흐릿하고 또렷하게'라는 말이 어떤 것인지, 어떻게 설명해야 할까. 우선 그 앞뒤 이야기를 전혀 모르기 때문에 '흐릿하'다고밖에 말할 수 없을 것이다. 그럼에도 불구하고 그 상태의 짧은 한 순간은 사진처럼 '또렷하게' 떠오르는 것이다. 여기서 어머니와 나는 아무도 없이 둘만 남아 있는 상황이 강조된다. 이 세상에 누구 하나 의지할 사람 없이 우리는 천애(天涯)에 둘뿐이었다. '흐릿하고 또렷하게' 남아 있는 그 장면이 강릉 읍사무소 앞집에서의 일인지도 나는 기억할 수 없다. 내가 태어나서 여덟 살에 떠나올 때까지 살았던 그 집. 일본식 '적산' 가옥, 그 집에 이십대 초반의 어여쁜 어머니가 있었다.

소설가가 되려고 했을 때, 나는 그 집을 무대로 이야기를 꾸미고자 했다. '가장 잘 아는 이야기를 쓰라'는 명제에 따르려고 한 것이었다. 전쟁이 배경이었다. 물론 그 집과 어머니는 소설로 만들어지느라고 각색된 탓에 본래 모습 그대로는 드러나지 않지만, 어디가 어떻게 변형되었는지 나는 나만의 비밀로서 잘 알고 있는 것이다. 소설은 소설로서 성립하기 위해 현실의 집을 작품의 무대로 다시 조립하지 않으면 안 되는 것이다. 그런 점에서 그 집은 내게는 '비밀의 집'이 된다. 어머니와 내가 둘이 남았던 공간인 그 비밀의 집의 한 부분은 오래전에 이미 헐려서 넓은 길에 포함되었다. 그럼에도 집 뒤쪽 중앙시장이나 남대천으로 향하는 길이 어느 골목들에는 옛날 흔적들이 지워지지 않고 남아 있었다. 살구나무와 골목집 담벼락의 낙서도 그런 가운데 하나였다. 아니, 살구나무도 새로 심은 것이며, 낙서도 새로 덧칠한 것일까. 그러면 옆길 건너 소방서의 망루와, 한참 올라가 임당동 성당의 성모상은? 그러나 이 모든

'비밀'들은 내 소설 어딘가에 들어가 나름대로의 모습으로 살아 있다. 나는 결국 내가 살아온 발자취를 어디엔가 남기려고 애쓰는 소설을 쓸 수밖에 없는 부류의 소설가인지도 모른다.

어머니를 그린 그림에서도 여전히 나는 같은 일을 하고 말았다. 나는 어머니를 그리면서 보름달을 그리는 게 마땅했다. 보름날 가까운 나의 탄생을 어머니 옆에 놓아야 했기 때문이다. 그렇건만 막상 그려놓은 것은 커다란 초생달. 아무런 저항감 없이 나는 그렸다. 그럼 이것도 현실의 달이 작품의 달이 되기 위해 둔갑한 결과, '비밀의 달'이 되었단 말인가. 게다가 어머니도 열아홉의 어여쁜 모습이 아니다. 베옷을 걸친 어머니는 늙고 거친 얼굴이다. 동앗줄을 타고 내려온 아이는 신화적으로 포장되어, 마치 '유아독존'을 외치는 듯도 하다. 모든 게 오리무중을 지나 엉망진창이다. 그리고 찌그러진 대야가 있다. 아마도 알루미늄 재질인 듯한 이 대야는 평상시에는 세숫대야였을 것이다. 그러나 나는 그 세숫대야가 전쟁 때 부산 피란지에서 쌀 씻는 대야의 역할을 함께했음도 기억하고 있는 것이다. 이 대야는 물을 쓰는 데 따라 두루 쓰임새가 바뀌는 '비밀의 대야'였다. 어쩌면 내가 태어났을 때, 여기에 몸이 담겨 씻겨졌을지도 모를 일이다. 또한, '나'라고 여겨지는 인물이 손에 든 빨간 꽃. 백일홍이 아닐까 싶은 이 꽃은 어머니가 해마다 꽃밭에 꽃씨를 뿌려서 꽃피운 여러 꽃들 가운데 대표가 될 만하다. 그 꽃을 왜 내가 들고 어머니에게 전하려는 것처럼 그려졌을까. 오히려 현실은 반대가 되어야 하지 않겠는가 말이다. 이 또한 위에서 말한 바와 같은 틀에 속한다고 보면, 이젠 뭐 특별한 건 아닐 듯싶다. 어머니는 꽃을 가꿔 피워내는 데는 남다른 솜씨가 있었다.

그러니까 오리무중, 엉망진창인 질서는 겉으로 본 풍경에 지나지 않는다. 보름달 아래 태어난 어떤 존재는 초생달 아래 꽃을 들고 동아줄을 타고 내려와 어머니에게 바친다. 모든 존재의 탄생은 역사적인 탄생이며, 그 역사를 만든 환경의 한 표상으로서 나타난다. 이 존재는 '나'로서 그려질 수밖에 없다. 따라서 어머니는 열아홉의 어여쁜 얼굴이 여든 넘은 얼굴을 하고 이른바 전존재를 표상한다. 초생달 역시 보름달에서 그믐달로 변해가는 모든 달의 전존재이다.

더 이상 어렵게 이야기를 포장해서 무엇하겠는가. 어머니는 비록 암으로 고생하면서도 맑은 목소리로 건강을 알리곤 했다. 나야 잘 있어. 그리고 열심히, 건강하게 잘 살라고 당부한다. 나는 어머니가 화분에 소중하게 가꾸어온 꽃 한 뿌리라도 캐와야겠다고 다짐하면서도 그것이 곧 세상을 떠남에 대한 준비로 두드러질까봐 저어할 수밖에 없었다. 그래서 나는 그림으로서나마 새 탄생의 꽃을 어머니에게 바치고 있는 모습인지도 모른다.

어머니는 몇 해 전부터 '빨리 죽고 싶다'고 마치 심심풀이 삼은 듯 말하곤 했다. 그러면 우리들은 웃음을 띠었다. 그 말이 진심인지 아닌지 알 길이 없기도 했다. 나는 아직도 모른다. 노인네들이 죽고 싶다고 말하지만 실상은 그렇지 않다고 하는 말들을 하는 것이다. 선고를 받은 병상에서 여전히 멀쩡한 의식으로 마지막을 맞이하는 그 심정을 헤아릴 길 없어 나는 그저 막막하였다. 사실상 우리 가족은 이미 해체된 지 오래였다. 그걸 어머니라는 끈으로 이어 유지하고만 있는 형국이었다. 어머니는 새끼 거미들이 뿔뿔이 흩어진 다음에 낡은 거미줄을 잇고 또 잇는 어미 거미처럼 거기 살아 있었다.

어머니는 병상에서 몸을 일으키며 '손 한번 잡아보자'를 계속했다. 그 눈에 어리는 아련한 빛. 이승에서는 아마도 마지막이 될지 모른다는 마음. 순간 속에 우리의 가족사가 함께 어렸다. 고향 옛집. 방공호에 들어가 숨죽이던 어느 날. 피란살이. 속 썩이던 나의 사춘기. 병든 문학청년. 마구간 방과 부뚜막 방에서 문학을 꿈꾸던 나. 어머니는 잡은 손을 놓고서 다시 또 무엇인가 아쉬운 몸짓이었다.

"어떡허니……."

그런데 이 말은 무슨 뜻일까. 누구에게 하는 말도 아닌 혼잣말이었다. 어떤 난관에도 어머니의 입에서 나옴 직한 말이 아니었다. 집달리들이 밀어닥쳐 한데 나앉았을 때도, 아버지가 감옥에 갇히게 되었을 때도 들은 말이 아니었다. 어머니의 죽음을 기정사실로 받아들이고 있는 나의 가슴에 날처럼, 칼날의 날보다는 서릿발의 날처럼 예리하게 들려오는 소리. 어쩌지 못할 아쉬움과 두려움을 품은 소리. 손 한번 다시 잡아보지 못할 불귀의 회진(灰塵) 앞에 형체 없음의 신음 소리. 어떠한 대답으로도 대답이 안 되는 말이었다. 안타까운 노릇이었다.

"어떡허니……."

그것은 허공을 향한, 죽음을 향한 말이었다. 마지막은 아픔이나 혼수상태 속에 맞이하는 게 낫겠다는 생각이 퍼뜩 들었다. 생생한 정신으로 죽음에의 여행을 떠나야 하는, 안 떠나려야 안 떠날 수가 없게 된 막다른 골목의 마지막 말. 어떤 위안도 소용이 안 닿는 말. 꽃 한 송이를 바치는 따위의 어설픈 짓거리로는 범접할 수 없는 말.

"어떡허니……."

파도에 휩쓸린 모래알들이 어머니의 말을 되뇐다. 나는 모
래밭을 걸어 파도와 멀어진다. 잠깐 카페에 앉아서 뭔가 다독
거리고 갈 마음도, 방파제의 등대를 돌고 갈 마음도 사치였음
을 안다. 의미의 완성이란 애초에 없다. 단지 모래부리를 지나
솟대의 새를 등지고 임당동 옛집을 거쳐 터미널에 이를 것이
다. 어머니도 한낱 이름에 지나지 않게 되었는가. 끝났다, 생각
하니, '누구일까' 물었던 어떤 모습이 높새바람으로 불어와 나
를 휩싸는 듯하여, 내 발길은 몇 걸음 늦어진다.

무지개 나라의 길

1

강릉의 헌화로 가까운 동네에 한동안 묵고 싶은 생각은 오래전부터 가졌던 것이었다. 드디어 나는 그것을 실행에 옮길 기회를 얻었다. 카페에서 그녀는 강릉 위의 양양으로 38선이 지나간다는 사실을 말했고, 그래서 강릉이 육이오 때 격전을 치렀다고 덧붙였다. 웬 뜬금없는 이야기냐고 나는 그녀의 얼굴을 살폈다. 언제 적 이야기인 것일까, 하면서도 순간적으로 옛일들이 머리를 스치고 지나갔다. 그녀의 부탁은 결국 그 전쟁에 관한 글을 썼으니 읽어봐달라는 것이었다.

"선생님이 쓴 전쟁 때의 이야기……. 소년과 소녀가 헤매다니는 빈 도시 이야기나 귤 이야기를 읽었지요. 실은 어느 모임에서 인사도 드렸는데."

그래서 나를 찾아왔다고 그녀는 밝혔다.

나는 한동안 멍한 상태였다. 그러자 아득한 먼 세월의 저쪽에 묻혀 있던 미지의 생명 하나가 갑자기 되살아나 암호와도 같은 소리를 지르며 달려오고 있었다. 암호와도 같은 소리가 아니라 바로 암호였다. 나는 이제부터 나 자신이 암호의 세계로 들어가지 않을 수 없다고 여겨졌다.

'아득한 먼 세월의 저쪽에 묻혀 있던 미지의 생명'이 무엇일까. 이를테면 북쪽 얼음 땅속에 몇만 년 묻혀 있던 매머드에 견준다면 어떨지 싶지만 그러나 결코 그런 것은 아니었다. 비록 매머드가 마치 산 것처럼 생생한 모습으로 발견되었다 하더라도 그것은 분명히 죽은 목숨이었다. 그와 아울러 외국 어디선가 진흙 펄 속에서 몇천 년 동안 묻혀 있던 연꽃 씨앗을 발견해서 싹을 틔웠다는 해외 토픽을 본 기억이 되살아났다. 하지만 그것은 어디까지나 식물이었다. 그렇다고 해서 그 '미지의 생명'이라는 것의 정체를 무시무시한 동물이 아니라거나 아름다운 식물이 아니라거나 하고 꼭 단정짓기도 싫은 심정이었다. 나는 그야말로 멍한 상태에서 월요일 오후를 맞이하고 있었다. 그녀의 부탁 말 속에서 살아 나온 무지개의 생명의 암호……

봉급쟁이 생활에는 진력이 날 대로 나 있었다. 다른 일을 벌이는 것은 돈도 문제였고 자신감도 문제였다. 우선 손쉽게 떠오르는 것으로 선물 상점과 꽃집과 서점이 있기는 했다. 그래서 어느 날 이른바 팬시점인지를 차린 동네 청년을 찾아가 한나절을 살핀 적도 있었다. 적은 자본을 들인 셈 치고는 그럭저럭 재미가 쏠쏠한 듯했다. 그런데 마악 일어나 나올 무렵 찾아온 어린 소녀와 맞닥뜨린 나는 잠깐 동안 가게 안에 머물러 있어야 했다. 몇 개의 물건을 가리키며 값을 물을 적마다 소녀는 볼을 더욱 빨갛게 붉히고 있었다. 그처럼 민망한 광경은 없었다. 소녀는 결국 무참하게 돌아서고야 말았다. 그런 광경을 본 나는 소녀가 그 가게에서 무참하게 돌아섰듯이 그 업종에서 무참하게 돌아섰다. 나는 모든 게 그 모양이었다.

그런 점에서라면 꽃집도, 서점도 진배없으리라. 그리하여 그다음에 떠오른 것이 카페였다. 그러나 이것은 돈도 돈이려니와 자신감이 더 문제였다. 게다가 누군가가 말했다. 카페요? 건, 믿을 만한 여자가 있어야 하는 거지요. 그럼에도 카페는 줄기차게 내 머리를 맴돌았다.

카페라는 걸 생각하면서 내가 가장 먼저 머리에 떠올린 것은 〈새들은 페루에 가서 죽다〉라는 단편소설이었다. 오래전에 읽은 글이어서 새들이 페루에 가서 죽는다는 건지 페루에 와서 죽는다는 건지조차 어렴풋하지만, 어쨌든 주인공은 갖은 풍상을 다 겪으며 여러 나라를 전전한 끝에 남미의 페루라는 나라 한쪽 바닷가에 와서 카페를 차리고 사는 사내였다. 그 바닷가에는 웬일인지 날마다 수많은 새들이 마치 죽기 위해서인 듯 날아와서 죽고, 사내는 격동과 혁명의 세월을 몸소 겪으며 살아온 스스로의 삶을 반추한다. 그런 어느 날 한 이상한 여자가 나타난다.

"저를 아시겠어요? 저…… 몇 년 전에…….''

여자의 목소리가 더듬으며 내 기색을 살폈다. 나는 그녀가 나를 만났다는 모임 자체를 까맣게 잊고 있었다.

"누구……신가요?''

나는 그 목소리가 과거의 언제 내 옆에 있었었는가 기억하려고 애썼다. 그러나 무리였다. 목소리만으로 사람을 알아맞힌다는 것은 가까운 사이가 아니면 쉬운 일이 아니다. 현재 진행형의 가까운 사이가 아닐 때는 더욱 그렇다. 기억하려고 애썼다는 것도 실은 지극히 짧은 순간의 노력에 지나지 않았다. 왜냐하면 목소리가 전혀 아리송하다는 느낌과 함께 예의 페루의 바닷가 카페 앞에 나타난 그 여자를 엉뚱하게 떠올린 것 때문이었다. 그 여자가 마지막에 어떻게 되었는지는 잘 알 수 없었고 또 아무려나 상관없는 일이었다. "저를 아시겠어요?" 하고 던져오는 목소리에서 그 바닷가 여자가 사람을 피해 죽기를 무릅쓰고 더 깊은 바다로 걸어 들어가고만 있었던 이상한 장면이 더욱 또렷이 되살아난 것으로 족했다. 그 장면만으로는 여자는 과연 이상한 여자였다. 이상한 여자가 나타났다고 여긴 것은 그 까닭이었다.

페루의 어느 바닷가에 날아와 죽는 새들 이야기가 되살아났다. 여자는 남자의 진정한 마음만을 바라건만 남자는 금붙이를 주어 여자의 마음을 사려 한다. 그래서 그것이 싫은 여자는 죽기를 무릅쓰고 바다로 들어간다. 남자는 여자의 행동을 이해할 수 없다. 그리하여 금붙이까지 가지고 바다로 들어가는 여자를 뒤쫓는다.

이야기는 더 전개되고 있지만 그것을 더 이상 살려낼 재간은 없다. 이 역시 아무려나 상관없는 일일 것이다. 나는 이를테면 사랑의 단절을 설명하는 데까지 이르렀기 때문인 것이다. 또한 그 여자는 결코 이상한 여자가 아니었으며, 이 세상에는 원인 없는 결과란 없다는 평범한 이치를 새삼 되살려주는 데까지 이르렀기 때문인 것이다. 이 세상에서 이상한 것은 없다는 게 지난 몇 달 동안 얻어낸 내 소박한 생각이기도 했다.

내가 왜 "저를 아시겠어요?" 하는 목소리에서 사랑의 단절
이라는 거창한 말까지 동원하게 되었는지는 이제 쉽게 납득
되었을 줄 믿는다. 하기야 이런 연상 모두가 카페를 차려서 먹
고 살았으면 어떨까 하는 생각에서 비롯된 것이었다. 머나먼
페루의 바닷가 카페가 아닐지라도 나는 한국의 여러 카페들
을 알고 있었다. 인사동의 오종종한 서울식 카페들이 한때는
내게 안식을 준 적도 있었다. 인삼차나 모과차나 유자차나 수
정과나 쌍화탕 등을 파는 전통 찻집이라는 곳도 카페의 일종
이겠는데 행정상의 분류로는 다르다는 것도 알고 있었다. 신
문과 잡지에 나온 '연인과 함께 가볼 만한 분위기 있는 카페
들' 같은 기사는 정성껏 오려두기까지 했었다. 서울과 근교뿐
만 아니라 지방에 어쩌다 출장이라도 갈라치면 그날 저녁에는
일부러 거리를 어정거리다가 눈에 띄는 카페를 찾아들곤 하는
게 습관처럼 되어 있기도 했었다. 언젠가는 술에 곤죽이 되어
서도 마지막 입가심은 꼭 그런 곳에서 해야 한다며 낯선 거리
를 새벽녘까지 헤맨 적도 있었다.

그리고 어느 해였던가, 남해안의 한 섬에 얼마 동안 머물렀
을 때 들르곤 했던 '포경선'이라는 이름의 술집은 내게는 페루

의 바닷가 카페보다 더 의미가 있으면 있었지 없지는 않았다. 거기서 한 여자를 만났던 것이다. 거기도 바닷가였음은 물론이고 괭이갈매기들이 무지하게 많이 날아드는 곳이었다.

그러나 여기서는 다시 한번 '포경선'이라는 상호만을 밝히는 선에서 물러서야겠다. 고래잡이배라는 뜻의 '포경선' 앞 바닷가에는 그러나 괭이갈매기들이 죽기 위해서가 아니라 살기 위해서 몰려들고 있었고, 그때 나는 방금 풍상을 겪기 시작한 젊은이였다. 내가 카페를 생계 수단으로 생각해보고 있었던 배경에는 바로 그 어디쯤에 가서 눌러앉아버릴까 하는 마음이 없지 않았다.

어느 모임에서 연극을 한다고 극단에 들어가면서 본명 대신 좀 더 그럴듯하지 않느냐며 예명을 지었다던 여자였을까. 그러자 뭔가 또렷해졌다. 동숭동의 호프집에서 처음 그 말을 들었을 때 나는 본명은 묻어두고 예명에 대해서만 한자로는 어떻게 쓰느냐고 물어보았었다. 그때 그녀는 은 자는 본명 것 그대로 '은 은(銀)' 자로 쓸까 하는데 화 자를 못 정해서 '꽃 화(花)' 자와 '벼 화(禾)' 자를 왔다 갔다 한다고 웃었었다. 그 말에 나는 그럴 바에야 이왕이면 신발이라는 화(靴)자나 아주 화끈하게 '불 화(火)' 자로 하는 게 어떠냐고 하고는 따라 웃었다. 별뜻 없이 한 말이었는데 다시 새겨보니 꽤 괜찮다고 여겨졌다. 무대에 서는 사람에게 신발이란 얼마나 뜻깊은 것이며 또 마음의 불덩이는 얼마나 뜻깊은 것인가. 그 뒤 우연히 신문의 공연 안내란에서 본 그녀의 이름은 그냥 한글로만 적혀 있었다. 그녀 말대로 벌써 몇 년이나 지난 일이었다. 그러므로 처음 그녀의 목소리를 알아듣지 못한 것은 당연한 일이었을 것이다. 그러나 또한 그녀의 말마따나 몇 년이 흘렀더라도 그 목소리를 알아듣지 못한 것은 당연한 일이 아니었다. 너무나 예기치 못했기 때문에 그랬을 것이다. 그런데 그녀는 본명을 밝혔고, 그것도 모자라 세화의 친구라고까지 밝혔다. 그래도 모른다고 하겠느냐고 성큼 앞으로 나와서 다그치고 있는 것이었다. 그럴 필요까지야 정말 없었다.

그게 벌써 몇 년이나 흘렀나…… 하고 나는 지난날을 되짚어보고 있었다. 아릿한 바람 같은 것이 한 줄기 갈비뼈 사이 어디로 스쳐가는 느낌이었다. 그것이 몇 년 전이든, 거기에는 서울 올림픽이 열린 해라는 뚜렷한 이정표가 있었다.

"아무튼 전화해서 놀랐죠?"

"아니."

내가 놀라지 않았다면 그것은 진실로 거짓말이었다. 나는 뒤늦게 그 목소리의 주인공을 알았지만 그녀의 목소리가 예전에 들은 느낌이 있다는 사실을 새삼 깨닫고 우선 그것부터 놀라고 있는 참이었다. 게다가 목소리고 뭐고 강릉이라는 이름마저 나온 판이었다. 그렇다면 꽤 오랫동안 만남도, 전화도 없이 오늘에 이른 것이었다. 전화라도 해야 한다는 부담이 있어 그런 게 아니라 그 반대였다. 그녀는 내 연락처를 알기 위해 여러모로 애썼으며, 혹시 실종인지도 모르겠다는 말까지 들었다고 했다.

"실종?"

몇 년 만에 전화를 하는 사람 치곤 그녀가 아니라 해도 지나치게 스스럼이 없었다. 그녀는 어떤 상황에서든 정확하게 자기 자신을 표현해야만 하는 유형의 여자였다. 어떤 친구가 실종이라고 말했든 그것은 그의 잘못이 아니었다. 나 스스로 차라리 그렇게 알려지기를 바라는 마음이었다.

"어떻게 사세요?"

용건을 기다리는 내게 그녀는 물었다. 우리는 어느 늦가을 날 아무 기약도 없이 연락이 끊긴 사이였다. 그때 '대한민국 연극제'가 열리고 있었음을 기억하는 것은 아무래도 그녀의 일과 관계가 있다고 믿어진다. 술집이라면 기를 쓰고 찾아다니면서 연극이라면 왜 기를 쓰고 피하느냐고 그녀는 묻곤 했었다. 그때마다 나는 연극을 볼 때 담배를 피울 수 없어서 그런 거지 연극이 싫어서는 아니라고 대답해야만 했다. 그렇지만 그럭저럭 실험극장이니 문예회관 대극장이니 산울림 소극장이니 공간사랑이니 돌아다니며 극장 구경을 한 것은 전적으로 그녀의 덕택이었다.

얼마 전에 극단 '신협'이 우리 연극을 돌아본다는 취지로 오래전의 작품 〈동승(童僧)〉을 무대에 올렸을 때, 나는 그것을 언젠가 그녀를 따라 수원에서 하는 연극제 행사에 가서 보았었음을 상기하고, 길거리의 포스터 앞에 멈추어 서서 담배를 피워 문 적도 있었다. 그때 그녀는 지방의 한 신설 극단에 그녀로서는 당치않게 연출을 맡아 연극을 지도했다고 했었다. 어려서 절에 맡겨진, 기구한 운명의 소년이 세속의 삶을 동경하다가 나중에는 마음을 다잡아 수도승의 길을 택한다는 내용은 어디선가 다른 데서도 본 듯한 것이었다. 그 작품의 작가가 일찍이 북쪽으로 가서 우리에게는 잘 알려지지 않은 사람이라는 것까지 기억하는 것은 그것이 그녀와 본 마지막 연극이기 때문일 것이다. 〈동승〉처럼 낡은 추억이었다.

나는 그 시절의 일들이 새록새록 되살아났다. 그러니까 쉽게 말해서 한때 나와 어울렸던 여자가 몇 년의 세월을 뛰어넘어 나타나 있는 것이었다.

"어떻게 살긴…… 뭐, 죽어가는 거랄까……."

빈정대는 투로 말할 의도는 진정 없었다. 그런데도 말이 그렇게 튀어나오는 것은 내 마음의 어떤 허점에 연막을 치려는 의도가 나도 모르게 노출되는 것임을 나는 알고 있었다. 내가 '실종'되어 있던 수도권의 변두리 마을, 그곳에서 갯벌까지 한 바퀴 돌아오는 것은 내 산책길 중의 하나였다. 바닷가 철조망이 웬일인지 열려 있는 곳으로 걸어나아가 나는 작은 곶(岬)이랄 수 있는 돌출부에 서곤 했었다.

하루에 두 번 물때가 되어 물이 들어오는 갯벌의 형세는 마주 보이는 건너편 쪽이 산으로 솟아 있어서, 오른쪽, 그러니까 바다 쪽으로는 당연히 넓고, 왼쪽으로는 차츰 좁혀 들어가서 마침내는 주변의 간척지에는 큰 까마귀들이 유난히 많았다. 나는 그런 곳에 카페를 연다면 얼마나 좋을까 하고 도무지 터무니없는 망상에 사로잡히기도 했었다. 카페가 아니라면 목로주점이라고 해도 좋았다. 이름은 그냥 '까마귀'였다. 오히려 '까마귀들은 곶에 와서 살다'라는 이름이 좋을 듯싶었다. 사람들이 '곶'을 '곳'으로 읽어도 어쩌랴 싶었다. 그동안 내가 지은 카페 이름이 몇이었던가. 카페 이름짓기야말로 나의 유일한 낙이라 해도 좋았다. 많은 이름들이 태어났다가 허무하게 사라져갔다. 그런 중에서 '시인과 농부'를 줄인 '시농(詩農)'이라는 이름은 오랫동안 뇌리에 남아 있는 것이었다. 아니었다. 카페 이름짓기는 결단코 낙이 아니었다. 그것을 낙이라고 하는 것은 그 무렵의 나를 비참하게 하는 짓이다. 미로에 빠져 그만 나 자신을 잃어버린 나의 출구찾기와 같은 것이라고 의미를 부여해야 마땅할 것이었다.

나는 그곳에 서 있는 나를 되돌아본다.

곶이랄 수 있는 돌출부가 있고 오른쪽에서 왼쪽으로 좁혀지는 바다의 몸통이 있다. 그것은 턱의 훨씬 아래쪽에 있는 아가리를 쩌억 벌리고 오른쪽에서 나타난 한 마리 커다란 상어를 연상시키는 것이다. 즉, 나는 그 상어의 아가리 속에 들어가서 서 있는 형세가 되곤 했다는 이야기가 된다. 저녁 물때에 낚시를 던지면 망둥이나 달랑게들이 갯지렁이 미끼를 물고 올라온다. 나는 적어도 한 달에 두 번은 그놈들과 겨루기를 한다는 원칙을 세워놓고 있었다.

시국은 때마침 민주화를 향한 선거라고 대통령 후보들이 머리 터지는 각축전을 벌이고 있는 참이었다. 민주주의라는 것,

그것의 실체에 대해서까지도 오래전부터 수상한 냄새를 맡고 있었던 나는 정치에는 그만 두 손을 들고 있는 입장이었다. 그런 면마저 나는 불행한 사람이었다. 민주주의든 군주주의든 자본주의든 사회주의든 혹은 나아가 무정부주의든 내게는 모두 현실과 이상 사이에서 갈등하는 불안정한 이념에 불과했다. 그 어디에든 속해야만 한다는 것이 나는 지겨웠다. 그러므로 안전한 상어 아가리 속, 절대로 다물어지지 않는 무서운 상어 아가리 속에 나를 피신시켜 놓은 꼴이었다. 거기서 잡은 몇 마리의 달랑게, 몇 마리의 망둥이를 나는 비닐봉다리에 넣어 집으로 가져오곤 했다.

"좋아요. 그럼 용건부터 말해야겠어요."

나는 그녀를 잘 알고 있었다. 그녀가 나와 다른 세계의 사람이라는 것을 잘 알고 있었다. 그녀는 무슨 내용이든 에둘러 이야기하는 데는 소질이 없었다. '사랑할 시간이 많지 않다'는 것이었다. 나는 선고를 기다리는 피의자처럼 그녀의 '용건'을 기다렸다.

"그럼 말할게요. 아니, 이건 부탁이에요. 하나는…… 세화가 쓴 그 원고, 무슨 회고록 있잖아요, 그걸 제가 돌려받을까 해서요. 가지고 계시지요?"

그녀는 조심스럽게 말하고 있었다.

"그리고 또 하나는?"

"또 하나는 전에 종소리를 찾아가던 그 얘기, 그걸 한번 무대에 올리면 어떨까 하구요. 어려운 줄은 알고 있지만."

두 가지 용건이 있었다. 나는 얼른 대답을 할 수가 없었다. 그녀가 지금 무슨 말을 하고 있는지조차 얼떨떨한 느낌이었다. 그것은 모두 지나간 시절의 이야기였다. 그녀가 거론하고 있는 것들은, 그녀가 처음 전화를 걸었을 때 '몇 년 전'이라고 말한 데서 알 수 잇듯이, 꽤 오랜 세월이 지난 것들이었다. 그녀의 등장은 오랜 세월이 지난만큼 뜻밖의 일이었다. 그리고 솔직히 말해 부담스러운 일이 아닐 수 없었다. 이미 말한 것처럼 그녀와 나는 저 〈동승〉 이래로 관계가 끊어져 있었다. 그 연극이 어떤 영향을 준 것은 아니었다. 다음날부터 나는 그녀에게 전화하지도 않았고 그녀로부터 오는 전화도 이 핑계 저 핑계로 받지 않았다. 그녀를 만나는 것은 그녀를 매개로 세화를 만나겠다는 일말의 기대, 희망 때문이 아니었던가. 그러나 그녀야말로 실종된 여자였다. 그런데 그 세월을 뛰어넘어 느닷없이 나타나 회고록이니 종소리니 뭐니 하고 있는 것이었다.

종소리?

처음에 그녀의 말을 듣는 순간 실제로 종소리가 내 귀에 들리는 듯했음을 고백해야 한다. 그 종소리는 아득히 먼 듯하면서도 바로 귓바퀴 속에서 데엥뎅 커다랗게 울려댔다. 그러나 종소리도 종소리려니와 문제는 회고록 원고였다. 나는 까맣게 잊고 있었다. 그녀가 당연히 받아야 한다는 듯 말하고 있었다. 그제서야 나는 마치 그것을 일부러 숨기려고 했던 것처럼 부끄럽게 내놓아야 함을 알았다. 그것은 아직도 어디엔가 쑤셔 박혀 있을 것이었다. 나 역시 하찮은 물건을 버리지 못해서 꿍쳐두고 어쩌지 못하는 버릇이 있는 유형의 인간으로서, 그것을 어디에 두었는가는 모르지만 버리지 않았다는 것은 알고 있었다. 아내와의 일이 벌어지고 나서 이리저리 거처를 옮겨 다니느라 짐은 엉망으로 뒤죽박죽되어 있었다. 이사를 다니다 보면 가장 귀찮은 애물단지가 책과 화분이었다. 그것들은 라면 봉다리보다도 한결 보잘것없는 것이었다. 나는 책들을 정부미 쌀부대에 아무렇게나 휩쓸어 넣어 아구리를 동여매버렸고, 화분의 꽃들은 거의 말라죽게 내버려둘 수밖에 없었다.

그 원고를 처음 받았던 것은 물론 혼자 살고 있을 무렵이었으나, 그 뒤로도 나는 몇 번이나 집을 옮겼다. 제법 중요한 것들도 그런 판국에 하찮은 것이 안중에 있을 까닭이 없었다. 그렇다. 나는 그것을 하찮은 것이라고 했다.

그것은 육이오 때 일선 중대장으로 싸웠던 퇴역 장군의 회고록이었다. 장군이, 기억력이 너이상 흐려지기 전에 기록으로 남기고 싶어 한다는 것이었고, 장군 측에서 출판사까지 섭외해놓고 있다고 했다. 그런데 어찌된 셈인지 그 원고는 내게 들어온 채 묵혀 있었다. 출판이 안 된 것은 분명한데, 그녀가 일한 대가를 받았는지는 알 수 없었다.

나는 그 원고에 대해서 이러쿵저러쿵할 생각은 아예 없었다. 뒤늦게 육이오를 들먹거릴 아무런 까닭이 없었다. 그것은 퇴역 장군의 격앙된 추억은 될지언정 이제는 지나간 역사의 한 장에 지나지 않았다. 그 전쟁으로 인한 직접적, 간접적인 영향이 아직까지 생생하게 남아 있는 한 그것을 케케묵었다고 묵살할 생각이었다는 것은 아니다. 하지만 이제 내게 문제가 되는 것은 그런 것이 아니었다. 그 원고가 다시 필요하게 되었다는 사실, 그것이 중요했다. 누구에 의해서? 그것이 더욱 중요했다. 원고를 가지고 있느냐는 물음에 내가 즉각적으로 묻고 싶었던 말은 이것이었다. 그러나 나는 그럴 수가 없었다. 용기가 없었다는 말을 하기에도 나는 용기가 필요한 것이다.

묻지 않더라도 세화가 그것을 돌려받길 원한다고 판단해야 했다. 그녀는 그것의 주인이었다. 그 당연한 일에 나는 흔들리고 있는 것이었다. 그녀가 그까짓 케케묵은 원고 때문에 새삼스럽게 그렇게나마 연락을 취해왔다는 것이 믿을 수 없었다. 예전에 읽은 기억으로는 그것은 단순하고 일방적인 기록에 지나지 않았다. 게다가 정리가 덜 되어서인지 문장이고 얼개고 조악하기조차 했다. 그런 뜻에서도 그것은 이상한 원고였다. 그것을 왜 그녀가 굳이 찾는단 말인가. 갑자기 회오리치듯 여러 가지 생각이 머리를 어지럽혔다.

부랴부랴 짐더미를 뒤져 원고를 찾았다. 다행히 원고는 깊은 곳에 있지는 않았다. 철끈이 끊어진 채 몇 부분으로 나뉘어 구깃구깃 쑤셔박혀 있는 그것을 나는 손에 잡히는 대로 집어들고 들여다보았다. 〈장군의 회고록〉 뒷부분이었다. 내용이라야 처음부터 끝까지 동족상잔의 전쟁뿐이며, 말했다시피 문장이고 얼개고 조악했어도, 컴퓨터가 널리 쓰이지 않던 때라 원고지에 쓴 글씨가 갯벌에 남겨진 새 발자국처럼 고물거리고 있었다.

나는 새 발자국을 따라 걷고 싶었다. 갈매기의 똥 구아노가 켜켜이 쌓이고 태평양을 횡단해 날아온 새들이 무덤을 짓는 바닷가가 아닐지라도, 나는 내가 찾아가곤 하는 갯가의 작은 곳으로 가보고 싶었다. 오늘이야말로 그곳으로 가야 한다. 그녀의 글씨 같은 새 발자국을 따라가보고 싶었다. 기후 때문에 사는 곳을 옮겨 다니는 철새들 말고 아직까지 왜 그러는지 알 수 없이 대륙과 대양을 비행해가는 새들에 대해 텔레비전에서 본 적이 있었다. 때때로 간척지의 까마귀들과 갯가의 갈매기들이 모두 죽음을 논의하고 있는 게 아닐까 하는 생각이 들던 나의 곳으로 가보고 싶었다. 새 발자국이 내게 어떤 희망을 줄지도 모른다는 희망에 나는 기대고 싶었다.

떠나간 옛사랑이 남긴 흔적은 바닷가에 죽은 새들의 시체와 같다. 발가락을 힘없이 오그리고 깃털이 얼기설기 뽑혀나가며 그 날카롭던 부리는 허망하게 버그러진다. 그리하여 드디어 파도 소리에 묻혀 모든 것은 사라진다. 그녀가 남긴 글씨들 한 모퉁이에 지난 사연들이 마치 죽은 새 한 마리처럼 웅크리고 있었다. 마음이 스산하게 일렁거렸다. 바닷가에 와서 죽은 새들이 다시 살아날 수 있다는 생각은 환상일까? 그럴 것이다. 그럼에도 불구하고 나는 알 수 없는 전화 한 통에 '미지의 생명'을 보고 있었다. 아마도, 보고 있었다가 아니라 보려고 노력하고 있었다가 될 테지만, 나는 마지막 전화 목소리를 몇 번이나 되새기며 세화의 모습을 살려내고 있었다. 나는 새 발자

국 같은 그녀의 글씨를 따라 〈장군의 회고록〉을 다시 한번 읽
어 내려갔다.

*

〈장군의 회고록〉

　끔찍한 날들이 다가오고 있었다. 그 당시 우리 부대는 서울
용산에 자리잡고 있었던 수도 경비 사령부 소속의 예비대로
배속받아 있었다. 그곳은 지금의 미8군 사령부가 들어 있는 건
물로서, 2개 연대가 나란히 있었다.

　육이오 사변이 일어날 무렵, 우리 쪽 상황은 내가 생각해도
납득이 잘 되지 않았다. 무슨 비상소집이 그리도 많은지 하루
에 세 번씩 발령되는 것도 예사였다. 38선에서 빈번하게 발생
하는 경미한 마찰에도 비상소집은 거의 어김없이 발령되곤 했
다. 비상소집이란 말 그대로 비상사태가 발생했을 때의 소집
을 말한다. 그러나 이것이 일상의 다반사처럼 되고 보니 그 의
미는 날로 퇴색되어갔다.

　어렸을 때 듣거나 읽은 이야기로《이솝 우화》가 있다. 한 양

치기 소년이 늘상 반복되는 양치기 생활에 무료함을 느낀 나머지 하루는 심심풀이로 '늑대가 나타났다'고 마을 사람들에게 외친다. 그러나 놀란 마을 사람들이 늑대를 몰아내려고 달려왔을 때는 늑대는 사라지고 없었다. 실제로 늑대는 없었던 것이다. 자신의 말에 마을 사람들이 우우 몰려오는 것을 재미있게 여긴 소년은 심심할 때마다 '늑대가 나타났다'고 외쳤고 어김없이 마을 사람들은 몰려들었다. 어느 날 기어코 진짜 늑대가 나타났다. 소년은 '늑대가 나타났다'고 외쳤다. 그러나 마을 사람들은 모습조차 보이지 않았다. 계속되는 거짓말에 속은 마을 사람들은 진짜 늑대가 나타났음에도 불구하고 이제는 믿지 않게 된 것이었다. 이 이야기는 우리의 그때 상황에도 그대로 적용된다 하겠다. 잦은 비상소집에 무감각 상태에 빠지고 있었던 군부대는 물론 국민들도 점점 무관심하게 되었다고 여겨진다.

6월 25일 새벽이었다. 알다시피 그날은 일요일이었는데 당번이 와서 또 비상 소집이 발령되었음을 알렸다.

'무슨 비상소집을 일요일 새벽에 하지?'

나는 의구심에 머뭇거렸다. 나 역시 잦은 비상소집에 만성이 되어 있었다 할 것이다.

"비상! 비상!"

그리하여 세 번째 '비상' 소리가 들렸을 때야 비로소 집을 나섰으니, 새벽 5시에 내린 비상소집에 7시가 넘어 응한 결과가 되었다. 《이솝 우화》의 우매한 이야기를 그대로 따른 꼴이 된 것이다. 그 당시 38선에서 자주 충돌이 있었지만 북괴가 공격을 해올 것이라는 의견과 그럴 리 없다는 의견이 맞서 갑론을박하는 가운데 육군 본부가 조금만 사태가 이상하면 그때마다 비상소집을 발령한 결과 내게까지 이런 심리적 여파가 밀려온 것이다. 그러나 연대 본부에 도착해보니 여느 때와는 달리 사태가 여간 심각하지 않다는 것을 느낄 수 있었다. 나는 급히 상황판을 살펴보았다. 거기에는 빨간색 표시를 한 부대들이 개성과 의정부 쪽으로 남쪽으로 길게 그어져 내려와 있었다.

'이건 단순한 충돌이 아니라 심각한 것인데.'

이런 생각을 하면서도, 국제적으로 그어놓은 38선을 완전히 어떻게 할 수는 없는 것이라는 생각이 뒤따랐다. 이런 생각은 그 당시 육군 본부의 고위 간부들도 마찬가지였다. 그러나 시간이 지남에 따라 이런 안이한 생각은 지워져갔고, 상황은 급속도로 악화되기 시작하였다. 보통 일이 아니었다. 그것은 정말 심각한 상황이었다. 우리는 곧 출동하지 않으면 안 되었다. 한시가 급했다. 그러나 우리 부대는 예비대였기 때문에 어디로 출동할지 정해진 길이 없었다. 문산 쪽으로 가게 될지 의정부 쪽으로 가게 될지 몰라 초조하게 기다리는 가운데 오후 2시쯤 출동 명령이 떨어졌다.

"의정부 쪽으로 증원!"

이미 부대는 출동 준비가 끝난 상태에서 명령만 떨어지면 되는 것이었다.

그러나 문제가 있었다. 수도 경비 사령부가 가지고 있는 자동차와 연대가 가지고 있는 자동차를 모두 합쳐봐야 고작 병력 1개 대대를 소송할 능력이 없었다. 하는 수 없었다. 서울 시내버스를 동원하는 수밖에 없었다. 1개 대대의 인원과 장비를 수송하는 데는 트럭 30대를 필요로 했는데, 그때 시내버스들은 너무 작아서 20명만이 탈 수 있을 뿐이었다. 그래서 시내버스 40대를 동원하기에 이르렀다. 군대가 시내버스를 타고 출동하기는 아마 역사상 처음 있는 일일 것이다.

"출동!"

이렇게 시내버스를 타고 용산을 출발할 당시 연대는 마침 1대대가 전원 휴가중이었다. 따라서 2대대와 3대대만이 출동

202

명령을 받았다. 2대대, 즉 우리 부대의 병력은 모두 805명이었고, 3대대는 700여 명이었다. 하지만 3대대 병력은 겨우 2개월밖에 복무하지 않은 신병으로 전투력을 기대하기는 무리였다. 결국 전투력이 강하다는 평가를 받고 있는 우리 2대대만이 제대로 전투를 할 수 있는 실정이었다. 1, 2, 3대대가 모여 1개 연대지만 1개 대대라고 해도 과언이 아니었다. 우리 부대 내 휘하의 병력이라고 해서 추켜세우는 것은 결코 아니다. 2대대는 문자 그대로 정예군이라 할 수 있었다. 우리는 서울에 오기 전에 이미 옹진반도에서 6개월 동안 38선 경비를 맡기도 했었고, 2대대가 소속된 연대는 국군으로는 최초로 미 군사 고문단 지휘 아래 미국식 군사 훈련을 마치기도 했던 것이다. 그때는 초창기 때여서 일본식 훈련도 하고 미국식 훈련도 했었다. 그런데 연대가 처음으로 안양 지구에서 천막을 치고 각개 훈련에서부터 중대 야외 훈련까지 미 군사 고문단이 교관으로 12주간 훈련을 마쳤던 것이다.

2시쯤 작전 명령을 받고 용산을 출발한 시각은 한 시간 뒤인 오후 3시경이었다. 진로는 용산에서 중앙청 앞으로, 한국일보사 앞으로, 창경원 앞으로 하여 돈암동으로 나아가는 것이었다. 시내는 처음에는 언뜻 보아 무표정했다. 그러다가 돈암동을 통과할 때쯤 주로 노인층이 나와 울면서 많은 격려들을 해주었다.

"부디 좀 인민군을 격퇴해주시오!"

그들은 이미 라디오 방송으로 이번 사태가 38선에서 일어난 충돌이 아니라 전쟁이라는 사실을 알고 있었던 것이다. 우리는 비장한 각오로 미아리고개를 넘었다. 이때부터 정말 전쟁이 실감나기 시작하였다. 피란민들이 무리지어 내려오며 길을 메우고 있었다. 달구지에 짐을 싣고, 어린애를 들쳐업고, 보따리를 머리에 이고, 그야말로 아수라장이었다. 미아리에서부터 의정부로 가는 길목은 이렇게 피란민들로 가득 메워져 있었다. 전쟁이라는 실감이 가슴 가득히 밀려왔다.

'아, 전쟁이 발발했구나.'

우리는 피란민들을 헤치며 의정부까지 나아갔다. 의정부에 도착한 우리 부대는 7사단 사령부 지역에 하차해서 작전 명령을 기다렸다. 나는 대대장으로서 이것저것 조심스레 살피지 않으면 안 되었다. 그러나 모든 것이 여의치 않았다. 우선 상황판단이 안 되었다. 작전 상황실에 나가보면 엉망이었다. 가령 동두천에 아군 부대가 있다고 했는데 불과 몇 분 지나면 적이 있다고 하는 것이었다. 포천 쪽에도 적이 있다고 하더니 아군 부대가 아직 있다고 하는 것이었다. 너무나도 체계가 없는 실정이었다. 나는 한숨이 나왔다. 그렇지만 사태가 어렵다는 사실만은 명확했다. 이렇게 실태 파악이 안 되는 초조한 가운데 그 엄연한 육이오의 날은 지나갔다,

6월 26일, 새벽 3시.

"연대는 좌측으로 진출해서 동두천 서북방에 있는 고지를 점령하라."

드디어 처음 작전 명령이 하달되었다. 이 작전 명령을 받고 의정부를 출발한 시각은 새벽 4시였다. 역시 모두 준비 태세였으므로 정렬해서 출동만 하면 되었다.

의정부에서 동두천으로 향하다가 중간쯤 덕정에서 좌측으로 꺾어 문산 방면으로 가는 길목에 있는 운암리에 도착했다. 도착하긴 했으나 도무지 어떻게 해야 할지 막막하기만 할 뿐이었다. 적정을 모르기 때문이었다. 의정부에서 작전 상황이 제대로 파악되지 않고 있는 실정을 눈으로 직접 보았지만 암담한 노릇이었다.

'적은 어디에 있는가?'

적은 고사하고 작전 상황에 의하면 분명히 그곳에 있다고 하는 아군 부대조차 연락이 되지 않는 것이었다.

'그렇다면 우리 1연대는 어디에 있단 말인가?'

모든 것은 막막했다. 그때 우리는 작전에 꼭 필요한 5만분의 1 지도는커녕, 수첩에 있는 손바닥만 한 작은 지도를 들여다보며 작전을 수행해야 하는 딱한 실정이었다. 그렇다고 그 자리에 앉아 있을 수는 없었다. 포탄 터지는 소리는 동두천 쪽에서 계속 들려오고 있었다. 우리 부대는 연대의 작전 상황에 의해 전투 대형을 취하면서 앞으로 나아갔다. 적정을 모르니까 수색을 겸하여 전진하는 것이었다.

적성 쪽 고랑포로 가는 큰길을 4킬로미터쯤 전진했을까. 갑자기 천지를 뒤흔드는 듯한 요란한 소리가 들려오기 시작했다. 우리는 몸을 숨기고 소리가 나는 쪽을 바라보았다.

"아니, 저렇게 엄청난!"

그것은 실로 엄청난 광경이었다. 수십 대의 탱크에다 포도 우리 것과는 비교가 되지 않는 거대한 중포들이었다. 우리는 그때까지 그런 어마어마한 장비를 갖춘 탱크 부대와 포병 부대를 본 적이 없었다. 그 무시무시한 부대가 하늘을 가리는 먼지를 일으키며 동두천 쪽으로 향하고 있는 것이었다.

"저런 것들이 세상에 있었던가!?"

그 광경을 본 병정들은 그만 기가 죽었다. 병정들뿐만이 아니었다. 간부들도 의견이 분분했다.

"우리와는 비교가 안 될 만큼 강한 무기와 장비를 가졌으니 공격은 안 되고 결국 방어만 하다가 후퇴할 수밖에 없습니다."

대대참모의 말이었다.

그러나 나는 감연히 싸울 것을 주장했다. 나 역시 눈앞의 광경에는 놀라지 않을 수 없었다. 하지만 생각을 달리했다. 즉 앞으로 전쟁을 1년을 할지 2년을 할지 모르는 판국에 처음부터 싸움도 하지 않는다면 결과는 불 보듯 뻔하다는 생각이었다. 그러면 두고두고 전투는 못하게 되고 그것은 완벽한 패전을 가져온다는 것이었다. 그렇다고 해서 내가 막무가내로 적에 대항해서 싸우자는 것은 아니었다. 아무리 강한 것이라도 약점은 있는 법이다. 그러니까 그 약점을 포착하여 적을 무너뜨리자는 것이었다. 나는 강력하게 그것을 주장했고, 마침내 그 주장을 관철시켰다. 나는 우리 부대를 즉각 신암리 쪽 고갯길로 진출시켰다.

"여기서 기다렸다가 적을 쳐부순다!"

적의 막강한 차량 부대가 지나간 다음 뒤따라올 후속 부대를 친다는 계획이었다. 고갯길 좌측은 7중대가 맡고 우측은 5중대가 맡도록 배치했다. 모두가 긴장하여 전의를 가다듬고 있었다. 아니나 다를까. 얼마 뒤 먼지가 일어나면서 적이 접근하는 기미가 보였다.

"적을 지근거리까지 끌어들여야 한다."

우리 부대원들은 용의주도하게 기다렸다. 말했다시피 우리 부대는 훈련받은 부대였다. 아무것도 모르는 적은 유유히 접근해왔다. 말 두 필이 끄는 마차 부대였다. 이윽고 50미터 전방까지 이르렀을 때, 우리 부대원들은 일제히 공략했다. 그리하여 혼비백산한 적을 모두 사로잡을 수 있었다. 비록 말 두 필이 끄는 적은 규모의 적이기는 했지만 그 의미는 큰 것이었다. 마차를 끌던 장교는 우리 편제로 보면 대위와 소령 사이에 해당하는 총위 계급으로서 4사단 근무 중대 중대장이었다. 그 아래 소위 1명과 사병 11명이 딸려 있었다. 이들의 마차에는 전차 포탄이 가득 실려 있었다. 이 작전이 우리 부대원들의 사기를 올리는 데 큰 기여를 했음은 물론이다. 아울러 육이오 사변에 처음으로 포로를 잡은 것이 이때라고 생각된다. 노획한 포탄은 터뜨리면 그 소리 때문에 금방 발각이 나므로 물이 채워진 논바닥에 집어넣었다. 그리고 포로들은 내 지휘소까지 이송시켜 심문을 마친 뒤에 상급 부대로 보냈다. 총위가 가지고 있던 침략 계획 지도를 펼쳐보니 영등포까지 사단 전투지가 전부 표시되어 있는 것이었다. 처음 적을 쳐부순 것은 말할 수 없이 통쾌한 일이었다. 하지만 한편으로 두려움도 없지 않았다. 왜냐하면 적이 우리와 비교도 되지 않을 전투력을 지닌 것을 눈으로 목격했기 때문이었다.

'한시도 마음을 놓아서는 안 된다.'

나는 다시 부대를 정돈하여 남쪽으로 방어선을 쳤다.

'적이 어디서 나타날지 모른다.'

그러나 불안은 가중되었다. 그날 밤 잠 한숨 못 자고 이리 궁리 저리 궁리를 거듭하던 끝에 신암리에서 4킬로미터 떨어진 남쪽으로 퇴각하고 말았다. 그런데 어찌된 일일까. 27일 새벽 3시쯤부터 연대 본부와 통신이 두절된 것이다. 큰일이었다. 적이 어디서 나타날지 모르는 판국에 연대 본부와 연락마저 안 되니 어찌할 것인가. 나는 15리쯤 떨어진 연대 본부로 연락병을 보냈다. 1시간 30분 걸리는 거리였다.

"그곳에 연대 본부는 없습니다."

연락병은 돌아와서 보고하였다. 무슨 일이 생긴 게 분명했다. 그 무렵 공산주의자들이 군 내부까지 침투해 있었으므로 나는 연락병까지 믿을 수 없다는 생각에 장교를 다시 보냈다.

"그곳에 연대 본부는 없습니다."

장교도 돌아와서 똑같은 보고를 하였다. 이런 가운데 아침 8시가 되었다. 이때 대대장으로서 큰 시련을 느끼지 않을 수 없었다.

'어쩐단 말인가?'

상황을 알 수 없었고 연락은 두절되었다.

'800여 명의 생명이 오로지 내게 달렸다.'

그런 입장에서 고립된 상태로 무작정 싸울 수는 없는 노릇이었다. 그러나 후퇴하려고 해도 어느 쪽으로 가야 할지 알 길이 없었다. 고립된다는 것은 무서운 일이었다. 그래도 믿어야 할 것은 모부대인 연대 본부였다. 그래서 연대 본부가 없어졌다고는 해도 그 주둔지로 가야겠다는 생각에 그리로 부대를 이동했다. 그와 거의 동시의 일이었다.

쌔애앵-.

공중에서 비행기의 비행음이 쏟아지듯 들려왔다. 모두들 하늘로 고개를 쳐들었다. 그것은 인민군의 야크15 전투기들이었다. 그것도 30~40대는 족히 될 엄청난 것이었다.

'이제 모두 죽었구나.'

연대 본부가 어디 있는지도 모르지, 우리가 보유하지는 못한 전투기들이 머리 위로 날아다니지, 우리 부대원들의 사기는 말이 아니었다. 사태는 암담했다. 나는 지휘관으로 거의 절망을 느꼈다. 정신마저도 아득했다. 이러지도 못하고 저러지도 못할 진퇴유곡의 상황에 빠진 것이었다. 더군다나 더욱 우려되는 일이 있었다. 이런 절망적인 상황에서 몇몇 병정들이 반란이라도 일으킨다면 그야말로 큰일이었다. 그럴 가능성이 없다고는 할 수 없었다. 만약 그렇게 된다면 끝장이었다. 전투력 강하다고 은근히 자부심을 느꼈던 2대대도 하루아침에 무너지고 말 것이다. 나는 정신을 바싹 차려야 했다. 옛말에 호랑이에게 물려가더라도 정신만 바싹 차리면 산다고 하지 않았던가. 나는 조금도 흔들리지 않는 자세로 중대장들을 불러 훌륭한 자질로 중대원들의 인원을 정확히 파악하고 일말의 동요도 일어나지 않도록 각별히 유의하도록 지시했다. 그리고 중대장과 대대참모와 상의하였다. 그 결과, 의정부 쪽에서 포탄이 떨어지는 요란한 소리가 나고 연기가 끊임없이 오르는 것으로 보아 포위된 것이 분명하다는 결론에 이르렀다.

"고양 쪽으로 가는 수밖에 없소."

그렇다면 의정부의 반대쪽으로 퇴각을 해야겠다는 결정을 내렸다. 하지만 이것도 신통한 지도가 없이 내린 오판이었다.

"고양 쪽으로 가려면 어느 쪽으로 가면 됩니까?"

나는 주민을 붙잡고 물었다. 그러자 주민이 고개를 가로저었던 것이다.

"그쪽으로 가는 길은 없습니다."

기껏 머리를 맞대고 짜냈다는 계획이 길도 없는 곳으로 가자는 것이었으니 참으로 한심한 노릇이었다. 하는 수 없었다. 우리는 법원리 쪽으로 길을 바꾸어 비록 낙오된 부대지만 질서 정연하게 행군했다. 그런데 법원리에서 이상스럽게도 북쪽 능선과 남쪽 능선에 다 같이 사람들이 왔다 갔다 하는 모습을 볼 수 있었다. 우리는 그래도 아랑곳없이 행군을 계속했다. 그러자 남쪽 능선에서 누군가가 급히 달려 내려왔다. 자세히 보니 소위 1명과 사병 1명이었다.

"어찌된 일이오?"

나는 물었다.

"저쪽 북쪽 능선에 있는 게 인민군들입니다. 남쪽의 우리들과 합쳐서 철수해야 합니다."

그들이 헐레벌떡 말하는 것이었다.

"뭐? 저들이 인민군?"

나는 간담이 서늘했다. 그러니까 우리 부대는 양쪽 능선의 적군과 아군 사이를 행군해온 것이었다. 적군의 추측으로는 우리 부대가 질서 정연하게 행군해오니까 자기들 부대인 줄 알았던 모양이었다. 그때 남쪽 능선에 있었던 것은 우리 13연대였다. 13연대에서는 반신반의로 멀리서 쌍안경으로 바라보다가 부대를 확인하려고 장교를 내려보낸 참이었다.

"자, 빨리 남쪽 능선으로!"

다급하기 짝이 없는 순간이었다. 자칫 잘못하다가 우리 부대는 순식간에 적의 공격을 받고 궤멸될 위기에 있었던 것이다. 거의 2킬로미터나 벌어진 대형은 갑자기 좌향좌해서 남쪽 능선으로 붙었다. 이로써 우리는 극적으로 살아날 수 있었다. 아슬아슬한, 웃지 못할 순간이었다. 그동안 우리 부대는 두 끼나 굶었으므로 무척 허기가 져 있었다. 출동하면서 세 끼만의 식량을 배낭에 넣었었다. 포위망을 뚫고 신속히 퇴각하기 위해 필요 불가결한 병참만을 휴대케 했던 것이다. 나는 13연대 사령부에 실정을 말했다. 즉, 우리는 18연대 2대대인데 연대 본부가 어디에 있는지 통신이 두절되어 알 수 없으니 급식을 부탁한다는 것이었다. 야전에서는 모체 부대를 이탈한 부대는 아군 부대 중 가장 가까운 부대에서 도와주게 되어 있었다.

"기다려보시오."

13연대에서는 말은 이렇게 했으나 어찌된 셈인지 준다 준다 하면서도 밤 12시까지도 소식이 없었다.

'이럴 수가 있단 말인가.'

은근히 화가 났다. 그러나 뾰족한 수가 없었다. 하는 수 없이 눈길을 근처의 민가로 돌렸다. 13연대 근처에는 모두 피난을 가고 비어 있는 민가가 30~40호 정도 있었다.

"집들을 뒤져봐."

그리하여 집들을 뒤져서 우리 805명의 대대원들이 겨우 주먹밥 하나씩 해 먹을 만큼의 쌀을 얻었다. 이것으로 그날 허기진 배를 간신히 달래야만 했다.

다음날인 28일 새벽 4시경.

갑자기 총소리가 들리며 소란스러웠다. 13연대 전방에서 전투가 벌어진 것이었다. 적과 전투가 벌어지자 13연대 본부는 후퇴를 하게 되었다. 나는 그 틈을 타서 창고를 뒤졌다. 그랬더니 거기에는 농구화인 군화 500켤레와 새 작업복 600벌과 1인당 3봉씩 배당할 수 있는 건빵이 들어 있었다. 이것들을 그대로 둔 채 후퇴한 것이었다.

'이렇게 아까운 것들을 그냥 두고 가다니.'

나는 후줄그레한 우리 부대원들에게 이를 모두 나누어주었다. 새 옷을 갈아입고 새 신발을 갈아 신고 건빵을 먹은 병정들에게서는 새로운 힘이 솟는 것 같았다. 이런 상황에서 대대장인 나는 다시 갈림길에 서게 되었다.

'13연대를 도와서 방어전을 할 것이냐, 아니면 모체 부대를 찾아야 할 것이냐.'

쉽게 판단이 서지 않았다. 하지만 곧 나는 13연대와 함께 행동할 수 없다는 결론을 얻었다. 13연대는 후퇴가 너무 빨라서 우리가 가세한다 해도 어느 방어선 하나 제대로 막을 수가 없는 상황이었다. 그리하여 결론은 방어선도 없이 같이 후퇴하는 형국이 되었다. 후퇴를 거듭하여 구파발 10리 전방에 이르렀다. 거기서 우리는 비로소 우리 연대 본부를 만날 수 있었다.

"연대장님!"

연대장을 만나니 반가움은 뒷전으로 사라지고 야속한 마음이 앞섰다. 그동안 통신이 두절된 채 고립되어 얼마나 참담한 시간을 보냈던가.

"왜 후퇴 명령도 하지 않고 연대 본부와 3대대만 후퇴를 했습니까?"

나는 화가 치밀어 항의했다. 적의 막강한 기갑부대를 보고 오히려 전투에 임한 2대대였다. 그리하여 포로를 잡기도 하지 않았는가. 그런데도 버려두고 떠났다는 것은 언어도단이었다.

연대 본부가 3대대와 함께 싸움도 하지 않고 벌써 구파발까지 와 있다는 것이 여간 원망스럽지가 않았다.

"음. 그럼 그 전령이 어떻게 된 게로군."

연대장은 혼잣말처럼 말했다. 연대장의 설명에 따르면 후퇴를 위해 우리 부대로 전령을 보냈다는 것이었다. 그러나 그 전령이 어찌된 셈인지 우리 부대에 도착하지 않은 것이었다. 그리하여 우리는 고립되었다는 사실을 비로소 알게 되었다. 그 전령이 도중에서 도망을 쳤는지 적에게 사로잡혔는지 혹은 죽었는지는 모르지만, 전령 한 사람의 역할도 이렇게 지대한 것이다. 건빵을 먹긴 먹었으나 끼니를 굶은 우리 부대원들은 그제서야 연대 제공으로 밥을 먹을 수 있었다. 하지만 연대 본부를 만나기는 했어도 상황은 여전히 암담했다. 우리는 꼼짝없이 밀리고 있는 상황이었는데, 더군다나 후퇴마저도 쉽지가 않은 것이었다.

"이미 영천 고개까지 적군 전차가 가 있습니다."

서울 쪽으로 정찰을 나갔던 장교가 돌아와서 하는 말이었다.

"그러니까 서울 쪽으로는 철수가 도저히 불가능합니다."

서울에서 온 우리가 서울로 못 가면 어디로 가는가. 절망적이었다. 이런 상황에 고위 간부들도 쉽게 판단을 못 내리고 있었다. 그 당시 2사단 철수 문제 때문에 1사단 참모장이 구파발 쪽으로 와 있었다. 그는 구파발과 문산 쪽에 모두 5개 연대가 갇혀 있음을 알고 연대장들과 회의를 열었다.

"삼각산으로 들어가 게릴라전을 하면 어떻겠습니까?"

다른 연대장의 의견이었다. 이렇게 의견들이 분분했지만 모두 실현성 없는 궁여지책에 지나지 않았다. 참모장은 근심 어린 얼굴을 하고 무엇인가 골똘히 생각에 잠겨 있었다. 그 당시 대대장밖에 되지 못했던 나는 연대장들이 작전을 짜는 데는 끼어들 수가 없어서 말없이 앉아 있을 수밖에 없었다. 그러자 부연대장이 나를 가리켰다.

"이 지역에서 온전한 부대를 이끌고 있는 것은 2대대장밖에 없소. 다른 부대는 말이 연대지 오합지졸들이고 전투력도 없으니 2대대장의 의견 좀 들어봅시다."

이 말에 다른 연대장들도 내게로 얼굴을 돌렸다. 모두들 그 말에 동조하는 기색이었다. 사실 나는 그때를 기다리고 있었다. 사태가 화급한데 실현성 없는 의견들로 시간을 허비해서는 안 되는 일이었다. 한시 바삐 결단을 내려야 했다. 나는 절망적인 상황에 대비해서 이미 지도를 보며 이 부대들을 어떻게 철수시킬 수 있을까 이리저리 궁리를 거듭하여 나름대로 계획을 세워놓고 있었던 것이다. 나는 여러 지휘관들 앞에서 내 의견을 말하였다.

"서울 길이 막혀 있는 상황에서 우리가 철수할 수 있는 길은 하나밖에 없습니다."

모두들 내 말에 조용히 귀를 기울이고 있었다.

"그것은 행주에서 김포로 강을 건너 철수하는 길입니다."

나로서는 그 길밖에 없다는 결론을 내리고 있었으나, 대부대가 한강을 건넌다는 것은 결코 쉬운 방법이 아니었다. 나는 말하고 나서 참모장의 반응을 기다렸다.

"맞아. 나도 같은 생각이오."

어떤 반응이 나올까 했는데 그는 머리를 끄덕였다. 이로써 의견의 일치를 본 것이었다. 우리는 곧 서두르지 않으면 안 되었다. 더 이상 지체할 시간이 없었다. 당연히 우리 부대는 선두에 섰다. 행주산성은 옛날 임진왜란 때 권율 도원수가 왜군을 맞아 항전한 곳이다. 이곳의 나루터로 가서 지금 우리는 도하 철수를 서둘러야 했다. 만감이 교차되었다.

행주 나루터에 도착한 것은 오후 3시경이었다. 그러나 강 둔덕에 서자 막막하기 그지없었다. 강은 넓었고 배는 보이지도 않았다. 부랴부랴 인근을 수색하여 배를 모았다. 그리하여 작은 배고 큰 배고 할 것 없이 모두 40척의 배를 모았다. 그래도 막막하기는 마찬가지였다. 말이 배지, 작은 배는 겨우 5명정도가 탈 수 있었고 큰 배라야 20명 정도 탈 수 있는게 고작이었다. 그렇다고 한탄만 하고 있을 계제가 아니었다. 그 배들로 먼저 우리 대대가 도착했다. 그것은 정말 잊을 수 없는 도하 작전이었다. 6월 25일 그날, 시내버스를 타고 전선으로 나갔던 우리가 그로부터 3일 뒤 나룻배를 타고 한강을 건너 철수하고 있는 것이었다. 김포 쪽에 병력을 내려놓은 배는 다시 행주 나루터로 돌아가 병력을 실었다.

이렇게 나룻배 도하 작전이 다음날인 29일 해가 뜰 무렵까지 장장 계속되고 있을 때였다. 이제 우리 18연대 3대대 12중대가 도하할 차례였다.

"적이다!"

그때 적이 행주 나루터에 도착했다. 안타까운 일이었다. 그 불행을 생각하면 지금도 가슴을 치게 된다. 미처 도하하지 못하고 적의 손아귀에 든 12중대는 지금까지도 행방불명으로 남아 있다. 모두 죽었는지 살았는지조차 알 길이 없는 것이다. 그들의 목숨도 목숨이지만 3대대장은 여기서 큰 잘못을 저질렀다. 3대대 12중대는 중화기 중대였다. 중화기는 무엇보다 중요하게 다루어야 한다. 그래서 부대를 철수시킬 때는 중화기 중대를 먼저 철수시켜야 하는 것이다. 그런데도 12중대장은 그 원리 원칙을 어기고 말았다. 웬일이었을까. 12중대는 소총부대가 먼저 배를 타고 철수했다. 그런 다음 중화기 중대가 배를 기다리고 있다가 변을 당한 것이었다.

"아, 저런 변이 있나!"

우리는 모두 발을 굴렀다.

그들의 행방이 끝내 알려지지 않은 것은 적이 나루터에 들이닥쳐 순식간에 덮쳤기 때문이었다. 어쨌든 그들은 총 한 번 쏘지 못하고 중화기를 고스란히 든 채 적의 수중에 들어가고 말았다.

"참으로 한스러운 일이오."

연대장은 나중까지도 그 사실에 매우 비통한 마음을 털어놓곤 했다.

마지막에 안타까운 희생을 치르기는 했으나, 일단 도하 작전에 성공했다. 도하한 우리 부대들은 김포 쪽에 집결해서 일체의 야간 행동을 금한 채 방어를 하면서 다음날 아침 일찍 출발하기로 작전을 세웠다.

29일 아침, 우리 부대들은 출발했다. 그러나 엄청난 시련이 우리를 기다리고 있었다. 우리보다 앞서서 가던 1사단 13연대, 15연대, 11연대가 김포 지구에서 모두 적에 붙잡히고 만 것이었다. 그야말로 추풍낙엽이었다.

우리 2대대가 출발한 것은 29일 새벽 5시였다. 우리 부대는 부평 쪽으로 행군해 나아갔다. 부평 쪽의 큰 산인 개화산을 바라보는 지점에 이르렀을 때였다.

"박격포다!"

포탄이 우리 부대를 향해 날아왔다. 우리 부대는 그 포탄을 피하느라 정신이 없었다. 적은 이미 우리의 전방 개화산을 점령하여 진을 치고 있었다. 도리없이 진로를 바꾸어 김포 비행장 쪽을 향할 수밖에 없었다. 쫓기기 시작한 우리는 적을 피해 갈팡질팡하는 꼴이었다. 어떻게 이 지경까지 되었는지 비통한 마음이었다. 우리는 황급히 김포 비행장 쪽으로 행군해갔다. 하지만 김포 비행장에서도 적은 우리를 기다리고 있었다.

따르르르 따르르르르

그곳은 넓은 벌판이며 그 벌판에 10미터 정도 우뚝 솟아 세워져 있는 망루의 초소에 적은 기관총을 걸어놓고 있었다. 기관총 소리가 쉴 새 없이 고막을 때렸다. 이제는 앞으로 나아갈 수도, 뒤로 나아갈 수도 없는 처지가 되었다. 개화산의 박격포를 피해왔는데 앞에는 높은 망루에 기관총이 버티고 있었다. 허허벌판에 연대장을 비롯하여 2대대와 3대대 병력이 모두 고립되고 만 것이다. 이렇게 꼼짝달싹할 수 없이 독 안에 든 쥐 모양이 되자 우리 장병들은 더욱 죄어들어 도무지 움직여 주질 않았다.

'이러다간 모두 죽을 뿐이다.'

나는 안타깝기도 하고 한편 한심스럽기도 했다. 내가 아무리 "전진!"을 외쳐도 그들은 더욱 움츠러들기만 했다. 꼼짝없이 앉아서 전멸당할 위기였다.

"비행장으로 돌격해야 한다. 그 밖에는 살 길이 없다!"

나는 중대장들에게 몇 번이고 돌격을 명령했다. 그래도 망루의 기관총에 오금이 저려 요지부동이었다. 시간은 자꾸 흐르는데 야단이었다.

'이래도 죽고 저래도 죽는다.'

나는 안 되겠다는 생각이 들었다. 죽더라도 싸워보고 죽어야 하지 않겠는가. 나는 죽을 바에는 그래도 올바로 일을 해놓고 죽어야겠다는 대대장으로서의 사명감에 사로잡혔다.

"로켓포!"

비장한 각오를 하고 2.36인치 로켓포 사수를 불렀다. 그리고 급히 로켓포와 연막탄 다섯 발을 가지고 수로로 해서 자그마한 묘가 있는 곳까지 기어가기 시작했다. 긴장된 순간이었다. 이윽고 묘 앞에 이른 나는 다짜고짜 망루의 적을 향해 로켓포를 발사했다.

첫 번째 포탄이 망루를 향해 날아갔다.

쾅!

참으로 통쾌한 일이었다. 나는 쾌재를 불렀다. 첫 한 발에 적의 기관총 망루 하나가 명중되었던 것이다. 나는 쉬지 않고 두 번째 포탄을 발사했다.

쾅!

또다시 명중이었다. 백연탄(白煙彈)이므로 나무에 맞아 불이 나면서 적은 도망쳐버렸다. 그때가 정오 무렵이었다. 그러니까 새벽 5시에 출발하여 그때서야 적을 물리칠 수 있었던 것이다. 그런데 이상한 것은 전세가 갑자기 역전되기 시작한 것이었다. 어디선가 B29 3대가 김포 비행장 위에 나타나더니 빙빙 돌면서 폭격을 가하기 시작했다.

쾅! 쾅!

아무 예고 없이 떨어지는 포탄은 마치 내 머리 위를 겨냥하고 있는 느낌이었으나 실상은 상당히 먼 곳에 떨어지는 것이었다. 김포 비행장은 수라장이 되엇다. 3대의 B29가 쉴새없이 떨어뜨리는 폭탄으로 연기는 말할 것도 없고 어마어마한 굉음이 천지를 진동시켰다. 적은 혼비백산하여 달아나기에 바빴다. 이런 북새통에 우리는 전열을 가다듬어 5중대를 비행장 안으로 진입시켰다. 비행장 안에는 개별적으로든 단체로든 포로로 잡혀 있던 사람이 무려 3,000명을 헤아렸다. 5중대는 무사히 이들을 끌어내어 한강 쪽에 면한 야트막한 산으로 철수했다. 우리는 포로로 잡혔던 사람들을 정비하여 일단 영등포 쪽으로 향하였다. 그런데 얼마 안 가서 앞에 적의 보병 부대가 우리를 가로막고 있었다. 우리는 적을 피해 지금의 강화도로 가는 큰길을 김포 비행장 입구 동네로 빠져나가려고 시도했다.

"앞에도 적이다."

과연 그랬다. 또다시 크나큰 시련이 닥쳤다. 앞에도 적, 뒤에도 적이었다. 이렇게 되자 나도 기진맥진하여 어찌할 바를 알 수 없었다. 연대장과 부연대장도 막막했던지 나에게 달려와서 구구절절 하소연을 했다.

"이럴 때는 당신밖에 없소."

이 어려운 상황을 헤쳐나갈 사람은 나뿐이니 어떻게 해보라고 권유를 하는 것이었다. 그러나 나로서도 이렇다 할 묘책이 없었다. 어떻게 하면 부하들과 오합지졸 포로들이 말을 제대로 들을 것인가.

'이 난국을 어떻게 타개한다?'

급할 때 말을 잘 듣지 않는 것처럼 답답한 것은 없는 것이다. 위기가 닥치니까 중대장들도 몰라라, 병사들도 몰라라 하는 식이었다. 처음 비행장에 진입하였을 때와 같이 어려운 상황에 처하게 되었으나 우리에게는 망루 소초가 없어 적의 보병 부대가 어디쯤 숨어 있는지 도저히 가늠조차 할 수 없어 짐작으로만 저쯤이 아닐까 하고 생각할 뿐이었다. 우리가 조금이라도 움직이는 기색이 있으면 적의 포탄은 어김없이 날아들어와 불리한 전세에다 적의 위치를 모르고 행동을 해야 하는 불안까지 안고 있는 것이다. 그 당시 기관총은 수냉식(水冷式)이라 물을 넣어야 했기 때문에 둥그런 모양을 하고 있고 무척 무거워 삼각 띠로 받쳐서 두 손으로 들어야 했다. 나는 기관총 사수로 기운이 센 사람을 두 명 선발하여 어깨에 탄띠 한 개씩을 메게 하고 나와 같이 앞장서도록 하였다.

"적이 보이면 무조건 쏴라."

나는 기관총 사수와 함께 앞장을 서서 길을 터나가는 수밖에 다른 방법이 없었다. 자동 화기로는 기관총밖에 없는 시절이었으므로 M1과 칼빈은 가지고 가봤자 위급한 순간에 도움이 되지 않아 기관총 두 정만을 가지고 비장한 결심으로 김포 비행장 입구 동네로 향했다. 그러나 우리가 한 100미터쯤 나아갔을 때 갑자기 앞에서 적이 나타났다. 이들이 소리 없이 숨어 있다가 그대로 총을 쏘았다면 과연 나는 어떻게 되었을까. 선발대로 나섰던 나는 임무는커녕 몇 발짝도 가지 못해 그대로 쓰러지고 말았을 것이다.

"손 들엇!"

인민군 3명이 풀숲에 숨어 있다가 벌떡 일어나더니 총을 내 앞에 들이밀면서 손을 들라고 소리쳤다. 이때 나와 같이 가던 기관총 사수가 재빨리 기관총을 쏘는 바람에 인민군들은 그 자리에 쓰러졌다. 이 부근에 적이 더 숨어 있을지도 몰라 우리들은 기관총으로 무차별 사격하면서 조심스럽게 앞에 있는 조그만 능선으로 올라갔다. 우리가 능선으로 올라가자 그때서야 중대장이 부대를 이끌고 합류를 해왔다. 그리하여 일대 능선들을 일거에 점령하고 포로로 잡혔던 사람들을 모두 끌어내게 되었다. 한참 포로들을 끌어내리고 있는데 동기생 소령 한 명이 나타났다.

"아니, 무슨 일인가?"

나는 살펴보았다. 그는 쩔뚝거리며 자신의 연락병에 등을 기대어 오고 있었다. 발에 부상을 당한 것이었다.

"조심해서 빨리 가보라구."

나는 그의 안전을 바라고 소리쳤다. 그런데 어인 일일까. 그는 정황을 잘못 판단하고 있었다. 그는 우리가 아직도 포위망에 완전히 갇혀 있다고 판단한 것이었다.

쾅!

순간, 그는 더이상 희망이 없다고 여겨, 그만 자신의 목숨을 끊고 말았다. 그렇게 절뚝거리는 자신을 부축하고 가다가는 연락병의 생명마저도 위태롭다고 생각했다니, 이러한 안타까운 상황을 접한 나는 가슴이 저미는 것만 같았다. 모두가 극한 상황에서 일어난 일이었다.

우리 부대는 적의 포로가 되었던 부대와 함께 김포 비행장 입구에서 부평 쪽 2킬로미터쯤 되는 야트막한 언덕에 집결하였다. 해는 서산으로 떨어지고 9시경이었다. 아무리 생각해도 한심한 일들뿐이다. 구사일생으로 두 번 살아나왔는데 아직도 상황은 호전될 기미가 전혀 보이지 않았다. 그곳에서의 가장 큰 난관은 김포 지구의 방어 부대가 너무나도 엉망이라는 것이었다. 이들은 남산 학교 부대, 보병 학교 부대 등으로 구성

되어 있었는데 오합지졸들이었다. 이들로 방어한다고는 하지만 내가 보기에는 도저히 불가능한 일이었다. 이를 본 18연대장은 자진해서 우리가 여기서 방어해주자고 제의했다. 그래서 더이상 철수하지 않고 방어하기로 결론을 내렸다. 그러니까 김포 지구 방어 사령 부대는 서로 아무런 이해관계 없이 방어해주자는 결론이었다.

그런 이야기를 하던 10시경이었다. 김포 지구 방어 사령관이 찾아왔다. 그는 우리 앞에서 한숨부터 쉬었다.

"난 여기 책임자이긴 해도……."

그는 적을 막아내지 못하는 자책감이 크다고 한탄했다. 그러면서도 18연대장과는 친구 사이로 서로 몇 마디 농담을 주고받았다. 그러다가 그는 용변을 보고 오겠다고 자리를 떴다. 비록 김포 지구 방어에 실패하고 있어서 자책감을 느끼고 있었다고 하더라도 그는 평소와 달리 그리 달라 보이지 않았다.

그때 밤 공기를 가르며 총소리가 들려왔다. 우리는 의아해서 서로의 얼굴을 쳐다보았다. 주변에 적이 있는 것도 아니었다. 그런데 밤중에 진중에서 웬 총소리란 말인가. 나는 병사에게 주위를 살펴보라고 명령했다. 그랬더니 그 병사가 헐레벌떡 달려와 보고하는 것이었다.

"중령 계급장을 단 분이 돌아가셨습니다."

"뭐라구?"

우리는 바깥으로 뛰쳐나갔다. 현장에 달려간 우리는 놀랄 수밖에 없었다. 그것은 방금 우리와 대화를 나누던 바로 그였다. 스스로 목숨을 끊은 것이었다. 안타깝고도 어처구니없는 일이었다. 죽을 용기가 있다면 얼마든지 난국을 헤쳐나갈 수 있을 텐데 자결을 하다니, 우리는 그저 슬프고도 망연할 뿐이었다.

여러 명이 모여 그 사실을 놓고 자결을 하느니 적진에 뛰어들어 한 명의 적이라도 죽이고 죽어야 마땅하지 않느냐는 등의 이야기가 분분했다.

그때였다. 갑자기 요란한 따발총 소리가 콩 볶듯이 들려왔다.

"기습이다!"

캄캄한 밤에 갑작스런 기습이었다. 우리는 당황하지 않을 수 없었다. 마치 한 사람의 어이없는 죽음에 때맞춰 감행된 기습 같기도 했다. 따발총 소리는 쉴 새 없이 어둠을 뒤흔들고 총알이 머리 위를 스쳐지나갔다. 너무나 갑작스러운 사태였다. 그 자리에 모여 있던 대여섯 명의 지휘관들은 순식간에 이리저리 흩어졌다. 연대장, 부연대장과 나, 그리고 작전 참모, 전술 참모 등 모두들 뿔뿔이 흩어지고 말았다.

'어디서 총소리가 났을까?'

궁금한 일이었다. 기습 공격이 끝나고 거우 정신을 가다듬고 도대체 어떻게 된 일인지 점검에 들어갔다. 이리저리 알아본 결과, 그것은 어이없게도 적의 기습이 아니라 아군의 오인 공격이었다. 즉, 정보 학교에서 나온 남산 학교 부대가 정찰을 하다가 캄캄한 밤에 사람 대여섯 명이 모여 서 있는 것을 보고 적으로 오인했다는 것이다. 그 사실이 알려지자 흩어졌던 사람들이 모두 나와 인원 점검에 들어갔다. 모든 사람들이 별일 없이 다 그대로 있었다.

"그런데 연대장님이 안 계시잖아?"

누군가가 말했다. 아닌게 아니라 모두들 있는데 유독 연대장만 눈에 띄지 않았다. 아무리 찾아도 연대장은 모습을 나타내지 않았다. 이해할 수 없는 노릇이었다. 더군다나 이상한 것은 연대장의 모자와 반장화 한 짝이 굴러떨어져 있는 것이었다. 아무리 생각해도 심상치 않은 일이 일어났음에 틀림없었다.

"어떻게 된 일일까?"

"인민군 진지로 도망간 건 아닐까?"

"행방불명이 된 거다."

모두들 구구한 의견들이었다. 그러나 진상은 알 길이 없었다. 모자와 반장화 한 짝만 남고 연대장은 사라졌으니 발칵 뒤집히는 것이 당연했다. 부연대장이 책임은 자기에게 있다고 권총을 빼들었다.

"연대장을 적진으로 달아나게 한 것은 내 책임이오. 책임상 내가 죽어야 하오."

그는 심각할 대로 심각해져 있었다. 나는 그렇게 속단할 시기는 아니라고 부연대장을 제지했다. 연대장이 적 진지로 도망을 쳤는지 확인되지도 않았는데 지레 그럴 필요가 없다고 나는 말했다.

"끝까지 알아보고 죽든지 살든지 하십시오."

나는 목숨이 그리도 가벼운 것이냐고도 덧붙였다. 그러자 부연대장의 기세가 좀 누그러졌다. 이런 난리통에 날이 새고 있었다. 30일이었다. 연대장의 행방은 여전히 묘연한데, 김포 지구 방어사령부에서 18연대는 소사 쪽으로 철수하고 현재 있는 곳은 김포 지구 방어 사령부에 인계하라는 연락이 왔다. 명령을 받은 우리는 부대를 이끌고 소사로 향했다. 그런데 소사에 도착한 우리는 뜻밖의 사람을 만날 수 있었다.

"아니!"

"연대장님이!"

정말 뜻밖이었다. 연대장은 이미 소사에 와 있었다. 게다가 우리를 실소케 한 것은 그 모습이었다. 연대장은 모자도 안 쓰고 신발도 신지 않은 채였는데, 그 당시 상황이 너무 급해서 엉겁결에 뛰어오다 보니 소사에 이르렀다면서 할 말을 잃었다. 그 말에는 우리도 할 말을 잃었다.

소사에 와서 우리는 처음으로 동포들의 대접을 받았다. 애국부인들이 나와서 주먹밥과 따뜻한 물을 우리에게 주었던 것이다. 그래서 소사는 잊을 수 없는 곳이다. 소사에는 아무 군부대도 주둔해 있지 않았지만 주민들이 나와서 우리들의 뒷바라지를 하면서 미리 준비해두었던 것들을 융숭하게 베풀어주었다. 따뜻한 대접을 받고 난 뒤 우리는 소사 군청에 집결했다. 그리고 인원 점검을 했다. 말했다시피 처음 우리 부대원은 모두 805명이었다. 그런데 소사에 와서는 780명가량 되었다. 그 중 3대대는 신병들이었기 때문에 역시 많은 희생자를 내어 남은 인원이 겨우 200명 남짓이었다. 인원 점검을 끝내고 우리는 육이오 이후 처음으로 숨을 돌리고 있었다. 하지만 그것도 잠시였다. 오류동의 방어선이 뚫려서 영등포와 인천의 통행이 불가능해졌다는 것이었다. 우리는 즉시 방어하기 위해 출동

하였다. 지금은 그곳에 산이라곤 흔적도 볼 수 없지만 예전에
는 산이 있었다. 오류동 동네는 길 옆에 20~30호의 인가가 있
는 정도였다. 그 오류동 뒷산에 적이 들어와 있었다. 우리는 우
선 그 뒷산을 공격하여 2킬로미터쯤 북쪽으로 밀어붙이고 방
어 임무에 들어갔다. 일단 밀리기는 했으나 적도 강하게 대응
하고 나왔다. 그 오류동 뒷산에서 우리는 치열한 전투를 벌였
다. 거기서 내 연락병이 총에 맞아 죽었을 정도였다. 그뿐이 아
니었다. 7중대장은 적이 차지한 중요한 고지를 점령하기 위해
세 번이나 공격을 시도하다가 실패하자 자신이 선두공격에 나
섰다가 적의 총탄에 복부를 관통당하고 말았다. 그는 인천으
로 후송되었으나 결국은 죽고 말았다. 서로 밀고 밀리는 치열
한 전투였다.

6월 31일, 그날은 이곳에 처음으로 미군 비행기가 등장한
날이었다. 방어 태세에 들어가 있던 우리는 하늘을 가르는 비
행기의 모습을 넋을 잃고 바라보았다.

"와! 미군 비행기다!"

그 비행기들은 프로펠러도 없이 하늘을 날아가고 있었다.
일제 시대에 일본 비행 학교를 나온 나에게 그것은 더욱 신기
하게만 보였다.

"미군 비행기가 왔으니 이젠 아무 염려 없다. 놈들, 맛 좀 봐라."

모두 굉장히 반가워했다. 그런데 웬일인지 알 수 없었다. 모두들 반가워하고 있는데 느닷없이 우리 머리 위로 포탄이 떨어지는 것이었다. 뭐가 잘못돼도 단단히 잘못됐구나, 우리는 이제 죽는구나 싶었다. 우리를 구하러 왔다고 그렇게 반기던 미군 비행기가 아니었던가. 그런데 엉뚱하게 우리를 향해 폭격을 하다니 알다가도 모를 일이었다.

"이럴 수가! 제발!"

우리 부대는 아수라장이 되고 말았다. 물론 그것은 미군이 우리나라 지형을 몰랐던 관계로 일어난 오폭이었다. 여러 전쟁사의 기록에도 있듯이 그런 상황에서도 우리 부대는 큰 피해없이 구사일생으로 살아남았다. 그 폭격에도 불구하고 81밀리미터 박격포 한 대가 부서진 정도의 경미한 피해를 입었을 뿐이었다. 천우신조였다. 오폭인 줄은 그때 알았지만 치밀어오르는 화를 억누르기 힘들었다. 그렇게 반겼던 미군 비행기들은 우리 박격포 한 대를 부숴놓고는 어디론가 사라지고 말았다.

그다음 날인 1월 1일, 새벽녘에 적 전차 2대가 우리 2대대와 3대대 사이로 괴물 같은 모습을 나타내면서 오류동으로 들어왔다. 전날 우군 비행기에 당하고 다시 적 전차를 맞아 싸우게 된 모진 운명이었다. 그들은 무차별로 사격을 가해왔다. 전차 앞에서는 속수무책이었다. 전차에 맞설 만한 장비가 없었던 우리로서는 어떻게 해볼 엄두조차 낼 수 없어서 죽은 듯이 엎드려 있을 수밖에 없었다. 적 전차는 한참 동안 제멋대로 포를 쏘아대다가 평정이 되었다고 여겼는지 영등포 쪽으로 캐터필러 소리를 요란하게 내며 사라져버렸다. 그들이 사라진 다음 우리는 다시는 적 전차가 들어오지 못하게 할 요량으로 길에 박격포 포탄 상자를 쌓았다. 그것으로 적 전차를 막자는 뜻이었다. 그러나 그날 우리 부대는 15연대와 교대하라는 작전 명령을 받았다. 하지만 15연대가 우리 부대와 교대하러 왔을 때 우리는 이미 그곳에 없었다. 그보다 앞서 오후 4시쯤 수도 경비 명령이 하달되었던 것이다 그래서 15연대와 교대도 하지 못하고 우리 부대는 다시 영등포 쪽으로 출동하게 되었다. 오류동 쪽은 적 전차가 쳐들어왔어도 들리지가 않았는데 영등포 쪽은 이미 뚫려 있었다. 이런 상황에서 시흥 쪽으로 밀려 내려가니까 우리 부대에도 그에 따라 다시 안양 쪽으로 철수하라는 명령이 떨어졌다. 그리하여 하는 수 없이 우리는 철수 대열에 섰다.

그때의 한국군의 사태는 이루 말할 수가 없었다. 그때의 상황을 올바로 쓴 전사(戰史)는 아마 없을 것이다. 내가 보기에는 그 당시 우리 한국군에는 1개 중대라도 올바로 편성된 부대가 없는 형편이었다. 헌병들이 아무나 붙들어서 1개 소대, 1개 중대를 만들어 방어 임무를 맡기곤 했던 것이다. 정확한 소속감이 없는 사람들로 급조된 부대들로는 싸움이 될 수가 없었다. 그리하여 한강 방어선도 무너지고 만 것이다. 우리 자신도 이렇게 흐트러져서는 나라 장래가 심히 위태롭다는 우려를 금할 수가 없었다. 그리고 어떻게든 적을 막아보아야겠다고 굳게 마음을 먹었다. 그러나 여건이 갖추어지지 않았던 것이다. 그러는 사이에 우리는 수원으로 후퇴하였다. 수원까지 간 우리는 그곳에 집결하여 전투 태세를 가다듬었다. 자꾸 밀리기만 하다가는 어디까지 밀릴지 알 수 없었다. 그래서는 안 되었다. 다시 밀고 올라가야 하는 것이다. 그때 우리의 떨어진 사기를 올려주는 낭보가 있었다.

"미군이 올라온다."

이것은 고무적인 소식이었다. 지휘관들도 미군이 올라오면 더이상의 후퇴는 없을 기라고 말했다. 그러나 다음날인 2일이 되자 어쩐 일인지 우리는 수원을 떠나 평택으로 내려가야만 했다. 평택까지 기차를 타고 가면서 본 광경은 영화에나 나오는 장면처럼 길 위에 피란민과 패잔병들이 서로 뒤섞여 엉망이었다. 수원에서 평택까지의 국도는 헐벗고 굶주린 채 쫓겨가는 이들, 넋잃은 군상들로 꽉 매워져 있었다. 단지 이렇게 쫓겨가기만 했어도 다행이었을 것이다. 이 비참한 군상들 위로 적의 야크 전투기 세 대가 나타나 마구 기총 사격을 퍼부었다. 쓰러지는 사람, 밟히는 사람, 나뒹구는 사람, 울부짖는 사람…… 아비규환의 생지옥이란 이를 두고 하는 말 같았다. 나는 차라리 눈을 감고 싶었다. 어찌하여 우리가 이렇게 비참한 지경에까지 이르렀단 말인가.

이런 상황에서도 용감한 병사가 있었다. 야크기가 기총 사격을 가하자 그는 장갑차의 캐리바 50을 공중으로 겨누었다. 그리고 방아쇠를 당기기 시작했다. 맹렬한 사격이었다.

명중!

놀랍게도 야크기 한 대가 연기를 뿜으며 떨어졌다. 나는 내 눈을 의심하면서도 속이 후련함을 느꼈다. 전쟁에 져서 후퇴는 하고 있지만 이렇게 용감한 병사가 있는 한 희망은 있다. 나는 그렇게 속으로 부르짖었다. 우리가 탄 열차는 큰 피해 없이 평택까지 가서 우리를 내려놓았다. 그런데 내리자마자 또

야크기의 공격을 받았다. 이번에는 피해가 컸다. 열차는 대파되었다. 그뿐이 아니었다. 그때 평택역에 대기중이던 기차에는 2천 명가량의 보충병이 타고 있었다. 이들을 빨리 내리게 해서 소집했어야 했는데 우물쭈물 그냥 있는 통에 3분 이내에 모두 죽고 말았다. 어이없이 몰살당한 보충병들! 그 참혹한 광경은 필설로는 다 표현하지 못할 것이다. 비참하기 이를 데 없는 일이었다. 이 사실은 우리 전사에도 나오지 않으니 그 한스런 젊은 원혼들은 어디를 헤매고 있을까? 생각하면 가슴이 아플 뿐이다.

이러한 광경을 목격한 뒤에 우리는 평택에서 수원 쪽으로 가는 길목에 집결했다. 그때는 수도 경비 사령부의 사정관이 다시 바뀔 무렵이었다. 사령관의 고별 인사는 특히 비통한 것이었다. 나라가 망했다. 그러니 앞으로 젊은 장교가 나라를 구해야지 다른 방법이 없다는 요지의 훈시였다. 하지만 비통한 말만으로 전쟁이 수행되는 것은 아니었다. 그다음 날인 3일에 우리는 평택에서 천안으로 행군해갔다. 싸움 한 번 안 하고 후퇴만 하고 있는 것이었다. 올라온다던 미군은 도대체 어디에 있는 것인가. 그리고 우리는 어디까지 후퇴해가는 것인가. 정말 암담한 시간이었다. 평택에서 천안으로 가다가 만나는 첫 번째 긴 다리가 강폭이 200미터쯤 되는 안성천 위에 놓여 있었다.

"미군이 저기 있다!"

과연 거기에 미군 포병 1대 포대가 있었다. 처음 미군을 보자 기쁜 마음과 함께 용기가 솟았다. 그들의 말에 의하면 보병들은 오산 쪽에 있다는 것이었다. 무언가 든든한 생각이 들었다. 실제로 그들은 우리가 가진 무기보다 성능이 좋은 것들을 가지고 있어서, 인민군들의 저 막강한 화력 앞에서 이제는 떨지 않아도 되겠구나 하는 안도감이 생겼다. 그러나 기쁘고 든든한 마음과는 달리 쓸쓸한 느낌도 없지 않았다. 미국 포병 대대장은 중령으로, 쌀쌀맞기 그지없었다. 그는 우리가 아군인지 적군인지조차 구별이 안 되는지 총까지 겨누면서 무조건 빨리 가라고만 하는 것이었다. 풍전등화의 대한민국을 도와주러 온 것은 고마운 일이었지만 그들의 태도에는 화가 치밀었다. 어쨌든 우리는 그때 미군을 처음 만났다. 그리고 희망을 안고 천안으로 행군해갔다. 그런데 천안에 도착하자마자 들려오는 소리는 우리의 귀를 의심케 했다.

"오산의 미군 전초 부대가 혼비백산 무너졌다."

믿을 수가 없었다. 하늘같이 믿었던 미군이 아니었던가. 그들이 그리도 허무하게 무너지다니. 미군이 그렇게도 형편없는 부대였던가. 마음이 뒤숭숭했다. 그러고 있는데 갑자기 청주로 가라는 명령이 내려왔다.

열차를 타고 청주에 도착한 그다음 날인 7월 4일, 아침에 기상하자 다시 진천 쪽으로 가라는 명령이 하달되었다. 그 당시 수도 경비 사령부는 진천에 소재하고 있었다. 그 무렵 수도 경비 사령부의 사단장이 명망 높은 장군이어서 나는 굉장한 자신감을 가졌었다. 왜냐하면 그는 일본 군대에서도 용맹을 자랑하던 군인이었기 때문이다. 나는 진천 쪽으로 출동하면서 흥분을 감추지 못했다. 그 이름난 장군 앞으로 가는 것이었다. 그러나 장군을 만나자마자 나는 실망하고 말았다.

"18연대 2대대가 1개 연대 병력을 이끌고 왔습니다."

우리 부대를 진천 쪽으로 출동시키고 나서 나는 의기양양하게 사단장 앞으로 나가 자신감 넘치게 신고를 했다. 그랬더니 내 신고를 들은 장군은 뜻밖의 명령을 내렸다.

"귀관 부대는 1개 소대씩 나누어 한 고지씩 지키며 전술을 펴시오."

그 이름난 군인이 이런 명령을 내리다니. 그 자리에서 사단장 명령에 반발할 수 없어서 물러나 연대장에게로 가서 하소연을 했다.

"18연대의 정예 부대는 2대대입니다. 그 2대대를 소대로 쪼개 벌려놓으면 죽도 밥도 안 되고 부서지고 맙니다."

내 하소연에 연대장도 고개를 끄덕였다. 나는 이어서, 사단장의 명령에 거역할 수는 없는 노릇이라 병력이 분산되어 있는 3대대를 배치해달라고 간청했다.

"2대대는 정상적인 전투에 투입할 기회를 기다리도록 해주십시오."

내 하소연과 간청에 연대장은 승낙을 했다. 이로써 우리 부대는 오근장 부근에 주둔하게 되었다. 이때 적은 이미 진천까지 물밀듯이 밀고 들어왔고 진천은 무너지고 말았다. 기다렸던 듯 2대대는 이를 틀어막도록 투입되었다. 아닌게 아니라 인민군은 잘 훈련된 부대로서 기세가 무척이나 셌다. 우리는 진천 남방 고지로 쳐 올라갔다. 서로가 만만찮은 전투력을 지녔기 때문에 무척 어려운 전투였다. 하나의 고지를 점령하는 데도 몇 차례씩 밀리고 밀렸다. 6중대가 맡고 있던 고지에는 적이 다섯 번 쳐들어왔으나 우리가 공격하여 승리하기도 했다. 치열한 전투의 와중에서 중대장은 그만 복부 관통상을 입었다.

"대대장님……."

그는 단가에 누운 채 힘겨운 목소리로 나를 불렀다.

"대대장님……."

그는 무슨 말인가를 하려고 애쓰는 것 같았다. 그러나 나는 그의 뜻을 단호히 물리쳤다.

"부상당한 사람이 무슨 할 말이 많으냐. 어서 가서 치료할 생각이나 해야지!"

나는 호통을 쳤다. 그는 내 호통에 야속해하며 화가 잔뜩 난 표정을 지었다. 그리고 곧 청주 도립 병원으로 후송되어 가서 장을 일곱 바늘이나 꿰매고 구사일생으로 살아났다. 천만다행이었다. 그때 나를 부르던 간절한 목소리에 호통을 치지 않았다면 어떻게 되었을까? 그는 아마 죽었을 것이다. 나는 지금도 자부심을 느낀다. 위기를 맞았을 때 지휘관이 진정 부하를 아낀다면 정에 이끌려 약한 표정을 지어서는 안 된다. 매정해야 할 때는 한없이 매정해야 한다. 나는 단가에 누워 나를 바라보던 중대장의 눈길을 기억한다. 그 표정은 간절한 것이었다. 그러나 매정하게 대했다. 그렇게 하여 살아난 중대장은 그 뒤로도 훌륭한 군인으로서 장군이 되어 예편했는데, 그 당시 순간적인 감정 때문에 울고불고하였다면 육군 대위밖에는 될 수 없었을 것 아니겠는가.

악전고투 끝에 우리 부대는 고지를 점령했다. 참으로 힘겨운 노력과 희생을 치른 끝에 따낸 고지였다. 그렇지만 다른 쪽이 문제였다. 좌우 측의 다른 부대들이 견디지를 못했다. 우리만 홀로 고지를 지키고 있는 것은 의미가 없었다. 다른 부대들이 무너지는 데는 도리가 없어 결국 우리가 애써 따놓은 고지도 포기하는 수밖에 없었다. 아깝지만 우리는 진천 지구를 버리고 청주로 후퇴해야만 했다. 이 무렵 우리 18연대는 전투 때마다 꼭 이겼기 때문에 자신감이 있었다. 물론 전투에서 피해가 없을 수는 없다. 그러나 18연대는 피해를 보기는 해도 꼭 이겼던 것이다.

우리는 이긴다.

이것이 우리의 믿음이었다. 대대장, 중대장, 소대장 모두 우리가 공격하면 빼앗는다는 신념에 가득 차 있었다. 그리고 방어할 경우에는 단 한 명의 인민군도 침투하지 못한다는 신념도 우리의 것이었다. 이러한 자신을 얻었기 때문에 그 뒤로는 여러 가지 이점이 많았다. 장병들의 자신감이 곧 나의 자신감이며 이것이 곧 승리의 원동력이 되었다. 기본적인 이야기지만 여서 한 가지 짚고 넘어가야 할 것이 있다. 전술에 따라 부대는 나눌 수도 있고 합칠 수도 있다. 그러나 원칙적으로 가능하면 건재 부대는 부수지 않는 게 좋다. 그러면 그 힘이 약화되리라는 것은 명약관화한 일이다. 이것은 연대, 대대, 중대로 잘 편제되어 있는 것을 활용하는 것을 말한다. 하나의 대대라도 나누어서 분리시켜놓으면 하나로 뭉쳐 있는 경우보다 비능률적이며 힘을 발휘하기 힘들다.

물론 부대를 분리시킬 경우가 전혀 없는 것은 아니다. 그것은 딱한 경우로서 광범위 방어를 할 때다. 가령 1개 중대장이 4킬로미터 정면을 맡는다고 할 때 중대장이 소대장을 장악하기 힘드니까 독립적으로 소대장에게 임무를 주게 된다. 그러나 흔한 경우는 아니다. 이것은 육이오와 같은 상황에서는 아무 소용없는 전술이다. 진천 전투선까지 우리 부대는 많은 고생을 했다. 돌이켜보면 서울의 용산에서 시내버스로 출정한 이후 고립되어 적의 사선을 들기도 했고 또 나룻배로 도하하여 김포 지구에서 숱한 난관에 봉착하기도 했었다. 목숨이 위태로운 순간도 여러 번 있었다. 이러한 역경은 그때마다 엄청난 시련을 안겨주었지만 반면에 인민군에 대해 잘 알 수 있는 계기가 되었다. 비 온 뒤에 땅이 더 굳어지듯이 우리는 자신감을 얻었다. 청주로 철수한 우리 부대는 더욱 자신 있게 전투에 임했다. 그래서 전차가 나왔어도 두렵지가 않았다. 전차만 보면 기를 못 피던 우리였다. 그런데 이제는 앞장서서 그에 대항해나갔다. 어느 부대든 적 전차가 나타나면 맥없이 무너지곤 했으나 우리 부대가 그렇게 맥없이 무너질 수는 없는 노릇이었다. 우리 앞에 전차가 나타났을 때였다. 우리는 고폭탄이라는 것을 사용하기로 했다. 이것은 땅에 떨어지면 직경 2미터 정도의 큰 구덩이가 패이는 것이다. 우릉우릉 굉음을 울리며 다가오는 전차를 향해 이 포탄을 쏘았다. 꽈당 소리와 함께 전차는 궤도가 모두 끊어지며 주저앉고 말았다.

"잡았다! 만세!"

우리는 박격포로 때리고 집중 사격을 퍼부었다. 그토록 괴력을 발휘하며 한국군을 괴롭히던 전차도 우리의 자신감 넘친 공격에는 무릎을 꿇었다. 박격포 중화기 중대 중대장은 너무나 통쾌한 나머지 산봉우리에 올라서 환호성을 질렀다.

"우리가 이겼다!"

실로 감격스러운 순간이었다. 이때 다른 적 전차에서 직격탄이 날아왔다. 그 직격탄이 그에게 명중되어 환호성을 지르던 그의 몸뚱이는 산산조각이 나고 말았다.

"앗!"

너무나도 순간적인 일이었다. 중화기 중대 중대장은 언제

든지 내 가까이에 있었으므로 나는 바로 옆 2미터 거리에서
TS10을 차고 있는 그의 손목만 찾았을 뿐, 그 나머지는 흔적
도 없었다. TS10이란 박격포와 중대장이 연락할 수 있도록 손
목에 차는 도구를 말한다. 그의 환호성이 아직 들리는 듯한데
그는 손목만 남기고 어디론가 산산조각이 되어 흩어져버린 것
이다. 그 비통함은 어디에도 비할 길이 없었다.

이 청주 전투 이후로는 미군이 합세하여 금강 방어선이 쳐
졌다. 금강 방어선은 보은에서 점촌과 예천으로 이어졌는데,
우리가 기대한 만큼 버티지 못하고 무너졌다. 물론 미군은 대
전의 대평리 전투에서 격전을 치렀다. 우리 국군은 금강 방어
선에는 이렇다 할 심한 전투를 치르지 않고 낙동강 방어선으
로 직접 들어간 형국이었다. 처음 낙동강 방어선에서 우리 국
군은 실패했다고 볼 수 있다. 왜냐하면 안동 작전에서 8사단이
너무 쉽게 무너져버린 것이다. 게다가 이 8사단을 증원하러 간
수도 사단도 실패한 후에 의성에 와 있었다. 의성 시가지를 포
함하여 좌측이 8사단이고 우측에서 청송까지가 수도 사단이
었다.

그 무렵 인민군들은 8월 15일까지 부산을 점령해서 이른
바 '조국을 완전히 해방시켜야 한다'는 목표 아래 총공격을 감

행하고 있었다. 그들 나름대로 상부의 압력을 굉장히 받고 있을 때여서 기세를 올리며 빠른 시일 내에 전진해야 한다는 일념이었다. 그러므로 적의 공격은 드세기 그지없었다. 아무래도 정면 공격은 실효가 적으니까 빨리 침투하여 부산으로 가기 위해 인민군 12사단은 청송에 있는 기간 연대를 들이쳤다. 여기서 대대장 2명이 사살당하고 병력이 절반으로 줄어드는 큰 손실을 입었다. 이 바람에 18연대도 포위를 당했는데, 불행 중 다행으로 큰 피해는 없었으나 혼이 났다. 이로써 안동 방어선은 완전히 무너져버리고 적은 일거에 안강까지 치고 들어갔다. 이렇게 되자 미8군에서는 난리가 났다. 안강 쪽에는 부대가 없었기 때문이다. 수도 사단에서는 고령 쪽에 있는 17연대를 끌어올려 안강쪽을 막고, 의성 지구에서 싸우고 있던 1연대를 떼서 경주 쪽으로 보냈다. 18연대도 영천 쪽으로 가게 되었다. 기간 연대는 모두 부서져 구산동에서 재편성되고 있고, 8사단은 의성에서 북한 8사단의 압력을 받고 후퇴하였다.

그때 우리 부대는 예천에서 18연대 1대대로 재편성되어 있었다. 지금은 군단에 대대를 군단 예비로 두는 일이 없지만 그 당시는 그런 제도가 있어서 1군단에서 우리 대대를 군단 예비로 두게 되었다. 그 당시 군단에서 어떻게 알았는지 우리 부대가 전투력이 좋다고 그리 조치한 것이었다. 명령을 받은 우리는 군단사령부가 있는 영천으로 1대대 한 부대만 이동해갔다. 그런데 도착한 지 두어 시간도 안 되어 다시 의성 쪽으로 올라가라는 명령을 받고 기차 편으로 의성으로 향했다. 그러나 의성은 이미 적에게 점령되어 있었다. 하는 수 없이 조금 못 미친 탑리에서 내려 구산동에 집결했다. 그때 "1대대는 기계를 공격하라"는 명령이 하달되었다. 구산동에서 기계 쪽으로 공격한다는 것은 적을 꽁무니 쪽에서 공격하는 형국이었다. 육이오 전체를 통해서 적을 꽁무니에서 공격한 것은 처음일 것이다. 이 계획은 부군단장에 의해서 내게 맡겨졌다.

"귀관의 임무는 막중하다. 여기서 적의 예봉을 꺾어야 한다."

그것은 사실 중요한 임무였다. 나도 비장한 각오를 해야 했다. 우리의 공격은 좌우 모두 노출된 상태에서 행해져야 했으므로 중간에 한 번이라도 공격이 좌절된다면 도움을 받을 수 없이 모두 죽는 것이었다.

"어떻게든 성공해야 한다."

나는 몇 번이고 다짐했다. 적 12사단은 파죽의 기세로 안동 방어선을 무너뜨리고 이제 낙동강 너머 부산까지 당장이라도 밀어붙이려 하고 있었다. 나는 대대를 이끌고 작전에 들어갔다. 진천 전투를 치르기까지의 자신감을 다시금 되새겼다.

"우리는 이긴다."

나는 장병들에게 자신감을 새삼 북돋워주었다. 그리고 적에게 따라붙었다. 첫날은 별다른 접촉 없이 적의 뒤를 따랐다. 2일째, 우리 부대는 드디어 공격을 개시했다. 나는 처음부터 운이 좋았다고 하지 않을 수 없다. 즉, 포위 공격에 생기는 지형을 잘못 보고 오판하여 목표 고지를 다른 곳으로 보았는데, 이것이 오히려 잘된 일이었다. 그 결과 우리는 묘하게도 적의 후방 고지를 공격하게 되었다. 이것이 공격을 성공으로 이끈 요인이 되었다. 왜냐하면 적이 우리가 공격해오기를 기다리고 있던 고지는 앞에 있었는데 우리는 그 후방 고지를 점령했기 때문이다. 그러니 적은 쉽게 무너질 수밖에 없었다. 이것이 저 유명한 기계 전투를 큰 성공으로 이끈 시발점이 되었다.

물론 우리는 운이 좋았다. 그러나 우리는 무엇보다도 자신감이 있었다. 뜻하지 않게 후방에서부터 뚫리기 시작하자 적 12사단은 당황하는 기색이 역력했다. 이튿날인 8월 17일, 적들은 전날의 실점을 만회하려는 듯 새벽에 공격을 시도했다. 새벽에 정면으로 1개 대대가 들어온 것이다. 그러나 우리 1중대 1소대의 한 병사가 이를 발견했다.

"정면으로 적 1개 대대가 들어왔습니다."

그는 훈련된 부대의 병사로서 연락을 취했다. 우리는 조금
도 당황하지 않았다. 우리는 적이 집결하기를 기다렸다가 정
확한 확인을 거친 뒤에 마치 이제 오느냐는 듯이 공격을 가했
다. 적이 오히려 기습을 당한 꼴이 되었다. 적은 여지없이 박살
이 났다. 쌍안경으로 확인해보니 두세 명만 살아남고 나머지
는 모두 몰살이었다.

성공이다.

나는 쾌재를 불렀다. 승리는 우리에게 있었다. 우리는 훈련
된 부대로서 그 역량을 십분 발휘했다. 나는 보람을 느꼈다. 이
렇게 공격 2일째와 3일째에 그 막강하던 인민군 12사단이 절
단나버렸다. 3일째는 우측으로 공격하던 2대대가 전진을 못하
고 고지에 걸렸다. 2대대는 여간 고전하지 않았다. 적 12단은
수세에 몰려 있던 만중 저항도 완강했던 것이다. 이 일 때문에
하루가 지연되어 공격 나흘째 되던 날 우리는 기계를 점령했
다. 우리 부대가 점령한 곳은 적의 보급소였다. 헤아려보니 아
직도 열흘 이상이나 싸울 수 있는 보급품이 남아 있었다. 이들
보급품 앞에서 나는 깊은 감회에 사로잡혔다. 우리는 애초에

후방에서부터 공격하는 이상한 전투를 개시했다. 그것이 결국은 잘된 일이었다. 만약에 그러지 않았더라면 적 12사단은 물러나지 않았을 것이다. 그들은 열흘 이상 싸울 수 있는 보급품을 가지고 있었기 때문이다. 굳이 '허를 찔렀다'고 말할 필요는 없겠다. 그들도 만반의 대비를 했겠지만 상황이 우리에게 유리하게 전개되었다고 해야 할 것이다. 싸움에 이겨놓고 승부에는 진다라는 말이 있다. 기계를 점령한 후 마지막 마무리를 해야 했다. 마무리가 잘못되면 아무리 싸움에 이겼다손 치더라도 빛이 나지 않게 마련이다. 그런데 여기서 연대장과 내 의견이 일치하지 않았다. 포위당한 적 12사단의 철수로에 관한 문제였다. 포위당했을 때의 철수로가 최단로라는 것은 두말할 여지가 없다. 가장 빠른 길로 도망쳐야 하는 것이다. 그러나 그 최단로가 어디냐 하는 점에서 우리의 의견이 엇갈렸다.

288고지로 해서 비학산으로 들어가는 것이 최단로이다.

기계 읍내로 해서 비학산으로 가는 길도 있지만 그것은 지형으로 보아 마땅치 않다고 나는 판단했다. 지형뿐만이 아니라 기계 점령 후 17연대와 1연대가 들어와 있어서 부대 또한 많으므로 우리의 제일 약한 곳인 288고지를 거쳐 비학산으로 들어갈 것이라는 게 내 의견이었다.

그러나 그게 아니다.

연대장의 의견은 달랐다. 비학산으로 가긴 가되 그 최단 거리는 기계 읍내를 통과하는 것이라는 의견이었다. 우리는 최단로를 놓고 옥신각신했다. 하지만 내가 양보를 하고 말았다.

적은 결국 288고지를 뚫었다. 그러나 그곳에 배치되어 잇던 아군은 제일 약한 부대인 3대대였으므로 적을 막기에는 역부족이었다. 그리하여 적 12사단 사령부는 빠져나가고 말았다. 분통터지는 일이었다. 기계 전투에서 적 12사단은 병력의 70퍼센트가량을 잃었으나 용케도 사령부는 도망칠 수 있었다. 그들이 도망친 다음에 3대대를 원망해도 소용이 없었다. 포위망 안에 든 적을 쳐부수려면 병력을 당연히 저지대에다 배치해야 한다. 빠르게 도망치기 위해서는 저지대를 통과할 것이기 때문이다. 그런데 3대대장은 엉뚱하게도 산꼭대기에다 병력을 배치했던 것이다. 그리하여 288고지 위의 우리 부대는 도망치는 적을 빤히 내려다보면서 놓친 꼴이 되고 말았다. 밑으로 다 빠져나갔던 것이다. 그러므로 포위를 해도 포위 작전의 요령에 맞추어 해야 한다. 나중의 일로, 포항 지구에서 인민군 1개 연대가 비행장이 있는 운제산 쪽으로 들어간 적이 있다. 그들을 우리 부대가 쳐부술 때는 철저히 그런 작전을 쳤다.

아군을 저지대에 배치하면서 그들이 집결하면 포로 때리고 흩어지면 저지대에서 공격했던 것이다. 그리하여 그들을 섬멸할 수 있었다. 적 12사단 사령부를 놓쳐버려서 분통이 터지기는 했지만 여기서 기계 작전은 일단 끝났다. 우리는 큰 전과를 올리며 전투에서 이겼고 적은 패주했다.

이 무렵부터 전쟁은 이전과 다른 양상으로 전개되어갔다고 여긴다. 권투에 비교하자면 15라운드 중에 12라운드를 했다고 할 수 있다. 다시 말해서 누가 오래 버티느냐 하는 전쟁이 되었다는 말이다. 피아 모두 기진맥진한 상태였다. 적의 그 맹렬한 기세도 꺾였다. 적군은 보충병도 의용군으로 대치했다. 말이 의용군이지 양민들을 강제로 소집한 것이었다. 적군 포로를 잡으면 80퍼센트가량이 이 의용군이었고 원래의 인민군은 별로 없었다. 인민군에 비해 우리가 나은 점은 이제 장비 공급이 원활해졌다는 것이다. 전쟁 초기와는 딴판이었다. 기계 전투 무렵부터 미국의 물자가 들어오기 시작했다. 105밀리미터 포를 비롯하여 3.5인치 로켓포, M1 등등 병력 보충은 역시 문제였다. 이는 적군과 마찬가지로 애로사항이 많았다. 고참병들은 줄어들고 신병들은 오지 않았다. 기계 전투가 끝나고 나서 학도 의용군이 와서 우리 대대도 100명을 충원받았다. 그러니 모두 전투력이 떨어지기는 마찬가지였다. 이처럼 병력 수준이 비슷한 상황에서 장비는 우리가 유리하게 되었던 것이다. 그러므로 누가 어떻게든 오래 버티기만 하면 상대방은 손을 들게 되어 있었다. 비록 부분적으로 적을 물리쳤다고는 하나 낙동강 방어선 자체는 매우 위험했다. 적이 낙동강 방어선 모든 전선에서 계속 우리를 압박하고 있어서 아슬아슬한 지경이었다. 이 방어선이 무너지면…… 생각만 해도 끔찍한 일이었다. 다만 적12사단이 박살난 이후 이를 정비하느라고 일주일 휴전 상태로 있었던 것이 다행이라면 다행이었다.

처음 육이오가 발발했던 무렵 나온 인민군 부대들은 대개 두 가지 유형의 병력으로 편성되어 있었다. 그 하나는 북한 출신 병사들로 편성된 부대며, 다른 하나는 만주 팔로군에 속해 있었던 한족 청년들로 편성된 부대였다. 모택동이 보내주었다는 팔로군 출신 병사들을 위주로 편성된 부대가 인민군 7사단과 12사단이었다. 7사단은 처음에 춘천 쪽으로 나왔다가 국군 6사단에게 크게 패하여 위축되었다. 그래서 다시 병력을 증편하여 12사단이 된 것이다. 12사단은 만주 팔로군에 속해 있던 한족 청년들이 많아 전투 경험이 풍부했고, 그래서 정예 부대라고도 지칭되고 있었다. 이 정예 부대가 지금 70퍼센트가량 병력을 손실당하고 비학산에 들어가 꼼짝 못하고 있는 것이다.

우리 부대는 그로부터 일주일간 거의 전투를 치르지 않았다. 그러나 언제까지 비학산에만 틀어박혀 있을 적군이 아니었다. 적은 병력을 재편성하여 다시 공격해왔다. 전투라는 것은 쌍방이 상대방의 능력을 세밀히 분석하고 공격할 수 있는 힘이 있는지의 여부를 파악해서 능력이 있으면 공격하고 없으면 방어하는 것이다. 기계 전투가 끝난 당시의 상황에서 우리는 방어 태세를 충실히 해야 했다. 왜냐하면 비록 적 12사단이 무너졌다고는 해도 우리 수도사단과 3사단은 포항에서 고전하고 있었기 때문이다. 또 수도 사단 좌측의 8사단도 계속 밀리고 있었다. 이런 어려운 시기에 공격을 계속하면 우리 병력의 손실만 보게 될 뿐이다. 그러므로 우리 내부를 정비하면서 적의 공격에 대비해야 했다. 그럼에도 불구하고 우리 17연대는 공연히 비학산을 공격하여 병력 손실만 가져오게 되었다. 이 사이에 적은 드디어 재편성을 마치고 비학산에서 나왔다. 그리고 계속 우리를 밀어냈다. 그 기세는 맹렬한 것이었다. 우리는 공연히 병력을 손실했고 힘에 부쳐 드디어 무너지는 처지가 되었다. 그리하여 그 뒤쪽의 운주산과 안강산으로 후퇴하게 되었다. 우측의 3사단은 굉장히 고전을 하고 있었고 좌측의 8사단은 계속 밀리고 있었다. 게다가 호남에 가 있던 인민군 15사단이 증원이 되어 이쪽으로 가세하고 있었다. 이런 때일수록 우리는 충실히 방어만을 해야 했다. 힘이 있을 때 공격의 고삐를 늦추지 말았어야 했을 것을 불리한 시기에 공격하여 병력을 소모한 뒤라서 맥없이 물러났던 것이다. 이때가 8월 28일경이었다. 운주산과 안강산으로 후퇴하고서도 마찬가지 상황이었다. 우리는 공격을 삼가고 방어 태세에만 충실해야 했다. 그런데도 사단장은 무모한 작전을 전개했다. 결과는 어김없는 실패였다.

그러다가 나는 그만 몸에 탈이 나버렸다. 온몸에 기운이 다 빠져나가는 듯했다. 몸이 으슬으슬 춥고 덜덜 떨렸다. 작전을 수행하느라 나흘 동안 눈을 한 번도 붙이지 못하고 피로가 쌓일 대로 쌓인 모양이었다. 체온이 41도로 올랐고 헛소리까지 하며 탈진해 있었다. 그때 연대장이 와서 전투에 참가하라고 무정하게 말하는 것이었다. 주사를 맞고 뜨거운 방에 누워서 열이 조금 떨어지기를 기다려 일어났다. 먼저 3사단 22연대 진지를 회복하는 것이 급선무였다. 그들이 뚫리는 통에 적군은 운제산 비행장까지 넘보았던 것이다. 그런데 적정을 알 수 없었다. 언제나 그렇지만 적정을 모를 때는 수색대를 많이 내

보내야 한다. 수색대를 많이 내보내서 접전만 하면 지체 없이 전투 태세를 갖추어 적의 후속 부대가 오는 것을 쳐부수는 것이다. 우리가 어느 정도 희생되는 한이 있더라도 적을 잡아야 하므로 수색대를 많이 내보내야 한다.

22연대 진지를 회복하는 데도 나는 그대로 했다 그리하여 적의 후속 부대가 오는 것을 쳐부수었다. 이 방법으로 불과 3시간 정도 걸려서 적 진지를 무너뜨렸다. 적에게 뚫리고 난 뒤 22연대는 전후로 흩어졌는데 진지를 회복하고 보니 우측으로 23연대가 있었다. 23연대 고문관은 내가 작전하는 것을 보고 한국군에도 이렇게 전투 잘하는 대대장이 있느냐고 놀라워했다.

"이거 선물입니다."

그는 양담배 한 보따리를 건네주었다. 그다음 날은 적에 갇혀 있는 1연대를 구해내기 위해 출동하여 어김없이 이를 수행하기도 했다. 이때도 적을 통쾌하게 쳐부수었다. 1연대장은 한때 고립되어 고생도 많이 했지만 전투에는 맹장이었다.

이리하여 포항 지구는 어느 한 곳 뚫리지 않고 연결되었고, 작전은 일단락되었다. 다시 문제는 경주 쪽으로 나온 인민군 12사단을 쳐부수는 것이었다. 기계 전투 이후 적 12사단과 나는 떼려야 뗄 수 없는 인연을 갖게 된 셈이었다. 여기서 적 12사단과 벌인 전투가 갑산리 전투로서 9월 15일부터 16일까지 이틀 동안의 일이었다. 기계 전투 때 나는 적 12사단의 후방에서 공격해 들어갔었다. 그러나 이번에는 옆구리로 공격해 들어갔다. 적은 이번에도 허를 찔린 것처럼 흔들리기 시작하여 무너져버렸다. 물론 여기서도 어려운 상황이야 곳곳에 있었지만 적 12사단은 내가 한 번 이긴 적이 있는 사단이었다. 나는 여기서도 자신 있게 적을 공격해 들어갔다. 나는 적군을 쳐부수기도 하고 또 많은 병력을 포로로 잡기도 하며 기어이 이 12사단을 안강 북쪽으로 밀어내고 경주 방어선을 지켰으니 여간 보람 있는 일이 아닐 수 없다. 군단에서도 경사가 났다. 군단장이 우리 대대까지 직접 찾아왔다. 군단장은 포상금 80만 원에다 황소 한 마리까지 끌고 와서 내게 물었다.

"대대장 소원이 뭔가?"

군단장은 몹시 흡족한 모양이었다.

"네, 24시간 잠 좀 자게 해주십시오."

다른 사람은 뭐라고 대답했을지 몰라도 그때 그것은 그만큼 내게 절실했다. 잠도 못 자고 전투에 매달렸던 나날이었다. 그 소원에는 군단장도 웃고 말았다. 나는 이때 내가 9월 1일자로 중령으로 승진했다는 소식을 들었다. 이제 모든 것은 제법 여

258

유를 갖게 되었다. 육이오가 나고 우여곡절 끝에 이제 갑산리 전투의 작전도 끝났고 중령으로 진급도 되었다. 갑산리 전투의 승리로 동부 전선은 일단 반격할 발판을 마련한 것이었다. 그 옆의 영천도 회복이 되어 있었다. 그 뒤로는 인민군과 반대가 되어 달아나는 잔적들을 공격하는 등 접촉을 하다가 9월 25일부터는 본격적인 반격을 시작했다. 이때는 맥아더 장군의 인천 상륙 작전이 성공하여 유엔군이 서울을 향해 진격할 때였다. 적도 이제는 서둘러 달아나기 시작했다. 동해안 쪽으로는 3사단이 올라가고 우리는 동부 내륙지대를 맡아 올라갔다. 도평, 청송, 영양, 춘양, 영월을 거치는 진로였다. 적군은 도망가기에만 바빴다. 우리는 선두 부대로서 서림 북부에서 양양을 거쳐 38선에 도착했다.

"아아, 38선!"

가슴이 터질 듯 감개가 무량했다.

이때가 9월 30일. 우리는 계속 진격하라는 명령이 없어서 38선에 이르러 진격을 멈추었다. 서림은 분명히 38선 남쪽 지역이긴 하지만 북쪽이 높고 남쪽이 낮은 지형의 특성상 북쪽 능선에 올라서면 그곳은 엄밀히 말해 38선 북쪽이 되었다. 우리는 비록 진격을 멈추기는 했어도 그 능선 위, 그러니까 엄연히 38선 북쪽에 자리잡고 있었다. 이렇게 우리는 분명히 9월 30일에 38선 북쪽에 있었는데 공식화시키지 못하였으므로 알려지지는 않았다. 3사단은 그때 주문진에 있었다.

적군을 추격해갈 때는 재미있는 에피소드도 많았다. 영양에서 평창으로 가던 도중에는 민가에서 자고 있는 적군을 깨우기도 했고, 영월에서 평창으로 들어갈 때는 보급품을 잔뜩 싣고 실정도 모르고 남쪽으로 가던 적군의 트럭을 붙들기도 했다. 대화리에서는 국민학교에서 전화기를 들었더니 강릉이 나왔는데, 그 당시까지 강릉에는 인민군이 남아 있어서 서로 통화를 할 수도 있었다. 내가 데리고 있던 통신병이 평안도 사람이라서 사투리가 능숙하니까 그쪽 군인인 척하고 통화하여 적의 상황을 파악하기도 했다. 지난 밤에는 시가전까지 벌였으나 곧 북쪽으로 밀리고 있는 상황이라는 것이었다.

지휘 계통만 부수면 약해진다는 것을 알고 우리는 공격 포격 대상을 주로 지휘소로 정했다. 우리 군대는 일견 제멋대로인 것처럼도 보이지만 자기 자신의 마음에서 우러나서 하는 일이 많았으므로 후퇴하면서도 애국심이 살아날 때는 아무 지시 없이 1개 소대라도 만들어 적에게 대항한다. 그런데 인민군이 그렇게 쉽게 무너진다는 것은 놀라운 사실이었다. 추격 명령을 받았을 때는 하루에 고작 20~30리 정도 추격할 수 있을 것이라고 생각했었다. 그런데 놀랍게도 우리는 120~130리 정도씩 큰 저항 없이 진격해갔다. 서쪽에서는 진격이 둔했지만 동쪽에서는 그 반대의 상황이었던 것이다.

말했듯이 우리는 38선에 도착할 때 강릉을 통해 양양으로 들어갔다. 이것은 원래 3사단의 진로였다. 이에 대해 군단에서는 수도 사단이 월권했다고 질책하고, 동해안 진로는 3사단에 맡기고 수도 사단은 양구로 들어가라고 명령했다. 그래서 우리는 간성 쪽으로 올라가서 다시 진부령을 넘어 내려가서 양구로 들어갔다. 여기서 우리는 저항을 받았다. 양구로 들어가면서 화천 저수지를 끼고 가는데 한족 묘지 근처에서 인민군이 길목을 막고 버티고 있었다. 주위를 살피자 마른 풀들이 키를 넘게 우거져 있었다. 나는 불을 놓으면 되겠다고 직감했다. 결과는 큰 성공이었다.

적의 저항을 물리치고 우리는 전쟁을 치르는 동안 가장 좋은 경치를 구경할 수 있는 지역으로 들어갔다. 금강산 안쪽으로 1만 2천 봉을 바라보면서 우리는 마회리로 들어갔다. 내금강 입구였다.

마회리로 들어간 날이 10월 7일이었으므로 단풍이 한창 붉게 물들어 있었다. 그곳에 있는 학교로 가서 교장 관사에 들어갔다. 그 당시의 전화는 수동식이라 손잡이로 몇 번 돌리면 상대방이 나왔다. 교장 관사에 있는 전화기를 돌리고 나니 회양이 나왔는데 '내무소'라는 것이었다. 우리는 국군이 어디쯤 있는지 알 수가 없었다. 아무래도 우리가 국군이라고 하면 불리할 것 같았다.

"동무들! 우린 인민 군인이오. 내일 회양으로 갈 터이니 우리가 먹을 식사도 많이 해놓고 우리를 기다리시오."

인민 군대라고 속이고 나서 밥을 많이 하라고 지시했는데도 그들은 의심하는 것 같지 않았다. 그날은 교장 관사에서 밤을 보내고 다음날 회양으로 떠났다. 이윽고 회양으로 들어가니 명령한 대로 밥을 푸짐하게 해놓아 우리들은 오랜만에 배불리 먹었다. 그 당시에는 복장으로 국군과 인민군을 구별할 수 없었다. 전투가 치열하게 벌어져 양쪽 다 물자 공급이 제대로 되지 않아 인민군이 미군 옷을 입고 국군이 인민군 옷을 입는 등 복장이 뒤죽박죽되어 겉모습으로는 국군인지 인민군인지 알 수 없었다. 또한 18연대는 인민군의 차를 100여 대 탈취하여 타고 행군하였으므로 우리는 영락없이 인민군의 모습이었다.

우리가 회양에 들어갈 때는 주민들이 연도에 나와 저들의 깃발을 들고 열렬히 환영까지 해주었다. 그러나 곧 우리가 국군이라는 사실이 밝혀지고 난 후 불과 5분도 안 되어 태극기를 흔들며 환영하는 것을 보고 '순박한 주민들이 이런 와중에서 살아남기 위해 누구라도 환영하지 않을 수 없구나' 하고 생각하니 가슴이 아팠다. 이때가 10월 8일이었다. 여기서 우리는 20여 명의 인민군을 포로로 잡았다. 이날은 사단에서 1연대에게 철형재를 넘어가라고 명령한 날이었다. 그러나 1연대장은 적군과의 싸움이 길어져 철형재를 넘지 못했다.

이때 3사단은 고성을 지나 원산에 입성을 해야 할 텐데, 일이 잘되지 않자 사단장은 몸이 달아 나에게 처리하라는 명령을 내렸다. 이미 밤이 되어 정찰을 할 수도 없고 지도도 보급이 안 되어 작은 수첩에 있는 지도로 작전을 짜고 있었기 때문에 이 명령을 수행하기는 불가능하였다. 하지만 사단장은 철형재를 넘어 신고산을 꼭 점령해야 한다고 억지를 부렸다. 나는 할 수 없이 여러 가지 요구 조건을 내세웠다. 그날 잡은 포로가 있으면 나에게 보내주고, 전원이 타고 갈 수 있는 자동차 50여 대를 보내라는 것이었다. 사단장은 마음이 급하니까 요구한 모든 것을 들어주었다. 포로를 보내왔는데 아직 귀밑에

솜털이 돋아 있는 어린 중학생이었다. 중학생인 포로를 달래어 심문한 결과 대단한 정보를 얻을 수 있었다. 자기네들은 국군은 전혀 두려워하지 않고 있으나, 유엔군은 전차를 가지고 있다며 전차를 두려워하여 대책이 없다는 것이다. 우리는 전차가 한 대도 없었다. 그래서 나는 전차를 가지고 있는 것처럼 계략을 짜기로 했다. 맨 앞 수색 중대에 있는 5대의 차량에서 모두 '마후라'를 떼어냈다. 엔진 소리가 크게 들려 마치 전차처럼 착각하게 만들려는 계략이었다. 그리고 불을 켜도록 했다. 그 뒤를 따르는 50여 대도 헤드라이트를 다 켜도록 하고 적진지를 향해 행군하였다.

이 작전은 맞아떨어졌다. 산 위에 있던 적들이 우리들을 보고 국군이 모두 전차를 가지고 있으니 싸워봤자 작살이 날 게 뻔하니 후퇴하기로 하고 산에서 모두 내려갔던 것이다. 게다가 신고산을 내려온 적군들은 우리가 갔을 때 마음놓고 잠을 자고 있었다. 이들이 우리가 오는 것을 보고도 잠을 잔 이유는 유엔군은 밤에는 싸움을 하지 않는다는 것을 여러 번의 경험으로 알고 있었기 때문이다. 그러나 우리들은 유엔군으로 본 것은 그들의 큰 오산이었다. 우리는 국군이었다. 우리는 날이 새기를 기다려 멈춘 것이 아니고 계속 신고산을 넘어갔던 것이다.

"꼼짝 마라!"

한참 잠을 자고 있던 적들은 혼비백산을 하여 전열을 가다듬을 겨를도 없이 우왕좌왕하였다. 이들을 제압하여 잡은 포로가 80여 명이나 되었다. 이렇게 신고산에 새벽 2시에 들어가 총 한 번 쏘지 않고 점령을 하였던 것이다. 신고산을 점령하고 나니 한시름 놓을 수 있어 선두 부대를 면할 수 있도록 부탁하기로 하였다. 항상 위험한 선두 부대로 달린 나머지 부하들의 희생이 컸다. 그리하여 원산으로 진격할 때는 우리가 선두 부대로 나갈 테니 중간까지만 뒤에 있게 해달라고 연대장에게 부탁하여 동의를 얻었다. 나는 피로에 지친 부하들에게 중간까지는 우리가 선두 부대가 아니니 잠시 잠을 자며 쉬라고 하였다.

얼마 동안 잠을 잤을까? 아마 눈을 감았다 떴을 정도였다. 사단장이 들이닥치더니 원산까지 선두 부대로 나가라고 명령하는 것이었다. 어느 지휘관의 심경인들 안 그렇겠는가마는 싸움을 치를 때마다 사랑하는 부하들이 하나둘씩 죽어가는 판이라 가슴이 너무 아픈 나머지 심장이 터져버릴 것 같았다. 사단장의 명령이므로 어쩔 수 없는 일이기에 선두 부대로 나섰지만 부하들에게 미안한 마음을 금할 수 없었다.

그때의 지시를 보면 다음과 같다. 차량의 행군 속도는 시속 25마일로 하고, 1개 소대 이하의 패잔병은 상대조차 하지 말고 그대로 지나치도록 할 것, 1개 중대 정도의 패잔병들은 자동차 위에 설치해놓은 기관총을 발사해 흐트려버릴 것. 그래서 자동차마다 기관총을 달고 행군케 하였다. 이 광경은 상당히 위력적이어서 우리를 만나는 패잔병들은 기가 죽어 그냥 그 자리에 주저앉고 말았다. 그러다가 석왕사 부근의 암벽에서 선두 부대가 공격을 당했다. 인민군 포병 진지에서 공격을 해온 것이다. 우리는 자동차에 달려 있는 기관총으로 대항하였다. 아직 원산으로 가려면 멀기만 한데 앞에서 차가 움직이지를 못했다. 맨 앞이 수색 중대고 다음이 2중대, 다음이 대전차포 중대인데 기습을 당하니까 모두 흩어져 차에 오르지 않아 차가 움직이지를 못한 것이었다. 나는 흩어져 있는 병정들을 수습하느라 찾으러 갔다가 순간적으로 아찔한 느낌과 함께 쓰러졌다. 그만 무슨 파편에 복부와 왼쪽 팔을 얻어맞은 것이다. 우리는 훈련된 부대로서 위급한 상황에 처했을 때 대처하는 법을 알고 있었다. 나는 즉시 압박끈으로 왼팔을 묶고 구석진 곳에 가서 누웠다. 우리 쪽으로 날아드는 수류탄을 보니까 30야드 전방에서 던지는 것임을 알 수 있었다. 왼팔은 출혈이

266

멈추었는데 복부에서 통증이 오기 시작했다. 처음 파편에 맞았을 때는 왼팔에만 신경을 쓰느라고 관통당한 배는 아픈 것을 느끼지 못했는데 시간이 흐름에 따라 복부에서 출혈과 함께 통증이 오는 것이었다. 피를 너무 많이 흘려 의식이 점점 흐려지기 시작하자 대대 군의관이 응급 조치를 한 후 후방으로 후송했다.

털털거리는 앰뷸런스에 실려가면서 죽는다는 불안보다는 세상이 얼마나 아름답게 느껴졌던지, 그 아름다운 세상을 내가 살았었다는 것이 또한 얼마나 아름답게 느껴지는지 내 마음은 평안함과 행복으로 가득 찼다. 그것은 이상한 경험이었다. 다행히도 창자는 터지지 않았지만 부상당해서 수술을 받을 때까지 72시간이 걸렸다. 그동안 살이 굳어 봉합을 할 수 없으니 굳은 살을 떼어내고 봉합을 해야 한다고 하였다. 나는 다른 방법이 없겠느냐고 물어보았다. 대구 의대 교수로 있던 분이 페니실린 외과 요법을 연구하고 있는 중이었는데 아직 임상 실험을 하지 않아 확실하지는 않지만 환자가 동의한다면 치료해보겠다고 하여 승낙하였다. 상처는 크지만 살을 오려내지 않고 페니실린과 1,000배로 희석한 링거로 자꾸 상처를 닦아내니까 새살이 나오기 시작했다. 새살이 나왔을 때 살과 살을 반창고로 붙였더니 일주일이 지나 떨어져 있던 살이 서로 붙었다. 20일 동안 꼬박 병원에 있다가 서울로 왔다. 원대로 가기 위해 알아보니 내가 소속된 18연대는 함흥 북쪽에 있다고 하는 것이었다.

'어떻게 간다?'

서울에서 함흥 북쪽까지 갈 방법이 도무지 마땅치 않았다. 왜냐하면 육로와 공로가 모두 막혀 있었기 때문이었다. 육로로 해서 가려면 철원과 평강을 거쳐 원산으로 가야 하는데 평강 부근이 인민군 게릴라 부대들의 손에 들려 있었다. 비행기는 아예 다니는 게 없었다.

이리저리 궁리한 끝에 다시 부산으로 내려가는 것을 택했다. 부산에는 강릉을 거쳐 원산으로 가는 LST가 있다는 것이었다. 그리하여 부산으로 가서 LST를 타고 북쪽으로 향했다. 일단 강릉 가까운 곳에 도착했다가 원산을 거쳐 육로로 함흥 쪽으로 가려는 것이었다. 강릉에 도착해보니 도심은 시가전으로 폐허가 되어 있었다. 마침 강릉 북쪽에서 함흥에 가까운 성진으로 가는 LST가 있어서 그곳까지 연결되었다. 성진에 내렸으나 원대까지 찾아가는 것도 그리 쉬운 일은 아닐 성싶었다. 그래서 두리번거리고 있는데 마침 우리 연대 보급차가 모습을 나타냈다.

"18연대는 어디에 있는가?"

"어서 타십시오."

그리하여 그 차에 올라타고 나는 18연대로 달렸다. 그때 18연대는 함경북도 수송동에 있었다. 11월 중순에 가까운 때여서 그곳 기후가 차기도 했겠지만 피도 많이 흘려서인지 나는 추위를 몹시 탔다. 나는 도저히 대대장 직책을 맡을 수 없을 것 같았다. 추위에 벌벌 떨면서 어떻게 병사들과 함께 적진에 뛰어들 수 있겠는가 말이다.

그리하여 부연대장이 되었다. 연대에서도 나를 빼앗기지 않으려고 그 직책에 앉혔던 것이다. 이렇게 되자 사단장이 나를 기간 연대장으로 부임시키겠다고 하여 한동안 옥신각신한 일도 있었다. 그러다가 철수 명령을 받게 되었다.

11월 말경이 되자 벌써 함경북도의 추위는 굉장했다. 날마다 영하 20~30도를 오르내리는 혹독한 추위였다. 그 추위 속에서 우리는 전투 한 번 해본 일 없이 철수하게 된 것이었다. 그때의 광경은 지금도 눈에 선하다. 흥남 철수라고 널리 알려진 이 철수 때의 흥남 항구는 국군을 따라 내려오려는 피란민들로 인산인해를 이루었다. 모두들 공산 치하의 학정에 못 견려 자유 대한으로 내려오려는 사람들이었다.

"살려주시오. 우리를 데려가주시오!"

"그냥 가지 마시오!"

피란민들은 이리 뛰고 저리 뛰며 목이 터져라 외쳤다.

"여기 있다간 우린 죽고 마오!"

피맺힌 절규였다. 우리는 그렇게 자유를 갈구하는 그들을 적 치하에 남겨두고 떠나야 하는 것이었다. 군인 생활을 통하여 그처럼 큰 죄책감을 느낀 적은 없었다. 그 추위 속에서 떨며 울부짖던 사람들의 모습, 마치 그들을 지옥에 남겨두고 오는 심정이었다. 마지막 LST가 떠날 때, 혹시나 얻어 탈 수 있을까 하여 드럼통에 올라타고 바다에 뛰어들던 사람들, 항구에서 눈물을 흘리며 발을 동동 구르던 사람들, 소리치기에도 지쳐 넋을 잃고 가슴을 치던 사람들, 그들을 뿌리치고 철수해야 하는 심정은 칼로 가슴을 도려내는 것만 같았다. 수도사단장은 제일 아끼는 부대를 제일 먼저 철수시킨다는 원칙 아래 우리 18연대를 제일 먼저 철수시켰다. 이보다 먼저 3사단이 앞서서 철수했는데 제일 신통치 못한 연대는 뒤에 남겨둔다는 원칙에 의해 26연대만은 남아 있었다. 그런데 LST를 타고 철수하던 중 미8군의 명령을 받게 되었다.

"중부 전선이 위험하니 지금 배에 타고 있는 수도 사단 18연대를 묵호에 상륙시킬 것."

이 명령으로 애초에 부산에 상륙하라는 명령을 받아 가고 있던 우리 부대는 중부 전선으로 들어가게 되었다. 여기서부터 수도 사단에 있던 우리 18연대는 3사단으로 가게 되었다. 그 대신 뒤에 마지막까지 남아 있던 3사단 26연대가 우리 자리를 메워 수도 사단으로 들어갔다. 그래서 수도 사단은 제일 좋은 부대를 내주고 제일 나쁜 부대를 갖게 되었다. 그때부터 우리 18연대는 수도 사단이 아닌 3사단이 되었고, 이는 지금까지 그대로 유지되고 있다.

중부 전선으로 온 우리들은 홍천 쪽으로 들어갔다. 이 무렵 중공군이 인해 전술로 38선 이남까지 쳐내려오고 있었다. 어떻게 대처해야 좋을지 난감하여 맥이 빠졌다. 중공군은 인민군과는 전투 방식이 달랐다. 그들은 소부대를 앞에 놓고 쳐들어오는 방식을 썼다. 소부대를 앞에 놓고 싸워서 이기면 조금 큰 부대가 들어오고, 다시 이기면 대부대가 들어오는 방식이었다. 인해전술을 쓰는 중공군이라고 해서 무조건 밀고 들어오는 것은 아니었다. 소부대가 들어오다 희생되면 그다음 중간 부대가 들어온다는 방식도 마찬가지였다. 이것이 이른바

인해전술인 것이다. 그러니까 국군은 무너지고 무너지곤 했다. 앞의 부대가 이기든 지든 그 다음에 조금 더 큰 규모의 부대가 파상적으로 밀고 내려오는 것이다. 여기에는 견딜 재간이 없게 된다. 하지만 이런 중공군에 대항하는 효과적인 방법이 있는 것이다. 중공군과 대항할 때는 맨 앞에 쳐들어오는 부대의 2킬로미터 후방을 무조건 포로 때리면 되는 것이다. 그러면 중공군은 영락없이 무너져버린다. 즉, 후방의 대부대를 먼저 무너뜨리는 것이다. 중공군의 약점은 뒤의 대부대가 희생되면 앞의 소부대들은 손을 쓰지 못하고 그만 달아나버린다는 데 있다. 이것은 나름대로 중공군과의 전투에서 얻은 교훈이다.

다행히 홍천에서는 적의 부대가 별로 없었기 때문에 싸움은 그다지 일어나지 않는 소강 상태였지만, 1월 4일 서울에서 아군이 후방으로 후퇴하는 바람에 우리도 덩달아 평창으로 철수하지 않을 수 없었다. 평창으로 철수하고 나자 문제가 또 생겼다. 원주 쪽에서 싸우던 미군이 적의 맹렬한 공세에 밀려 점점 후퇴하기 시작한 것이다. 평창까지 철수했던 우리 부대도 어떻게 해볼 도리 없이 춘양까지 밀리고 말았다. 영월을 기점으로 전방이 되었으며 3사단은 춘양에 머물러 있었는데 기세가 막강한 인민군 10군단은 경북에 있는 일월산으로 1개 사단을 침투시켰다. 여기에 이어 인민군은 그 후속 부대로 14사단을 보내 영월을 돌파하고 말았다. 영월이 무너지자 미8군에서는 신랄하게 우리 3사단에 책임 추궁을 하면서 어떻게든 적을 막으라고 성화가 대단했다. 그 당시 3사단은 직접 전투에 가담하지는 않고 예비로 있었기 때문에 어디로 가야 이들을 잡을 수 있는지 종잡지를 못했다. 영월을 빠져나온 인민군이 내송 쪽으로 침투한 것인지 아니면 산악 지대를 통과하여 방향을 잡았는지 아무런 정보도 뽑아낼 수 없어 그저 속만 태웠다.

"대령, 당신만 믿겠소."

결국 이 사명은 내가 연대장으로 있던 18연대로 떨어졌다. 그때 나는 임시 계급으로 대령을 달았으며 연대장으로 있었다. 이 전투가 바로 그 유명한 남대리 전투다. 그동안 크고 작은 전투를 많이 치르다 보니 전술에 대한 지혜가 어느 정도 터득되었다. 나는 나의 지혜를 총동원하여 지형을 하나하나 짚어나가기 시작했다. 인민군이 영월에서 해가 질 무렵에 돌파했으니까 분명히 밤중에 이동했을 것이라고 추측하고 거리를 측정해보았다. 그때가 2월이니 무척 추운 날씨였다. 그런 추운 날씨에 그것도 밤중에 무모하게 산꼭대기로 갔을 리는 없었다. 이런저런 상황을 추측하여 판단해보건대 적의 부대가 집결해 있을 만한 곳은 남대리밖에 없다는 결론을 내리게 되었다. 남대리는 태백산과 소백산이 갈라져나가는 곳에 위치하며 골짜기의 길이가 30리 정도 깊숙한 지역이었다. 나는 이곳에 인민군이 집결해 있다고 확신을 가졌으나 사령부에서는 대충 그럴지도 모른다고 반신반의하고 있었다.

'어떻게 하면 가장 유리한 조건으로 적을 섬멸할 수 있을까?'

남대리로 가는 길을 지도에서 찾아보면서 최소의 전력으로 최대의 효과를 낼 수 있는 전략을 짜기 위해 안간힘을 썼다. 나는 1대대장에게 남대리로 넘어가는 고갯마루를 어떠한 일이 있더라도 새벽 4시까지 확보하라는 작전 지시를 내렸다. 이 고갯마루가 이 전투에서 요충지였다. 전략상으로 매우 특별한 위치였다. 적군에게 빼앗기기 전에 우리가 먼저 확보하여 싸움을 할 때 유리한 지점을 확보하지 않으면 안 되었다. 새벽 4시까지 고갯마루를 점령 확보하라는 명령을 내렸지만 주위가 캄캄한데다 산이 험준하여 새벽 5시가 조금 넘어 고갯마루를 확보하게 되었다. 바로 이때 적군도 50미터 전방 앞으로 올라오고 있었다. 우리가 조금만 늦었어도 적군에게 고갯마루를 빼앗길 뻔하여 등골이 다 으스스하였다. 만약 그 고갯마루를 적군이 먼저 차지하였다면 어찌되었을까? 우리는 물론 한 사람도 살아남지 못했을 것으로 생각된다. 하여튼 우리는 운 좋게 고갯마루를 먼저 차지하고 적군은 우리 바로 아래에서 올라오지 못한 채 전투가 시작되었다. 아무리 적군의 숫자나 무기가 더 많다고 해도 위쪽에서 아래로 총격을 가하니까 적군은 불리한 위치에서 제대로 힘을 쓰지 못했다. 그래도 적군은 집요하게 공격을 해왔다. 서로 한창 총격전을 벌이고 있는 가운데 미8군에서 포항에 있는 미 해병대 전투기에 급히 연락을 취하여 우리들을 지원하도록 하였다. 아침 8시쯤, 드디어 미 해병대 전투기 20여 대가 까맣게 몰려왔다. 우리들은 서로 껴안으며 환호성을 올렸다. 전투기 20여 대는 마치 솥 안에 콩을 볶듯이 골짜기로 폭탄을 내리부었다. 1개 사단이 몰려 있는 골짜기에 폭탄을 쏟아붓는 것이었다. 그것은 굉장한 광경이었다. 비행기가 가고 나면 우리 부대의 포가 다시 공격하고 그동안 좌우로는 보병 부대가 협공하여 들어왔다.

전투는 이틀 동안이나 계속되었다. 마침내 적군은 완전히 전의를 상실하고 후퇴하기 시작했다. 그때 우리는 80여 명을 포로로 잡았다. 달아나던 적군은 최전방에 있던 7사단과 9사단에 의해 1,500명 정도가 포로로 잡혔다. 7사단과 9사단은 바로 자기네 전지가 무너져서 적군들이 돌파했는데 오히려 우리 부대에 의해 쫓겨나고 달아나는 포로들을 쉽사리 잡은 것이다. 물론 18연대가 남대리 전투에서 큰 공을 세웠다는 것을 육군 본부나 군단에서 모두 인정하고 있었다. 그 당시 〈동아일보〉는 육이오 전쟁의 최대 전투의 하나로 남대리 전투를 꼽고 있다. 남대리 전투는 아군의 희생 없이 큰 전과를 올린 전투였다.

양구 북단에 위치한 김일성 고지와 피의 능선을 공격한 것은 1951년 10월이었다. 김일성 고지는 금강산의 한 줄기로 우리 아군이 있는 남쪽은 경사가 가파르고 험했지만 인민군이 있는 북쪽은 경사가 완만하여 인민군은 방어하기에 아주 좋고 우리가 공격하려면 무척 힘든 곳이었다. 이 고지는 1056고지로 여기에서 보면 우리 군단의 포병 진지까지 전부 관측되어 우리의 일거수일투족이 낱낱이 적군에게 알려져 군단 포병이 이동하기가 매우 어려웠다. 우리는 김일성 고지에서 빤히 내려다보는 적군을 올려다보면서 어떻게 우리의 행동을 저들에게 보이지 않게 할 수 있을까 전전긍긍하기만 했다. 미군은 어떻게 하든지 김일성 고지를 꼭 점령하여 적이 관측소로 사용하는 것을 막아야 한다고 5사단과 같이 한 달 동안이나 공격을 하였으나 번번이 실패하여 병력의 소모만 늘어날 뿐 적군은 끄떡없이 고지를 지키면서 여전히 우리의 행동을 감시하고 있었다.

이 작전에 내가 참여하게 되었다. 나는 5사단의 한 달 동안의 전투 경험을 낱낱이 체크하여 실패 원인을 추적하였다. 또한 지금까지의 전투 경험을 토대로 가장 확실하게 김일성 고지를 점령할 수 있는 전략을 연구했다. 나는 한국군으로는 처음으로 TOT 공격을 감행하기로 결정했다. TOT 공격이란 모든 포를 한 장소에 집중시켜 포탄을 정해진 시간에 한꺼번에 쏘아 정해진 곳을 공격하는 방법으로 전술에도 나와 있다. 3사단의 4개 대대와 미 해병대 중에 우리 진지까지 이동할 수 있는 포병 2개 대대, 미7사단 포병 4개 대대, 군단 포병 4개 대대 등 모두 포병 14개 대대를 모이게 하고 4.2인치 포를 가진 1개 중대를 합세시켜 TOT 사격으로 고지를 집중 공격하였다. 이 공격을 하자 고지에 있던 적들은 꼼짝달싹도 못했다. 한 달 동안 갖은 방법을 동원하여 고지를 탈환하려 했으나 병력만 소모한 채 번번이 실패하던 김일성 고지가 TOT 공격을 감행한 지 불과 2시간 30분만에 쉽사리 무너지는 것을 본 미10군단장은 놀라움을 감추지 못했다. 그의 말에 따르면 미군으로서는 2차 대전 때 유럽에서 TOT 공격이 여러 차례 있었지만 한

국군이 한반도에서 TOT 공격을 한 것은 놀라운 일이라는 것이었다. 내가 군대 생활을 하면서 포병을 제일 많이 써본 것이 그때였다. 적의 타깃은 모두 5개였는데, 군단에서 포탄도 얼마든지 지원할 수 있다고 해서 하나의 타깃에 7천 발씩이나 배당했었다. 나 역시 TOT를 해본 것이 처음이며 그 후로도 해본 일이 없다.

이렇게 김일성 고지를 점령한 지 1개월 뒤에 미7사단에 인계했는데 어찌된 셈인지 일주일 만에 다시 빼앗겨버리고 말았다. 미군은 가파른 고지에 올라 결사적으로 대항하는 것에는 약했다. 그 대신 화력 이용과 전차 부대는 강한 면을 가지고 있었다.

그 뒤 우리는 예비대로 있다가 화천 북방으로 이동했다. 6사단 2연대와 교대하여 수도 고지가 있는 곳으로 간 것이다. 여기서 우리는 중공군과 부딪쳤다. 백암산 쪽이었다. 중공군은 예의 인해전술로 우리를 공격해 들어왔다. 나는 만반의 준비를 갖추었다.

"포병!"

나는 포병을 준비시켰다. 이윽고 중공군의 선두부대가 모습을 나타냈다. 나는 그 선두 부대로부터 2킬로미터 후방을 때리도록 명령했다. 그리고 앞으로 전진했다. 아니나 다를까. 중공군은 쉽게 무너졌다. 내가 터득하고 있는 전법이었다. 그 당시 우리는 미9단에 예하였는데 군단에서 굉장한 칭찬을 받았다.

그 전투가 있고 나서 그 옆의 949고지로 옮겨 방어를 하다가 나는 육군 대학으로 가게 되었다. 일선 지휘관은 경험이 없으면 그다음 차상급 지휘관을 시키지 않아야 한다는 것이 나의 지론이다. 경험을 바탕으로 해야 좋은 전술을 짜낼 수 있다고 생각한다. 아무리 자질이 있는 사람이라도 단순한 기술로는 좋은 제품을 만들 수 없듯이 배움과 경험이 많아야 한다고 생각한다. 내가 교대하고 육군 대학으로 간 한 달 뒤에 고지에서 전투가 벌어졌는데 신임 연대장의 경험 부족으로 모두 점령당하고 말았다. 그리하여 북한강 남쪽으로 후퇴하고 말았던 것이다. 그 뒤 나는 1사단 참모장으로 퀸 고지 전투와 노리고지 전투를 치렀는데, 적들이 산속의 사찰에 은신하고 있어서 많은 문화재들을 불태울 수밖에 없었던 아픔이 있었다. 그런 가운데 사찰의 종을 찾아 잘 보관하게 된 이야기도 있었다.

길고 긴 공방전 끝에 드디어 1953년 7월, 휴전의 날이 다가오고 있었다.

2

끔찍한 전쟁도 장군의 회고 속에서는 간단명료하게 끝나고 있었다. 강릉에 관해서는 장군이 부상당했다가 다시 원대로 돌아가는 도중에 잠깐 나올 뿐이었다. 그러나 그 한두 줄에 강릉이 시가전으로 폐허처럼 되었다는 내용이 쓰여 있었다. 시가전⋯⋯. 나는 그날 아침 우리 집 변소의 구멍 속으로 머리를 들이밀고 죽어간 군인을 보았었다. 나로서는 아군인지 적군인지 구별할 수도 없는 군인이었다. 그것이 시가전이라는 것이었다. 나는 지금도 그 군인이 그러고 있을 것 같기만 하다. 강릉 임당동에는 그러고 죽어 있는 군인이 아직도 그 모습으로 엎어져 있다⋯⋯고 내 눈은 보고 있다. 내가 세화와 둘이서 텅 빈 신작로를 헤매던 시간도 그 무렵 어느 때로서 그 거리에 머물러 있다. 강릉 신작로는 그렇게 머물러 있다.

그런 다음 중공군이 쳐내려올 무렵 우리는 강릉에서도 멀리 떨어진 산간 마을로 피난을 갔던 것이다. 아울러 나는 세화와 헤어진 것이 중공군의 참전 때문이었다고 거창하게 말해도 좋을 것이다. 어린 내가 자세한 자초지종을 알지는 못했을지라도 따지면 그랬다는 결론에 이른다. 나는 전에도 그것을 읽어

보았었다. 그러나 몇 줄이나마 강릉을 다시 발견한 것은 소득이었다. 아니, 강릉이 아니라 세화의 모습이라고 해도 좋을 것이다. 그것으로 나는 세화와 다시 만날 수 없었다. 만약 바다의 파도를 타고 떠오는 귤을 건진다 해도 나는 그것을 세화에게 갖다줄 기회를 잃고 말았다.

나는 나머지 원고를 뒤져 찾았다. 그것들을 당장 또 처음부터 읽어볼 마음은 없었으나, 그대로 두었다가는 언제 다시 찾아낼 엄두나 내게 될지 나 자신을 신뢰하지 못한다는 생각 때문이었다. 그렇다면 나는 그것을 이미 주인에게 돌려줄 마음에 조바심을 치고 있었다는 이야기가 된다.

그런 생각이 얼핏 들자 섣불리 운명이라는 낱말이 머리를 스쳐갔다고 느꼈다. 운명? 운명이라는 낱말만큼 우리에게 친숙하면서도 터무니없는 것은 없었다. 나는 늘 운명따위는 믿지 않는다고 말하고 싶었다. 그러나 다시 운명이라는 것이 내 곁에 다가와 있다고 나는 느끼는 것이었다. 그러나 시인은 '낮은 데로 떨어질 운명'을 읊지 않았던가.

세화의 이상한 원고인 〈장군의 회고록〉을 찾아 내 책상 위에 가지런히 챙겨 얹어놓으며 나는 그녀를 찾아 만나기 전에 한 번쯤 다시 읽어야겠다고 다짐했다. 문득 《전쟁론》을 쓴 클라우제비츠의 '전쟁이란 다른 수단의 정치'라는 말과 함께 여러 가지 상념이 떠오르기도 했으나, 나는 이미 운명이라는 것에 현혹되어 있었다. 그것이 만남의 운명이든 운명의 만남이든 말이다.

알 수 없는 일이었다. 그녀는 예나제나 내게서 실종 중이었다. 이 사실이 다시금 나를 혼란 속으로 몰아가고 있었다. 몇 년 전에도 나는 도저히 어찌할 바를 모를 착잡한 심정으로 그녀를 찾아나섰었다. 세화는 종종 그렇게 내게서 사라졌다. 어릴 적 기껏해야 앞길 신작로를 걸어갔던 그녀가 아니었다.

내가 그녀를 찾아 나서기로 했던 그때 나는 그녀의 전화번호를 갖고 있지 않았다. 그녀는 왜 이렇다 할 말 한마디 없이 내게서 떠나갔을까. 비록 내가 그녀의 의식에는 못 미치는 의식을 가졌다고는 하나 나 또한 현실에 비판적이지 않았던가. 하기야 그런 점에서 나는 내가 생각해도 졸장부였다. 그녀가 바란 것은 적어도 그런 내가 아니었을 것이다. 그녀로 말하면 '한국의 레닌그라드'라고도 한때 불리던 공단 도시의 근로자 기숙사에 일주일에 한 번씩 무보수 상담 요원으로 나가, 진로 문제니 뭐니 하면서 알게 모르게 이른바 의식 교육을 하다가 쫓겨나기도 한 경력을 자랑하는 것이다. 지금에 와서 그런 이야기를 미주알고주알 꺼낸다는 게 부질없는 일인 줄 모르는 바는 아니다. 그리고 이미 승패가 가름난 것 같은 이념의 대결에 대해 쓰잘데없는 후일담을 주절거리는 것도 여간 못마땅한 일이 아니다. 그러나 그 당시만 해도 아직은 소련이라는 나라가 건재했고 당시 소련 수상이었던 고르바초프가 제주도에 오기 전이었다. 고르바초프 말이 나왔으니 말이지, 중앙아시아에 갔을 때 그곳 '고려인'들은, 그의 고향 근처에 주로 파 농사를 하는 고려인 마을이 있었는데 그들이 이런저런 도움을 주었다는 에피소드를 말하고 있었다.

그녀가 살고 있던 셋집이며 자주 드나들던 카페며 연고가 있는 편집 회사며 얼마 전에 세상을 떠난 그 어머니가 살던 집이며를 다 뒤져보고 나서도 나는 내일은, 내일은 하고 희망을 버리지 않고 있기는 했다. 혹시 '모처'로 잡혀간 건 아닐까, 의혹도 생겼다. 몇 차례의 공화국을 거치면서 누군가 감쪽같이 잡혀가면 거의 어김없이 남산이니 서빙고니 하는 이름으로 알려진 '모처'였던 것이다. 말했다시피 그녀는 그럴 만한 충분한 위험이 있었다. 그런 토요일, 퇴근 시각을 앞두고 섬광처럼 머리를 스쳐가는 생각이 있었다. 그래, 하고 나는 무릎을 쳤다.

왜 그런 생각을 그동안 못했는지 모를 일이었다. 이제 더 이상 그녀를 수소문할 곳이 없다고 나는 포기한 상태였다. 나 자신도 이해하기 어려웠다. 그 생각은 내 머릿속 어느 곳에도 들어 있지 않던 것이었다.

그런저런 생각으로 나는 오전에 회사 책상머리에서 '사랑을 생각하는 나무들'이라는 제목으로 기사를 쓰려고 궁리했다. 나는 살아 움직이는 나무들 옆을 지나며, 뭔가 처절한 사랑이라는 것에 대한 관념으로 강신술에 빨려든 것처럼 여겨진다고 쓰고 싶었다. 늘어서 있는 은행나무며 버즘나무며가 모두 예전의 그 나무들이 아니었다. 휘파람이라도 불었으면 했던 마음은 어디로 달아나고 나는 어느 결에 낯선 길에 서 있는 듯싶었고, 알지 못할 무서움을 느꼈다.

그러다가 어느 빌딩의 지하에서 화랑으로 들어가기 전에 간이 휴게소를 발견하고 주저앉아 멍하니 담배를 피우다가 '특별 기획전'이라는 포스터를 보았다. 나는 의자에서 일어나 포스터 앞으로 걸어가서, 거기 찍혀 있는 그림들을 들여다보았다. 그림 아래 깨알 같은 글자로 화가의 이름들이 보였다. 대충 알 만한 이름들만 나는 눈여겨보았다. 마리 로랑생, 호안 미로, 조르주 루오, 마르크 샤갈, 모리스 위트릴로, 막스 에른스트……. 그 밖에 이름을 모르겠는 화가들이 또 여럿 있었다. 우리나라에서는 드물게 열리는 특별 전시회라고 했다. 그래서인지 관람객들이 꽤나 붐비고 있었다. 그리하여 나는 무엇에 이끌린 듯 화랑 안으로 들어가 이름만 들었던 화가들의 그림 원화들을 볼 기회를 가졌던 것이다. 그러자 언젠가 그녀가 내게 화가가 돼보는 게 어떠냐고 넌지시 말했던 기억도 되살아났다.

마리 로랑생의 소녀는 여전히 발그스레한 볼에 청순한 모습을 하고 있었고, 호안 미로의 형상은 여전히 장난스럽고 몽환적이었고, 조르주 루오의 인간은 여전히 성스러운 그늘을 드리우고 있었고, 마르크 샤갈의 환상은 여전히 하늘을 날아다니는 영원하고 초월적인 사랑을 노래하고 있었고, 모리스 위트릴로의 풍경은 여전히 정감 어린 파리의 거리를 거닐고 있었고, 막스 에른스트의 초현실적임은 여전히 정신의 깊이를 가늠하고 있었다.

나는 루오의 〈예수상〉을 책상 앞 벽에 걸어놓았던 학창 시절의 내 모습을 잠깐이나마 행복하게, 혹은 고통스럽게 뒤돌아보기도 했다. 젊은 날의 고통은 행복의 다른 이름인 것이다. 에르네스트 르낭의 《예수전》을 읽던 갓 스무 살의 내가 거기 있었다. 토마스 아퀴나스의 《신학대전》과 성 아우구스티누스의《고백록》이 아벨라르와 엘로이즈의 편지들과 함께 거기에 있었다.

벽면에 걸려 있는 그림들이 모두 어두운 현실로서 내게 다가와 전혀 새로운 환상의 세계를 보여주고 있었다. 환상 속에서 마리 로랑생의 소녀의 이름은 로자라고 나는 엉뚱하게 유추해보았다. 마찬가지로 샤갈의 하늘 위를 날아다니는 젊은 여자의 이름은 러시아의 연해주에서 볼셰비키 혁명을 위해 목숨을 바친 조선 여자 김 알렉산드라였다. 나중에 러시아의 하바롭스크에 가서 알렉산드라가 살았다는 건물 앞에 섰을 때, 나는 그 그림을 머릿속에 그렸다. 그녀는 러시아 혁명군에 소속되어 항일 운동을 하다가 첩자로 누명을 쓰고 처형되었다고 나는 기억하고 있었다. 그녀들은 그림 속에 아름답게 살아 있었다. 내가 그녀들의 이상에 대해 알고 있다는 것은 모두 그녀를 통해 알고 있는 것에 지나지 않는다. '혁명의 검(劍), 살아 있는 불꽃, 로자.' 그런데, 그녀들은 지금 모두 화랑의 벽면에 아름답게 살아 있는데, 세화는 아무 데도 없었다. 그렇게 세화는 이미 다른 세계에 살고 있었다.

빌어먹을. 살아 움직이는 이상한 나무들이라니. 로자와 알렉산드라가 여전히 서울 거리에, 내가 살고 있는 서울 거리에 모습을 보이고 있는 대신에 그녀는 없어진 것이었다. 나는 땅에 발을 딛고 있는 것 같지 않았다. 모두들 마술을 부리고 어디 숨어서 나를 보고 있기라도 한 게 아닐까. 그녀가 사라진 게 사실일까. 도무지 믿기지 않아서 내가 며칠을 헤매고 있는 게 사실일까.

풋풋한 스무 살의 어느 겨울날, 나는 한 아름다운 시를 읽었다. 그때 처음으로 나는 마리 로랑생의 이름을 배웠다. 시인 아폴리네르가 센강의 미라보 다리 위에서 읊은 그 시는 바로 연인이었던 마리 로랑생과의 이별을 노래한 것이라고들 말하고 있었다. 그러니까 나는 '지중해적이고 가장 유럽적인 프랑스 정신의 섬세한 표현'인 그녀의 그림을 보기 이전에 한 편의 시를 통해서 그녀에게로 다가갔던 것이다.

꽃, 소녀, 여인.

그녀의 유채(油彩)가 질감으로 내면의 음영을 강조하고 있다면, 담백한 수채(水彩)는 뱅어같이 투명한 섬세의 정신으로 아름다움을 발산하고 있다. 그렇다고 해서 이달에 소개하는 그림 〈소녀〉에서 갓 피어나고 있는 영혼이 매양 아름다움만 구가하고 있는 것은 아니다. 동경과 우수, 미지의 세계에 대한 설렘이 연필 선 한 가닥 한 가닥 속에, 짐짓 대담한 분홍빛 속에, 함초롬히 깃들어 있는 것이다. 그래서 이 그림은 신선한 환상을 불러일으킨다.

마리 로랑생, 그녀의 〈소녀〉가 환상의 소녀로서 느껴질 때 나는 슬픈 이별을 생각한다. 이 소녀는 마리 로랑생의 분신으로서 시인 아폴리네르와의 이별을 생각하고 있는 것만 같다.

> 미라보 다리 아래에 강이 흐르고
> 우리들 사랑도 흘러내리네.
> 밤도 오고 또 종도 울려라.
> 세월은 흘러가는데
> 나는 이곳에 머무네.

이렇게 아폴리네르의 시까지 적어내려가던 나는 더 이상 잇지 못하고 의자에서 일어났다. 이어서 화가의 약력을 곁들이기 위해 사전을 들추어야 할 일이 지겨운 것은 둘째 치더라도, 무엇보다 소녀와 로자와 그녀를 연결한다는 의도의 터무니없음에 어안이 벙벙했던 것이다. 부질없는 짓이다. 이러고 있을 때가 아니다. 미라보든 바라보든 간에 이러고 있어서는 안 된다. 나는 방 안을 급히 서성거렸다. 매스컴에서는 인신 매매단이라는 게 극성을 부리고 있었다. '모처'도 '모처'지만 인신 매매단이란 듣기만 해도 끔찍한 것이었다. 여자들을 잡아가서 유흥가에 팔아 넘긴다고 했다. 외딴 섬에 보내 일을 시킨다고도 했다.

나는 거리로 나갔다. 터키 상품을 파는 가게 '멜하바'를 지나서 '비단길'이 있었다. 골동품 가게들과 표구점과 서점과 카페들이 있었다. 친구를 찾아야 한다고 부리나케 뛰쳐나오긴 했으나, 나는 전혀 다른 일로 나온 것처럼 이 가게 저 가게를 기웃거렸다. 언젠가 놋쇠로 만든 풍경을 산 적이 있는 길가 가게에서 이것저것 만지작거리는 일도 빼놓지 않았다. 그것이 목적인 양, 불안감을 뒤로 숨기려는 행동이었다. 그녀의 친구를 찾지 못하더라도 별일이 아니라고 뒤로 뺄 궁리를 하고 있는 것이기도 했다.

"그녀는 사라진 거예요⋯⋯. 웃을 일이 아니에요⋯⋯. 저는요, 말이에요, 울 때도 웃는 것처럼 보일 때가 있대요. 그래서 연극을 못하나봐요."

그러나 세화의 친구는 웃음을 띠고 있었다. 그때까지만 해도 나는 그녀와 연극을 연결시킬 아무런 정보를 갖지 못하고 있었다. 그러므로 그녀가 말하는 연극이 무대에 올려지는 연극인지 그냥 일상의 대화로 등장하는 연극인지 판단하지 못했다. 그러고 보니 세화로부터 친구가 학교 때 연극부에 속해 있었다는 말을 들었다는 기억이 어렴풋이 떠오르는 것 같기도 했다. 그러나 울 때도 웃는 것처럼 보이든 웃을 때도 우는 것처럼 보이든, 그래서 연극을 잘하든 못하든 내가 끼어들 문제가 아니었다. 나는 서둘러 내 이야기를 하지 않으면 안 되었다.

나는 세화와의 관계를 처음부터 될 수 있는 대로 상세하게 말했으나, 그 순간 다음부터의 기억은 마치 촌충 토막처럼 마디마디 끊겨버렸다. 그 순간 나는 아마도 예의 이상한 나무들과 여러 장의 그림들과 여자의 모호한 얼굴을 함께 보았던 듯도 싶었다. 나무가 생각을 한다면 무슨 내용일까요? 그것은 사랑이지요. 그녀한테서 무슨 소식이 오면 꼭 연락을 주어야 해요. 나는 중얼거렸던 것 같다. 그런 내게 그녀는 과히 걱정하지 말라고 했던 것 같다. 그리고 과연 무슨 일이 일어났는지 나는 모른다.

이른바 '필름이 끊기는' 상태를 거짓말이라고 하는 사람이 있다는 것을 나는 알고 있다. 그런 사람이라면 다음의 일을 거짓말이라고 해도 탓하지 않으련다. 차라리 거짓말이었으면 얼마나 좋으랴.

그 토요일 오후를 회상하면 나무들은 여전히 살아 움직이고 있으며, 몇 장의 그림들은 하나의 풍경으로 다가온다. 흔한 은행나무와 버즘나무에 불과하나 그것들은 무시무시하다. 왼쪽부터 벽면에 전시되어 있던 순서대로 마리 로랑생, 호안 미로, 조르주 루오, 마르크 샤갈, 모리스 위트릴로, 막스 에른스트들이 내 눈으로 다가온다. 한꺼번에 다가오는 그 풍경도 무시무시하다.

어느 날 세화는 느닷없이 동백꽃을 보러 가자고 했었다. 아직 추위가 채 가시지 않은 2월 하순의 어느 날이었다. 우리가 그 전까지와는 다른 의미를 띠고 만나기 시작하고 얼마 되지 않아서였다. 역시 말했다시피 그동안에도 이럭저럭 만났었는데 왜 그냥 스쳐지나가기만 했는지 알다가도 모를 일이었다. 그냥 스쳐지나갔다는 것은 말 그대로 그랬다는 것이 아니다. 우리는 오랜 세월 동안 문득문득 생각난 듯 찻집에서도 만났고 또 술집에서도 만났다. 그런데 그것으로 그만이었다. 그렇다고 해서 내가 그녀에게 호감을 가지고 있지 않은 것도 아니었다. 아마 그녀도 그랬을 것이었다. 그럼에도 우리는 아무 일

없었다는 것처럼 되돌아서서 서로의 갈 길을 참으로 오랫동안
이나 제각기 걸어왔었다.

"꽃 보러 안 가?"

그녀는 전화로 느닷없이 물었다. 나는 언젠가 그녀에게 꽃
장수나 하며 살았으면 좋겠다고 했던 말을 상기했다. 어쩌다
카페라는 게 떠올랐기에 망정이지 꽃장수는 끈질기게 내 희망
직종으로 붙어 다녔던 것이었다. 나는 한때 꽃을 재배하는 농
장을 갖는 게 꿈이었다. 출판사를 그만두고 어찌어찌 국화꽃
농장의 일을 거들었다가 실패한 뒤로도 그 꿈은 접히지 않았
다. 그리고 먹고살기도 바쁜 판국에 꽃은 뭐 말라죽을 꽃이냐
는 논조에는 공연히 날카로워지곤 했다.

"꽃은 갑자기 왜?"

나는 퉁명스럽게 되물었다,

"동백꽃."

실은 꽃을 보러 가자고 먼저 말한 것은 나였다. 남해안으
로 취재를 갔다가 이미 철이 지나 시들어버린 동백꽃을 온통
숲째 본 끝에 나는 동백꽃이 가장 아름다울 때가 언제냐고 마
을 노인에게 물어 알아두었고 그녀에게 같이 가자고 한 것이
었다. 노인은 동백꽃은 활짝 피었을 때도 물론 좋지만 이제 막

피어날 때가 볼 만하다고 추천했었다. 시들어버린 동백꽃과, 이제 막 피어날 때가 볼 만하다는 노인의 표정에서 나는 서정주 시인의 시를 떠올렸었다. 그 시가 비록 아직 동백꽃이 피기에는 이른 때를 노래하고 있다 하더라도 말이다. 그 시는 동백꽃을 두고 읊은 시 중에 '동백꽃은/ 홋시집간 순이 누님이/ 매양 보며 울던 꽃'이라는 이수복 시인의 시와 함께 내가 알고 있는 두 편의 시 가운데 하나였다. 이수복 시인의 시는, 그러나 요즘 정서와는 사뭇 어울리지 않을 것이었다. 이혼 경력이 있는 남자에게 시집을 가게 된 누님의 울음이라니, 왜? 현실은 수긍하지 않을 것이었다. 재취든 삼취든 문제가 되지 않는 시대였다. 처녀, 총각이 결혼 경험이 있는 상대방과 결혼하는 사례도 흔했다. 전화를 끊고 나서 나는 서정주 시인의 시 〈선운사(禪雲寺) 동구(洞口)〉를 찾아 읽었다.

선운사 골째기로
선운사 동백꽃을 보러 갔더니
동백꽃은 아직 일러 피지 않았고
막걸릿집 여자의 육자배기 가락에
작년 것만 오히려 남었읍디다.

그것도 목이 쉬어 남었읍다.

'읍다'는 새로운 맞춤법으로는 '습다다'가 되어야 했다. 꽃이 '작년 것만' '목이 쉬어 남아' 있는 광경에는 그래도 일말의 안도감이 있을 수 있었다. 그래서 동백꽃을 보러 가자고 그녀에게 말했을 때 나는 〈선운사 동구〉를 곁들여 들려주지 않았던가. 동백꽃은 내가 유별나게 좋아하는 꽃은 아니었다. 그러니까 꽃이 중요한 게 아니라 그녀와 함께 어디론가 간다는 데 요점이 있었다. 마을 노인의 말을 들으며, 내가 언젠가 동백꽃을 보러 올 때는 내 마음의 여자와 함께여야 한다고 다짐했었다. 간단히 말해서 나는 동백꽃 필 무렵에 여자를 만나고자 마음먹고 있었다는 이야기가 된다. 그린데, 내가 그녀에게 동백꽃에 대해 말했을 때, 그녀의 응답은 약간은 엉뚱한 것이었다.

"활짝 핀 꽃이 마침표라면 반쯤 핀 꽃은 앞으로 이어질 쉼표 같은 거겠지."

그리하여 우리는 '이어질 만남'을 위해 떠났다.

나는 내가 가져왔던 삶의 태도가 그녀의 취향에 맞지 않는다는 것을 너무나도 잘 알고 있었다. 취향이 아니라 구태여 노선이라는 말을 써도 좋을 것이다. 한마디로 말하면 나는 그 무

렵 우리 사회에 유행처럼 번지던 노조 결성의 바람을 타고 새
로 결성된 회사의 노조에도 가입하지 않고 있었다. 다 합쳐봐
야 손가락으로 꼽을 정도의 직원뿐인 회사에 낯간지럽게 노조
는 무슨 노조냐고 나는 그녀에게 말했다.

　내가 왜 무슨 일이든 집단으로 하는 일에는 생리적으로 반
감을 품는 인간이 되었는지 나도 모를 일이었다. 노동자와 사
용자의 문제라든가 더 나아가 역사의 진보의 문제라든가 하
는 말하고는 아무런 상관이 없는 이야기였다. 우우 몰려다니
는 것은 내게는 우스꽝스럽고도 공포스러운 모습이었다. 우스
꽝스러운 공포라니? 저 유신 시대에 통일 주체 대의원인지 뭔
지 하는 사람들이 체육관으로 우우 몰려다니며 '압도적인 표'
로 '우리 민족의 위대한 지도자'인 대통령을 뽑던 장면을 연상
해도 좋을 것이다.

　나는 곧 고속버스터미널로 가서 남해안의 그 목적지까지 가
는 표를 끊었다. 그곳은 섬이었으나 연륙교로 육지와 이어져
있는 곳이었다. 보통은 부산에서 배를 타고 가는 것이 훨씬 수
월한 방법이었으나, 그녀가 여행 말만 나오면 뱃멀미를 심하
게 한다는 사실을 강조하곤 했던 것이 기억되었던 것이다.

　그것은 긴 여행이었다. 아무리 아침 일찍부터 서둘렀다고

는 해도 도중에 휴게소에서 점심을 먹고 겨울 풍경 속을 달려 바다가 언뜻언뜻 나타나는 해안을 지나고 연륙교를 넘자 짧은 겨울 해는 어느덧 상당히 기울어 있었다.

"해가 있을 때 들어가얄 텐데."

나는 조바심을 냈다. 해마다 어김없이 겪는데도 다음에 올 계절은 늘 불가사의한 것이었다. 동백이 늘 푸른 잎사귀를 가진 식물이라고 하더라도 그 겨울에 과연 듣던 대로 꽃을 피우고 있을까 나도 의심스러웠다. 하기야 꼭 꽃이 피어 있지 않더라도 상관 없는 일이었다. 동백숲이 꽃 없이 그냥 시퍼렇게 우거져 있다고 한들 우리 인생에 달라질 것은 아무것도 없었다. 우리는 떠나온 것이었다.

"동백꽃은 새가 꿀을 빨아먹으며 꽃가루를 옮겨 종자를 맺는대."

나는 엉뚱한 말을 꺼냈다.

"새가?"

"그렇대. 동박새라는 새래. 추울 때라 벌이나 나비가 없으니까 새가 대신하는 거래."

"어떻게 생겼는데?"

"그건 나도 몰라."

나는 백과사전에서 그 새를 보았었다. 버스표를 끊어 회사로 돌아와서 백과사전을 들춘 결과 보게 된 것이었다.

　우리는 그 지방 도시의 터미널에 내려 다시 택시를 탔다. 내가 보아두었던 목적지는 그곳을 빠져 나와서도 비포장 도로를 한참이나 달려 작은 포구를 돌아간 곳에 있었다. 그곳도 곶에 해당되는 곳이었다. 바다를 바라보며 몇 채의 납작납작한 집들이 모여 앉아 있는 작은 마을 뒤가 온통 동백나무 우거진 동산이었다. 육지와는 개미허리처럼 잘록하게 연결되어 있어서 그곳은 차라리 섬이라고 해도 좋을 곳이었다.

　택시에서 내리자마자 그녀가 환성을 질렀다. 꽃이 피어 있지 않으면 어쩌나 했던 걱정은 기우에 지나지 않았다. 민박집 옆 저쪽으로 '새마을 구판장'이라고 쓰여 있는 집 앞에 서 있는 묵은 동백나무에서부터 꽃은 봉오리를 이제 방금 벌리고 있었다. 곧 수많은 말이 이어질 것 같은 쉼표들의 모습이 빠알갛게 갓 피어 있었다. 나는 서둘러 민박집으로 그녀를 끌고 들어가 메고 온 가방을 맡기고는 동산으로 발길을 옮겼다.

　"동박새가 있을까?"

　그녀가 물었다. 바다에서 불어오는 바람 속 어딘가에 새소리 같은 것이 묻어 있다고 들렸다. 예전에 나도 아침에 일어나

숲 속에서 요란하게 떼 지어 울어대는 새들의 소리를 가리켜 동박새 소리냐고 물었었다. 노인은 그건 동박새가 아니라 비비새라고 알려주었다. 비비새가 사전에도 있는 표준말이냐 아니냐는 건 관계없었다. 누군가 그렇게 부르면 그것으로 충분했다. 어디선가 비비새가 울고 있었다. 우리는 동백꽃이 피어나는 숲속에 파묻혔다.

3

서울 올림픽도 막바지로 치닫고 있었다. 금메달을 놓고 한국의 양궁 선수들은 과녁을 향해 활시위를 당기고 있었고, 유도 선수들은 상대방의 도복 자락을 거머잡고 있었으며, 레슬링 선수들은 태클을 시도하고 있었다. 나는 올림픽을 기념하여 새로 나온 88담배를 꼬나물고 멍하니 텔레비전 화면을 응시하곤 했으나 세계인의 축제인 올림픽이라는 게 어쩐지 공허하게만 들려와서 그리 관심이 쏠리지 않았다. 관심이 쏠리기는커녕 나는 H와의 일 때문에 갈피를 잡지 못하고 있었다. 도대체 우리에게 무슨 일이 벌어졌을까.

내 감정을 한마디로 줄여 나타내기에는 무리가 없지 않다. 모든 것이 뒤죽박죽이었다. 나는 벌써 며칠째 되씹어보고 있었다. 그러나 따져보면 자기 스스로도 이해하지 못할 행동이란 이 세상에 없는 법이라고 할 때, 나는 무엇이든 변명하지 않으면 안 되는 것이었다. 그 행위는 무엇이었을까. 간밤에 일어난 일에 대해 무엇인가 항변하려고 한 것은 아니었을까. 아니, 나의 절망적인 상태를 호도하려 한 것은 아니었을까. 그것이 오로지 육체에 국한된 것이었음을 증명하는 일은 과연 가능한 것일까. 그러나 어떤 경우일지라도 그 변명은 미흡하기 그지없을 것이었다. 그렇다고 해서 그녀에게 물을 수도 없는 일이었다. 결국 자기 변명, 자기 합리화가 그 지경까지 이르게 한 것이었다.

　세화는 유령처럼 사라져버렸다. 유령은 옷을 홀랑 벗고 거리로 나선다. 슬픈 신화였다. 기린이니 봉황이니, 용이니 맥이니 하는 상상의 동물들이 들끓고 있는 서울의 종로 거리에 한 사람 인간의 여자가 옷을 홀랑 벗어제치고 나타난다. 그 동물들이 어리둥절한 눈으로 여자를 쳐다본다. 우리는 모두 상상의 동물에 지나지 않는다.

　나는 멍하니 침대 위에 걸터앉아 있다가 이상한 동물들이 들끓고 있는 거리로 용기를 내어 뛰쳐나가지 않을 수 없었다.

*

구름에 가려진 붉은 태양이 먼 수평선 저쪽에서 꿈틀거리고
있었다. 내 삶은 이름 없는 환초(環礁)에 가서 파도같이 부서지
고 있었다. 환초에 자욱한 물보라 속을 나란히 걸어가고 있는
여자는 그녀였다. 그래서 나는 옆을 곁눈질해보기도 몇 번이
었다. 그녀일 까닭이 없었다. 그런데도 그녀일 거라며 자꾸만
옆으로 눈길이 가곤 했다. 유령의 헛된 망상이었다.

오래전의 일이었다.

나는 세화와 바로 그 모래밭을 걷고 있었다. 나는 그때까지
그곳을 꽤 여러 번 갔었더랬으나 그녀와 함께 간 것은 처음이
었다. 어릴 적, 우리가 코흘리개 시절의 일, 까맣게 잊고 있던
일이었다. 우리가 모래밭을 걷고 있었다는 말은 어린 나이에
어울리지 않는 표현이다. 그렇다면 우리는 놀고 있었다고 해야
될 터인데, 왠지 명확하게 떠오르지 않는다. 우리가 왜 그곳에
갔는지조차 분명치 않았다. 우리는 아마도 어른들을 기다리고
있었던 듯했다. 그러나 여전히 의문이 뒤따른다. 왜? 하지만 필

름은 바랬고, 끊어졌다. 모든 구체적인 상황은 '왜?'로만 둘러싸여 있는 것이다. 우리는 둘이서만 바닷가에 남아 있었다. 왜? 알 수 없는 일이었다. 우리는 모래 장난을 하다가 지쳐 있었던 것 같다. 나는 겨우 '것 같다'는 투로 말하고 있을 뿐이다.

이쯤에서 '눈눈이'라는 그녀의 어릴 적 이름에 대해 몇 마디 설명을 곁들이고 지나가지 않으면 안 된다. 중공군이 쳐내려온 사실은 앞에 잠깐 말했었다. 그리고 산간마을로 피난을 간 사실도 말했었다. '눈눈이'는 그 산간마을의 여자아이였다. 지금도 나는 그 아이네 집 앞에 가서 "눈눈아, 놀자"를 외치던 내 모습이 눈에 보일 듯하다. 세화와 헤어진 어린 나는 곧 '눈눈이'를 찾아다녔다. 어른들의 설명에 따르면 그녀는 이것저것 말을 익힐 때 공교롭게도 얼굴의 눈도 눈눈, 하늘에서 내리는 눈도 눈눈이라고 두 번씩이나 말하게 되어서 붙여진 세화의 별명이라는 것이었다. 얼마나 신빙성 있는 설명인지는 모를 일이었다. 나중에 다시 새겨보며 나는 그녀가 눈이 두 개임을 익히려고 그렇게 말했을 가능성이 더 크다고 풀이한 적도 있었다.

아무려나 좋은 일이었다. 어느 날 우리는 산간마을에서 바닷가로 내려간 적이 있었다. 나는 세화와 모래 장난을 하다가 아무래도 어른들이 돌아오지 않아 바닷가 끝을 향해 걸어갔다. 날이 어두워지면서 놀이를 멈춘 우리는 사방을 두리번거렸다. 놀이를 먼저 멈춘 게 아니라 어느 순간 동시에 사방을 두리번거리기 시작했고, 문득 엄습해오는 두려움에 놀이를 멈출 수밖에 없었던 것이다. 놀이는 채 끝나지 않았다. 계절이 어느 계절이었는지도 모호하기만 한데, 어느덧 바닷가에는 사람들도 몇 보이지 않았다. 갑자기 두려움이 몰려들었다. 몇 사람들마저 먼 그림자처럼 보였다고 기억된다. 우리는 놀고 있는 게 아니라 잊혀져 있는 것이라는 두려움이었다. 우리는 약속한 것처럼 벌떡 일어섰다.

아빠, 엄마는 어디 갔을까?

우리는 서로 물으며 바닷가 모래밭을 허둥지둥 걸어갔다. 소꿉놀이를 하느라고 주워 들고 있던 조개 껍데기들은 어느새 다 버렸다. 어디로 가야 할지도 막막했다.

"아빠!"

"엄마!"

모래에 발이 빠지고, 우리는 넘어지고 넘어지고 하면서 바닷가를 달려갔다. 파도가 흰 이빨을 드러내고 고래처럼 모래톱을 덮쳐 들었다. 고래뿐만이 아니었다. 커다랗고 무시무시한 온갖 물고기들이 입을 벌리고 달려들었다. 문어의 시뻘건 다리와 해파리의 희멀건 삿갓이 한데 어울려 춤을 추었다. 우리는 이상한 나라를 지나 어디론가 멀리멀리 가고 있었다. 갈매기가 쏜살같이 곤두박질치고 바다거북이 엉금엉금 기어다녔다. 모래알들이 발밑에서 소곤거렸다.

어른들은 먼 나라로 갔단다!

소곤거림이 내 귀에 왕왕거리며 들려왔다. 그럴 리가 없다고 나는 속으로 소리쳤다. 어디선가 우리를 기다리고 있을 거라고 나는 믿었다. 우리에게 꼭 한 군데서 놀고 있어야 한다고 다짐하고 간 이상 먼 나라로 갔을 턱이 없었다. 무엇인가 잘못된 것이었다. 우리는 어른들을 찾아 어디론가 달려가고 있었다.

"같이 가."

뒤에서 눈눈이가 숨이 턱에 닿아 간신히 말했다.

"빨리 와."

나는 뒤를 돌아보았다. 눈눈이는 모래톱에 넘어져 울상을 짓고 있었다. 곧 파도가 밀려와 온갖 물고기들에게 물어뜯길 것만 같았다. 바다에 빠져 죽은 사람이 있었는데 온통 물고기들한테 물어뜯겨 있더라고 했다. 나는 어서 일어나라고 다급하게 손짓을 했다. 눈눈이는 게처럼 엎드려 있을 뿐이었다. 두

눈이 마치 게 눈처럼 쫑긋 돋아 있는 느낌이었다.

만남이란 혼자만의 비밀스런 모습을 간직함으로써 사랑으로 발전한다. 그러나 내가 어린 여자아이에게서 게의 눈을 보았던 것을 굳이 사랑으로 연결시키기에는 아직 우리는 너무어렸다. 나는 그 애에게 다가가 몸을 일으켜 세웠다. 하지만 정확하게 말해 내가 일으켜 세운 것은 아니었다. 내가 다가가자그 애는 벌써 일어나고 있었다. 못 일어나서 게가 되어 있었던것이 아니라 내게 보이기 위해서 짐짓 그러고 있었던 것이다. 우리는 다시 바닷가를 걸어갔다. 살아오는 동안 어떠한 땅도그처럼 끝없이 넓다는 느낌을 준 곳이 달리 없었다. 결코 아름다운 바닷가가 아니었다. 나중에 무인도에 관한 이야기를 읽을 때마다 내가 떠올린 바닷가였다. 큰 새와 큰 거북이 있고,멀리 어두운 숲이 있다. 인적 없는 괴괴한 모래밭이 있다. 괴괴하다고만 말할 수는 없다. 태초의 풍경이 주는 낯설음이 으스스 서려 있다.

어느덧 우리가 이른 곳은 모래밭의 끝이었다. 울퉁불퉁한바위들이 앞을 가로막고 있었다. 우리에게는 바위산이라고나할 만한 것이었다. 내가 왜 그 바위산을 넘어가기로 마음먹었는지는 알 수가 없다. 모래밭을 벗어나서, 그러니까 바위산의 뒤쪽으로 엄연한 길이 뚫려 있었는데도 말이다. 나는 눈눈이가 따라오든 말든 바위산을 기어오르기 시작했다.

그것은 잘못된 일인지도 모른다. 나는 그 애보다 먼저 바위산을 올라갔고, 그리고 보고 말았던 것이다. 저쪽 밑 후미진 곳에 어른들의 모습이 머리부터 보였다. 나는 소리쳐서 우리가 왔음을 알리려 했다. 그러나 순간적으로 놀라서, 입을 다물고 말았다. 나는 뒤에 올라오는 그 애를 허둥지둥 막아 서서 손을 잡아 끌고, 방금 올라온 바위산을 다시 내려갔다. 아무도 없다고 나는 거짓말을 했다. 내가 본 광경을 그녀에게 그대로 설명할 재간이 없었다. 설명해준다 하더라도 어린 그 애가 알아듣지 못했을 테지만 말이다. 어른들은 난생처음 보아 뭐라 말할수 없는 형상으로 뒤엉켜 있었다.

오랜 세월이 흘렀다. 나는 눈눈, 그녀를 다시 만났다. 그 무렵 공교롭게도 게를 보러 가게 되었다. 앞에서 나는, 어린 그녀의 눈에서 게의 눈을 보았던 것을 굳이 사랑으로 연결시키기에는 그때 우리가 너무 어렸다고 말했다. 다시 만난 우리는 어린 나이가 아니었다. 그것이 지금 우리가 찾아나선 바로 그녀였다.

우리가 다시 만난 그 무렵 게를 보러 간 것에는 별다른 뜻이 없었다. 겉으로야 내가 거처할 마땅한 방을 찾는다는 목적이 있었다. 며칠째 그러고 다닌 결과, 우리는 그저 드라이브를 즐기고 있었으며 그 도중에 하나의 휴게소에 들른 것이었다. 그러다가 뒤쪽 어디에 보광사(寶光寺)라는 절이 있고, 그곳 벽화에 '게 눈 속의 연꽃'이 그려져 있다는 사실을 어디선가 읽은 기억을 떠올렸다. 그리하여 절의 쌍세전(雙世殿)이라는 건물 뒷벽에 그려져 있는 게를 보았다. 나중에 황지우 시인이 읊은 시에 나오는 그림이었다.

막상 게 그림을 찾기란 쉬운 일이 아니었다. 약수가 이름나 있는지 플라스틱 물통을 들고 늘어선 사람으로 한옆은 북새통을 이루고 있었고, 몇 번 다시 지었다 했으나 신라 진성왕 시절에 도선국사에 의해 처음 창간되었다는 역사를 뒷받침하듯 퇴락한 건물 한 채를 앞에 하고 뜰을 중심으로 대웅전이며 오사채며 쌍세전이 둘러 있었다. 우리는 건물 안으로 들어가 살폈다. 절에 가기만 하면 특별히 찾지 않아도 될 줄 알았는데 그게 아니었다.

"여기 분명히 있다고 했는데."

그녀가 고개를 갸우뚱했다. 이곳저곳 아래위로 샅샅이 뒤져도 허사였다. 알 수 없는 일이었다.

306

"여기 어디에 게 그림이 있다던데요. 어디 있습니까?"

스님에게 물었을 즈음에는 잘못 알고 온 게 아닌가 했었다. 가사의 소매를 걷어붙이고 걸음을 재촉하던 그도 그게 무슨 소리냐는 듯 우리를 흘끗 한 번 쳐다보았을 뿐이었다. 그때 그녀의 목소리가 들려왔다.

"여기 있어요. 여기."

쌍세전 뒤쪽에서 그녀의 얼굴이 나타났다. 게란 산에서는 볼 수 없는 동물이었다. 더군다나 어려서부터 오늘날까지 구경할 겸 놀 겸 여러 절들을 보아왔으나 벽화로 게를 그려놓은 것은 못 보았던 터이기도 했다. 절에 그려져 있는 그림은 흔히 연꽃이나 부처나 보살이나 그런 것들이었다. 그런데 게가 있었다. 나는 그녀의 옛 모습을 그려보았다. 나는 그녀의 옛 게 눈 속에서 연꽃을 보려고 욕심을 냈던 것이다.

모래톱에 엎어져 있던 그녀가 게처럼 보인 데서 이야기는 엉뚱하게 옆으로 흐르고 말았다. 그러나 어떤 식으로든 사랑을 이야기하기에 이른 것만은 사실이다. 다시 만날 무렵, 그녀는 편집 대행회사에서 아르바이트를 하고 있다고 했다. 그동안 그녀의 생활에 대해 자세하게 아는 바가 없었지만, 어쩌다 바람같이 소식이 전해졌었다.

"엘리엇의 시에 〈프루프록의 연가〉라는 게 있었지? 거기에 '나는 차라리 바다 밑바닥을 기어다니는 게의 다리나 될 것을' 하는 게 있었는데."

나는 어렵게 기억해냈다는 투로, 지식을 자랑했다. 역시 게였다. 쌍세전 뒤의 벽화는 게뿐이 아니었다. 게 옆에는 새우, 새우 옆에는 잉어가 있었다. 동양화의 어해도(魚蟹圖)인 셈이었다. 가장자리로는 작은 연꽃이 둘러 있고, 게는 아마도 거품임이 분명한 공기 방울을 방울방울 피워올리고 있었다. 유치한 그림이었다. 새우로 보자면 일식집 주방 옆에 그려져 있는 것보다 못하다면 못했다. 쌍세전이란 전생과 현생의 두 세계가 이어 함께하는 건물이라고 했다.

"게는 있어도 눈 속에 연꽃은 없는데?"

나는 두 눈을 그림에 고정시키고 고개를 갸웃거렸다.

"글쎄, 잘못 봤나?"

그녀도 자못 실망한 얼굴이었다.

우리는 반신반의했다. 나는 내 눈이 유난히 나빠서, 어디엔가 작게 숨어 있는 연꽃을 못 보고 있는가 하고, 눈썹 사이를 찡그리며 살폈다. 게는 위쪽으로 방울을 피워 올리고, 연꽃은 사각의 벽화 가장 가장자리에만 있었다. 건물을 돌아 건물 앞까지 살펴도 다른 그림은 발견할 수 없었다. 다만 앞쪽에 그려진 연꽃이, 그렇게 보려고 노력했음인지, 커다란 게의 모양을 닮은 것처럼 보였다. 게 눈 속의 연꽃을 나는 찾지 못했다.

어쨌든 상관없는 일이었다. 내 기억 속의 어린 소녀는 한 마리 게처럼 모래밭에 남아 있었다. 내게 〈장군의 회고록〉이라는 원고 뭉치 하나를 던져주고 간 여자의 모습이다. 내가 어린 그녀를 아니까 생김새가 오늘날처럼 변했어도 그녀임을 아는 것이다. 어른들이 바위 뒤에서 어떤 기괴한 형상을 하고 있으며, 게의 눈으로 나를 바라보고 있는 어린 소녀는 단발머리를 잘못 흉내 낸 바가지 머리를 하고 위에는 쥐색 스웨터를 입고 아래에는 멜빵 달린 검정 스커트를 입었다. 소녀는 호리호리 여위고 눈썹이 짙다.

*

어린 눈눈에게

군인들이 물러가고 동네로 돌아와보니 집들에는 구멍이 뻥뻥 뚫려 있었다. 총알 구멍이라고 누군가 가르쳐주었어. 그래도 너는 끝내 박쥐 구멍이라고 우겼었지. 박쥐가 거기서 날아

나오는 걸 봤다는 거였다. 박쥐는 지붕 처마 밑에 납작하게 붙어 있다가 날아오는 수도 있으니까 그렇게 본 걸 테지.

그때 내가 왜 그게 차라리 게 구멍이라고 우기지 못했는지 모르겠다. 엉터리 말에는 엉터리 대답이 최고라는 걸 내가 모를 리 없었는데 난 그만 꾹 참고 말았다. 엄마 말대로 지는 게 이기는 거라고 믿었던 건 아니다. 너를 골나게 할 뜻이 없을 만큼 나는 컸던 것이다. 너는 남자애들이 못살게 굴어서 정말 속상하다고 하며 그 '박쥐 구멍'을 손가락으로 가리켰었다. 너의 손가락은 길다. 손가락이 그렇게 긴 것은 외할머니 집에 피난 가서 머리를 짧게 잘랐기 때문이라고 너는 말했다. 머리가 길면 숨어 있기가 어렵다고 잘라버렸다는 것이었다. 머리가 짧아진 대신 손가락이 길어졌다고 너는 바득바득 우기며 부끄러워했다. 너는 별게 다 부끄러운 부끄럼쟁이다.

머리가 길면 숨기가 어려운 건 틀림없는 일이다. 그러길래 아이들은 술래잡기 놀이를 할 때 "꼭꼭 숨어라. 머리카락 보일라" 하고 외친다. 그렇지만 네 머리가 잘린 건 머리 감기가 어려워서였을 게다. 이가 생기니까 말이다. 머리를 짧게 잘라 바가지 머리인데도 어느 날 네가 깔깔거리고 웃을 때면 이도 우스운지 떨어지고 있다. 그건 참빗으로 서캐까지 발라내지 않아서다. 그러니까 머리가 길면 네가 숨어 있기가 어려운 게 아니라 이가 숨어 있기 어려운 거다. 얼마 전 우리도 식구가 하나 늘었는데, 그 이모는 이모부가 그만 총에 맞아 죽어서 우리집에 오게 됐다고 한다. 엄마가 야단을 하면 이모는 머리가 아프니까 머리라도 감아야 한다고 막 소리를 지른다.

그러나, 눈눈.

진짜 달라진 게 있다면 벽에 '박쥐 구멍'이 많이 생겼다는 것보다 네 엄마가 우리 집과 멀어진 거다. 뭔가 단단히 잘못되어 있었다. 그건 복잡해서 잘 모를 얘기다. 너의 엄마는 우리 엄마가 너의 외삼촌은 그냥 놔두고 우리 외삼촌만 구해 왔다고 울면서 말했다. 엄마는 정말 정신이 없었다고 했다. 피난을 갔다 오니 너희는 아직 돌아오지 않았고 국군이 머리를 박박 깎은 의용군들을 잡아 꿇어앉혀놓았었다고 했다. 그리고 아는 사람이 있으면 데려가라고 했다는 것이다. 엄마는 허둥지둥 달려가 남동생만 얼른 데려왔다. 거기에 너의 외삼촌도 있는 줄 몰랐었다고 했다.

그 뒤 너의 아빠가 총에 맞아 죽은 걸 우리 모두는 알지, 벽에 나 있는 총알 구멍, 아니지, 박쥐 구멍이 보고 있는 한 나는 우리 엄마 말을 믿는다. 그건 아니다. 왜냐하면 전쟁이 끝나고도 너의 아버지는 돌아오지 않았기 때문이다.

이모 말을 들으면, 우리 엄마와 너의 아버지가 처녀 총각 때 서로 결혼하려고 했었다는데 맞는 말인지 모르겠다. 그 말에는 엄마도 아무 말 안 한다. 그랬다면 너하고 나는 같은 집에서 살며 늘 같이 밥도 먹고 잘살 텐데. 그건 벌써 틀려먹었다.

그런데, 눈눈.

어느 날 집으로 돌아오던 길에 강으로 걸었던 기억이 떠오른다. 너는 언제나 똑같이 스웨터에 멜빵 차림이다. 강이라야 지금 가보면 보잘것없는 개울에 지나지 않는다. 게다가 금방 바다로 들어가고 있어서 바다의 얼굴에 가려 있는 꼴이다. 거기에 왜 갔는지도 모른다. 그런데 거기서 내가 게를 잡았던 거다. 거기는 본래 게가 거의 눈에 띄지 않는 곳이다. 작은 달랑게였다. 나는 살금살금 네 옆으로 다가가서 그만 너의 멜빵 스커트를 들치고, 기어코는 너를 벌렁 나자빠지게 해놓고 너의 메리야스 빤스 속에 달랑게를 집어넣었다. 눈 깜짝할 사이의 일이다. 너의 치마 밑을 빠져나온 것은 내 빈손뿐이다. 나는 달랑게를 너에게 그렇게 선물한 거다. 나는 잔뜩 들떠 있었고 그때까지 내가 무엇을 잘못했는지 모르고 있었다. 그러다가 네가 까무러칠 듯 소리 소리칠 때서야 덜컥 겁이 났다. 나는 아직도 너의 파랗게 질려 일그러진 얼굴이 눈에 보인다.

눈에 보인다, 눈에 보인다, 눈눈이.

4

"이따가 종소리를 들으러 가기로 해. 산골짜기에 거의 폐사
(廢寺)가 된 절이 있대."

지나가는 말처럼 종소리를 들먹여졌다. 나는 무슨 말을 하
는지 알아들을 수 없었다.

"종소리? 폐사?"

난데없는 종소리, 난데없는 폐사였다.

"엄마가 그곳을 말한 적이 있거든."

나는 하마터면 소리를 지를 뻔했다. 종소리, 폐사, 그리고 그
녀. 느닷없는 암호들이었다. 한참 뒤에야 나는 숟가락을 들었
다. 가슴이 뛰었다.

"그 종은……."

이어졌다. 나는 귀를 쫑긋했다. 폐사의 종은 옛날 육이오 때
절이 불타는 속에서 두 사람의 국군이 간신히 끄집어낸 것이

라고 했다. 종은 이곳저곳 떠돌아다니다가, 절의 재건이 시작되어 겨우 제자리를 잡으려 한다는 것이었다. 놀라지 않을 수 없었다. 나는 그 이야기를 예전에 몇 번인가 들은 적이 있었다. 나는 갑작스러운 이야기에 갈팡질팡하고 있었다.

"그렇대. 그래서 육이오를 더듬어봐야겠다고 결심했지."

세화가 〈장군의 회고록〉에 손을 댄 까닭을 나는 몰랐었다. 아르바이트 치곤 고약하군. 그녀가 원고를 맡기고 간 뒤, 그걸 읽으면서 나는 의아하게 되뇌었다. 로자로서의 그녀의 체취는 어디에도 묻어나지 않았다. 그것은 한 군인이 겪은 전쟁, 그 이상도, 이하도 아니었다.

그로부터 긴 이야기는 계속되었다. 나는 여기서도 강릉을 읽을 수 있었다. 지금도 나는 얼마 전에도 양양의 낙산사에 갈 기회가 있었는데, 그곳이 '38선'이라는 사실부터 머리에 떠올랐다. 어쨌든 불타는 절에서 종을 구해낸 군인은 쉽사리 나타나지 않았다. 그러자 전쟁의 마지막 부분에서 휙 지나간 기억이 어렴풋이 났다. 휴전이 됨으로써 〈장군의 회고록〉이 막을 내리기 직전이었다. 짧디짧은 구절을 밝히려고 세화는 우리 아버지들이 소속되었던 부대의 지휘관을 찾아내서 기어코 전쟁 이야기를 들었다. 그녀다운 일이었다. 다음과 같은 구절이 우리 아버지들에 관한 기록임에 틀림없다.

적들이 산속의 사찰에 은신하고 있어서 많은 문화재들을 불태울 수밖에 없었던 아픔이 있었다. 그런 가운데 사찰의 종을 찾아 잘 보관하게 된 이야기도 있었다. 종소리는 그녀의 존재를 말했다. 종소리는 암호가 아니었다. 내가 애타게 찾고 있는 그녀의 존재는 그것 자체였다.

"무지개 다리엔 언제 갈까?"

나는 영문을 몰랐다. 폐사고 무지개 다리고 한결같이 모를 소리 투성이였다. 나는 그 이야기에 꼼짝없이 제물이 된 꼴이었다. 내가 저지르고서도 내가 제물이 되는 이치를 설명할 길이 없었다.

무지개라는 게 등장했다. 새로운 암호였다. 그럼에도 불구하고 나는 난데없이 정현종 시인의 '무지개 나라의 물방울'이라는 시 제목을 생각하고 있었다. 그녀와 함께 그 시를 읽던 무렵, 우리는 한 교실에서 강의를 들었다. 시의 구절처럼 나는 '낮은 데로 떨어질 운명을 잊어버리'고, '연애와 무모에 취해' 있었던 것일까, 아니면 '어리석음과 시간에 취해' 있었던 것일까.

고향을 떠나 서울에 올라온 지 얼마 되지 않은 어느 날 나는 세화와 함께 밤늦게 길을 가고 있었다. 우리 가족이 새로 이사

간 집을 향해 가는 것이었다. 통행금지가 있던 시절이라 여관
말고는 우리 집밖에 갈 수 없는 상황이었다. 변두리였던 동네
에 버스마저 막차가 끊어져서 걸어가지 않으면 안 되었던 것
이다. 나는 지름길로 가기 위해 큰길을 버리고 야산의 오솔길
로 그녀를 이끌었다. 가끔 걸어가는 길이었다. 개발의 여파로
곳곳에 택지가 조성되고 있는 야산을 이리저리 더듬어 올라
가면 제법 호젓한 고샅길로 접어들고, 거기서 등성이를 넘으
면 되었다. 우리는 무슨 이야기인가 부지런히 나누며 등성이
를 올라갔다. 입을 여는 것은 주로 나였다. 그녀는 그저 응, 그
래서? 하고 받고만 있는 형편이었다. 부지런히 말이라도 하지
않으면 나와 그녀 사이에 유지되고 있는 살얼음 같은 균형이
깨질 것만 같아서 두려웠을 것이다. 그때까지 그녀는 내 여자
가 아니었다. 어린 날의 우리가 아니었다. 그때 내가 할 수 있
는 유일한 말은 사랑한다는 것이었다. 오랜 친구 사이에서 연
인 사이로 발전하기 위해서는 나비와 같은 우화(羽化)가 필요
할 것인데, 고치를 뚫고 나오는 과정을 찾을 수가 없었다. 심장
뛰는 소리가 내 귀를 울렸다.

"반딧불 좀 봐!"

문득 그녀가 소리쳤다. 목소리가 너무 큰 데 놀라지 않을 수

없었다. 내 심장의 박동 소리를 그녀가 듣고 놀라지나 않았나 착각이 들 지경이었다. 나는 어둠 속을 돌아보았다. 반딧불은 어디에도 보이지 않았다. 그것은 반딧불이 아니라 인(燐)불이 었다. 아닌 게 아니라 그날따라 유난히 획획 빗금을 그으며 빛나고 있었다. 나는 그녀에게 사실을 말하지 않았다. 흔히 음습한 산속 무덤 가까이에 많은 그것은 도깨비불이라고 불리는 것이기 때문이었다. 그녀는 고향에서 보고 처음이라고 즐거워했다.

"개똥벌레는 아직 여기저기 많을 거야……."

나는 얼버무렸다. 그녀의 동심이 흡족해하는 게 나는 기꺼웠다. 어서 그 불빛들로부터 벗어나고 싶었다. 반딧불이 아니라 도깨비불임이 알려질까봐서였다. 나는 서둘렀다. 그런 어느 순간, 나는 내 손에 무엇인가 와 닿는 느낌에 그만 혼미해졌다. 그녀의 손이 가만히 내 손을 그러잡고 있었다. 우리는 손을 갈퀴지어 잡고 등성이를 넘기 시작했다.

우리가 고치를 뚫고 나오는 과정은 그렇게 시작되었다. 단지, 그녀에게는 반딧불이 있었고, 내게는 도깨비불이 있었다. 같은 사물을 달리 보면서 시작된 사랑이었다.

그녀를 향해 가까이 가는 동안 나는 엉뚱하게도 어린 그녀의 엉덩이에 넣었던 게에 생각이 미쳤다. '프루프록'의 게도, 보광사의 게도 그녀의 엉덩이에 붙어 있었다. 실상 게란 놈은 여자의 엉덩이에 붙어 있는 게 아니라 내 정신에 붙어 있는 셈이었다. 한 마리 게가 여자의 엉덩이를 깨물어 열어놓은 세상일 것이었다. 엉덩이라는 말이 나왔으니 말이지, '박쥐 구멍'이 뻥뻥 뚫린 집들에 살고 있던 '큰언니'들의 엉덩이는 오래 뇌리에 남아 있었다. 그녀네 친척집에도 웬 '큰언니'들이 여럿 있었다. 그녀들을 보고 '양키'들이 드나들고, 이어서 국군 '아저씨'들도 드나들었다. 내가 살금살금 발을 들여놓으면 그녀들은 내 양쪽 귀를 잡고 쪽쪽 입을 맞추었다. 깜둥이를 받은 걸 알면 그 작자가 펄펄 뛸 거라고, 한 여자가 건넌방 여자에게 히히 웃으며 혓바닥을 날름거렸다. 말을 듣고 있던 여자는 깜둥이가 더 좋다고, 흰둥이 노린내는 못 맡는다고 대수롭지 않게 말했다.

그녀네 집 앞에서 가까운 언덕에는 방공호로 쓰였던 작은 토굴이 하나 있었다. 언제부터인가 미친 여자가 토굴에 자리 잡고 알아듣지 못할 소리를 늘 중얼중얼하며 살게 된 다음, 그쪽으로 향하는 내 발걸음은 자연 조심스럽게 되었다. 예전에는 심심하면 토굴 속에 누군가가 그려놓은 우스꽝스러운 그림을 보러 들어가곤 했었는데 말이다. '큰언니'와 '양놈'이 엎쳐 붙어 있는 그림이었다.

미친 여자의 이름은 본래 '단오 지나고'였는데, 어느새 줄여져 '단오진'이 되었다. 단오는 고향에서 가장 큰 명절이었다. '단오 지나고'는 여자가 입에 달고 중얼거리는 말 때문에 붙은 이름이었다. 단오 지나고 보름 뒤 지빠귀 안 울어……. 여자가 중얼거리는 말의 뜻을 아무도 몰랐다. 나중에 나는 여자의 말이 절기로 보아 조금도 틀림없다는 사실을, 어느 잡지에 실린 농업 관계자의 글을 읽다가 알게 되었고, 이상한 감동에 빠져들었었다. 그것은 한 편의 시이기도 했다. '단오 지나고'의 중얼거림은 그것뿐이었다. 그래서 '지빠귀 안 울어', 그리고 뭐가 어떻게 된다는 건지 알지 못하고 마을 사람들은 오뉴월 삼복 더위 속으로 빠져들고 마는 것이었다. '단오진'은 토굴과 바다로 흘러드는 개울 사이의 동네 길을 하루에도 몇 번씩 오르내리며 살고 있었다. 옷은 온통 누더기에 가까웠고, 너덜너덜 해어진 섶과 자락 사이로 젖가슴과 허벅다리가 드러나곤 했다. 동네 사람들은 말하기를, 오래전에 여자의 부모가 이웃 마을에 살았었는데, 어느 날 어머니가 돈을 번다고 대처로 떠나간 뒤 아버지마저 일본 어디론가 사라져버리고 나서 여자만 혼자 남게 되었다고 했다. 여자도 해방되기 얼마 전에 어디론가 끌려갔다가 해방된 이듬해에 돌아왔다고 했다. 여자의 과거를 알아맞히기는 불가능했다. 나는 몇 번이나 여자와 맞닥뜨려 놀란 적이 있었기에 잊혀지지 않고 띄엄띄엄 되살아난 데에 불과했다.

무심코 길을 가다가 누군가 앞을 막는다 싶어 발길을 멈춘다. 여자가 우뚝 앞을 막아서서 단오절 홍제 여서낭당 안의 여서낭처럼 하얗게 내려다보고 있다. 그리고 웃음짓는다. 누더기 옷에 노란 잠자리 꽃을 여기저기 꽂고 있다. 나는 새파랗게 질린다. 가슴이 철렁 내려앉고 오금이 저려 옴쭉달싹 못할 뿐이다. 여자가 내게 어떤 해코지를 한 적은 한 번도 없었다. 다만 그렇게 맞닥뜨리기만 하면 하얗게 던지는 웃음이 무서웠다. '하얗게'가 어떤 것인지는 자세히 그려낼 방법이 없다. 누더기 옷을 입고 토굴 속에 사는데 어떻게 그렇게 해골처럼 하얀 웃음을 짓는지 기가 질릴 노릇이다. 혹시 여자가 나타날까봐 정신을 바짝 차리고 길을 가는 날엔 코빼기도 나타나지 않는다. 그런데 무슨 생각에 골몰하여 가는 날이면 어김없이 앞을 막아서는 것이다. 내 정신이 딴 데 가 있는 걸 용케 알지 않고서야 그럴 수는 없다. 소름이 끼친다.

동네 청년들이 말하는 바로는 여자는 아직도 우리나라가 일본의 지배 아래 있다고 믿고 있다는 것이었다. 왜냐하면 여자는 무엇보다도 일본 시대의 '왜놈' 구호를 외치면 겁을 잔뜩 집어먹고 눈물까지 찔찔 짠다는 것이었다. 전쟁 때 여자는 피난도 안 가고 개울가를 떠돌고 있었는데, 나쁜 사람들이 그녀를 으슥한 곳으로 데려갈 때마다 윽박지르는 말도 그것이었다는 것이다.

어느 날 밤, 이모와 함께 개울 건너에 갔다가 늦어져서 서둘러오던 길이었다. 달이 구름에 가렸다 나타나곤 했다. 달빛이 비친 개울에 물비늘이 희게 반짝였다. 푸드득푸드득. 새가 잠투정을 하는 소리일까. 연어가 남대천 물을 거슬러올라오는 소리일까.

"조용히 해."

이모가 귓가에 대고 속삭였다. 멀지 않은 곳에서 시커먼 그림자가 상수리나무처럼 일어서더니 우줄우줄 뚝방 위에 섰다. 거의 때를 맞춰 으으으으으 난생 처음 들어보는 짐승소리가 들려왔다. 나는 소리가 들려오는 곳으로 눈길을 쏟았다. 희끄무레한 둥근 형상이 눈에 들어왔다. 왜 그러느냐는 내 물음에 이모는 조용히 하라는 말만 되풀이했다. '단오진'이라는 것이었다. 나도 짐작하고 있었고, 덩달아 온몸이 으스스해지는 참이었다. 희끄무레한 둥근 형상은 여자의 엉덩이였다. 마치 기도를 드리듯이 엎드려 있었다. 푸드드드득. 소리는 그치지 않았다. 이모는 내 손을 잡고 그곳을 빠져나왔다. 여자는 아마도 울고 있었다. 어디선가 '단오 지나고' 하고 읊는 소리가 들렸다. 환청인가? 내게는 밤의 소리, 달의 소리, 하늘의 소리로 들렸다. 집에 돌아온 이모는 그것이 일본 구호였다고, 어머니에게 일러바쳤다. 이모는 엄청난 비밀을 캐낸 양했다.

"쟤도 들었다니까."

이모가 나를 흘금거리는 걸 나는 모른 척했다. '단오 지나고'든 천황 폐하든 미친 여자는 하여튼 일본 시대를 이야기하고 있었다.

자, 이야기를 줄여야 할 때다. '햇빛에 바래면 역사가 되고 달빛에 물들면 신화가 된다'고 누군가는 썼다. 그러니까 여자의 엉덩이를 조금만 더 달빛에 물들게 하면 되겠다. 즉, 얼마 지나지 않아 여자는 토굴 속에서 죽음을 맞이하고 말았던 것이다.

몇 달 뒤, 동네 장돌뱅이 방물장수 하나가 별 볼 일 없는 물건들을 짊어지고 들락거렸는데, 그는 한 여자를 찾고 있었다.

연합군에 잡혀, 전쟁이 끝나고도 몇 달이나 싱가포르 수용소에 갇혀 있다가 겨우 풀려나 돌아온 사람이라고 했다. 머나먼 인지(印支) 반도의 살윈강 둔덕에서 한 조선 여자에게 고향 이야기를 들려줬노라고……. 천지신명의 보살핌으로 만약 살아서 고향에 가게 되면 둘이서 살림을 차리자고 했노라고……. 혹시 이 동네에 단오 지나 보름 뒤에 지빠귀 안 운다고 이야기하는 여자를 못 보았느냐고…… 살윈강은 노강(怒江)이라고 한자로 표기되는 강이었다. 풀이하면 분노의 강이었고, 인지 반도는 베트남이 있는 인도차이나 반도였다. 80년대 말에 청년들이 베트남의 전쟁터로 지원해 갈 때, 나는 고향의 '단오진' 신화를 또렷이 되살리고 있었다.

5

'무지개 다리'란 단순히 카페의 이름이었다. 실내에는 나무 탁자가 네댓 개 놓여 있었고, 제 계절이 아닌 톱밥 난로가 덩그러니 자리를 잡고 있었다. 말이 카페지 간이 음식점이라고 해야 걸맞을 터였다. 세화는 그곳에 있었다. 그녀를 그곳에서 만난 것이 도무지 현실의 일 같지 않았다. 친구와 약혼자는 그녀가 어디 있는지 알고 나를 이끈 것이었다. 그녀는 숨바꼭질을 하다가 그만 시들해져 집으로 가버린 아이처럼 대수롭지 않아 했다. 태연함을 가장하고 있는 것일까. 그녀를 찾아온 길은 멀고 먼 우회로였다.

"여기가…… 무지개 다리?"

나는 되뇌었다. 여기 있었구나, 하고 말이 쉽사리 나오지 않았다. 다른 어떤 말이 있을 듯했다.

"가까운 절 입구에 홍예문(虹預門)이 있어서 '무지개 다리'야. 홍예문 알잖아?"

나는 그녀와 함께 갔던 선암사(仙巖寺)를 알고 있었다. 막상 그녀를 만났건만, 이제야말로 시작에 지나지 않은 것 같았다. 진짜 암호가 남아 있었다. 나는 창가 의자에 앉아, 커피를 준비하는 그녀를 물끄러미 바라보았다. 그녀는 별다른 표정이 없었다.

"다른 일은 없구?"

나는 겨우 물었다. 그녀는 머리를 끄덕였다. 태연함을 가장하는 게 아니라 실제로 나를 대하는 그녀의 자세에는 아무런 감흥이 없어 보였다. 그럴 수는 없는 일이었다. 이 세상과 떨어진 다른 세상에 살고 있는 사람이라면 몰랐다. 잠시도 못 보면 세상이 어떻게 될 것 같았던 시절도 있었다.

"나도 몰라. 하루하루 꿈속에서 사는 것만 같애. 난 아직 사람으로 태어나기 전의 상태인지도 모른다는 생각을 해."

그녀는 무덤덤하게 대답했다. 인생에 지쳐 있을 나이가 아니었다. 나는 안쓰러움을 어쩌지 못하고 머뭇거리고 있었다. 그녀의 느닷없는 잠적에 대해 캐묻지 않으면 안 된다. 다그치지 않으면 안 된다. 그런데 꼼짝 못하고 있는 것이었다. 그녀는 내가 알고 있던 내 소꿉친구가 아니었던가. 아무 말도 않고 있던 나는 그녀를 이끌고 카페에서 멀리 떨어진 곳의 술집을 찾아야 했다.

"아직도 술을 많이 마시나봐."

안주가 나오기도 전에 소주를 먼저 달라고 하는 내게 그녀가 말했다. 그 말의 따뜻함이 슬프게 젖어 들었다. 나는 그녀의 술잔에 먼저 술을 따르기 위해 술병을 들었다.

"내가 먼저 따라줄게."

그녀가 술병을 빼앗았다. 스치는 손이 유난히 차가웠다. 나는 술잔을 들어 술을 받았다. 나도 그녀의 술잔에 술을 채웠다. 나는 무엇인가 생각하려고 했지만 머릿속은 뿌옇게 흐려지고

만 있었다. 우리는 가볍게 나누며 술잔을 부딪쳤다.

"뭐라고 건배를 하지?"

그녀는 가볍게 말하고 있었다. 그녀를 만나면서 어딘가 변해 있는지 나는 줄곧 머리를 갸웃거리고 있을 뿐이었다. '무지개 마을'의 무지개는 영롱하지 않고 검은 무지개처럼 다가든다고 여겨졌다. 초저녁인데도 불구하고 금방 취해버릴 것이라는 예감이 들었다. 그녀가 내게서 벗어나 있는 만큼 나는 내 뜻대로 행동할 수가 없다는 것을 비로소 깨달았다. 나는 연거푸 술잔만 기울였다. 몇 번씩 뜻 모를 건배를 했을 뿐, 별다른 이야기도 나누지 못한 가운데 우리는 밤을 맞이하고 있었다.

얼마나 시간이 지났을까, 마신 데 비해 머리는 말짱했다. 그리고 그녀로부터 한마디 말을 들을 수 있었다.

"삶에는 '왜'라는 물음은 없을 거야. 이유가 있어 태어난 건 아니니까."

예전에 그녀는 삶의 완성을 말했었다. 방법은 투쟁이었다. 이제 그녀의 말은 반대쪽을 향하고 있다고 들렸다. 도대체 왜? 나는 그녀의 말을 되물었다. 그런 가운데 나는 그녀의 카페 난로에 톱밥을 넣으며 살아가는 나를 그려보았다. 목탄차처럼 연기를 뿜는 카페에서 그녀와 나날을 보내고 싶었다.

술집에서 나온 나는 가까운 여관에 숙소를 정할 수밖에 없었다. 우리는 온돌방으로 안내되었다. 오랜만에 어느 방으로 온 것이었다. 나는 어떤 시인이 썼던 대로 '가숙(假宿)'이라는 말을 구태여 쓰고 싶었다. 사전에는 없는 말이지 싶었다. 시인은 우리들 삶이 머무는 시간과 공간을 '가숙'이라고 했다. 보금자리가 못 되는, 잠시 머물렀다 가는 곳. 어릴 적, 판자로 얼기설기 세운 가교사(假校舍)에서 공부를 했었다. 가교사의 우리는 몇 십 년을 지나 가숙으로 옮겨온 것이었다. 그녀는 환술(幻術)에서처럼 어른거렸다. 나는 그녀에게 접근해갈 엄두가 나지 않았다.

무엇이 잘못이었을까. 수수께끼를 푸는 열쇠는 어디에 있는 것일까. 나는 미궁 속에서 허우적거리고 있었다. 아무리 이야기해도 핵심으로 다가가기는 불가능하리라는 허탈감을 물리칠 길이 없었다. 환술은 그녀가 한 명의 그녀가 아니라 여러 명의 그녀라는 실체를 알려주는 것 같았다.

다른 모든 공간은 사라지고 오직 하나의 방만이 허락되었다. 누구 말대로 '지상의 방 한 칸'이었다. 나는 방 안을 새삼스럽게 둘러보았다. 생소하기 그지없었다. 우리에게 허락되어 있는 공간이 아니라는 생각이 들었다. 오도카니 앉아 있는 그녀를 데리고 광대무변한 공간을 날고 싶었다.

헤어짐은 충분히 암시되었다. 그녀를 찾아 헤맨 순간부터 그녀를 찾은 순간까지가 전부였다. 만난 사람은 필시 헤어지고, '지빠귀 안 울' 때는 필시 오고야 만다. '검은 무지개'를 봄으로써 모든 것이 끝이었다.

왜?

그녀를 향해 던졌던 물음은 헛된 메아리로 되돌아와서 마침내는 나를 향해 맴돌았다. 밤은 이미 깊어 있었다. 그러나 나는 잠들어서는 안 되었다. 아무리 생각을 되돌려보아도 미궁 속이기는 마찬가지였다. 그녀는 애초부터 나와는 다른 세상에서 살고 있었다는 생각도 들었다. 그렇지 않고서야 한 방에 들어와 가까이 앉아 있는 우리가 멀고 먼 별에 서로 떨어져 있는 것처럼 받아들여질 리가 없었다. 그러므로 나는 '환술'이라는 말을 써야만 했을 것이다. '귀신에 홀렸다'는 말을 대신 쓸 수도 있지 않느냐고 건너짚을 사람이 있을지도 모르지만, 아니었다. 그녀는 귀신이 아니었다. 나는 그녀의 환영(幻影)을 보고 있다는 착각에 빠졌다. 과거의 자신을 허상이라고 접은 것은 그녀 자신이었다.

그때였다.

오도카니 얼어붙은 듯 앉아 있던 그녀가 몸을 움직였다. 그녀는 그림자처럼 움직여 방 한구석에 개켜져 있는 이부자리를 펼쳤다. 밤이 깊었다기보다 새벽이 멀리서 다가오고 있었다는 말이 알맞은 때였다. 날이 밝기를 기다려 헤어져야 한다면, 밤이 언제까지나 계속되기를 바랐다. 한때 내가 쫓기는 몸이었을 때, 어렵사리 얻어 든 방에서도 그랬었다. 일상 생활을 비롯하여 역사까지도 일순간에 그대로 멈추어버렸으면 하고 얼마나 원했는지 모른다. 일순간에 빙하기라도 닥쳐서 그대로 얼어버리기를…… 현재 상태 그대로 남아 있기를……. 시간이 가숙의 지붕 밑을 지나가는 소리가 들렸다.

이부자리를 편 그녀는 벽에 붙어 있는 스위치에 손을 뻗어 천장의 형광등을 껐다. 창문으로 희미한 불빛이 비쳐들어오고 있었다. 멀고 먼 별에서 그녀의 환영이 옷을 벗었다. 나는 그 자리에 꼼짝없이 붙박여 있었다.

"곧 절에서 범종 소리가 들릴 거야."

그녀가 자리에 누우며 말했다. 더이상 다른 말을 덧붙이지 않더라도 나는 그 의미를 가늠할 수 있었다. 나는 아무 대꾸도 하지 못하고 앉아 있었다.

"이리 와봐."

그녀의 말이 멀리서 작은 지빠귀 소리처럼 들려왔다. 가까이 와서 범종 소리를 들으라고 하는 말로 들렸다. 그녀의 목소리는 우리가 서로 떨어져 있는 멀고 먼 별에서 들려오고 있었다. 나는 어둠 속에서 나를 향해 뻗어오는 손을 보았다. 그 손은 난생처음 보는 것이었다. 낯선 손이 허공에서 나를 불렀다. 나는 알 수 없는 힘에 이끌려 무릎걸음으로 그녀에게 다가갔다. 그녀가 양팔을 벌렸다.

먼 별빛이 내 품 안을 파고들었다. 모든 만남이란 수억 광년을 흘러온 별빛이었다. 어디서 왔는지도 모르고, 어디로 가는지도 모르는 외로운 별의 속삭임에 나는 몸을 떨며, 그럴수록 더욱 그녀에게 빠져들었다. 차가운 허공에 한 줄기 섬광이 눈부시게 빛나 눈을 가렸다. 찰나를 영원히 간직하려면 섬광 속에 나를 맡겨야 한다. 사랑은 섬광에 다름 아닌 것이었다. 이윽고 어둠 속에 별똥별처럼 홀로 떨어져내리는 나는 우주의 미아였다. 이별의 확인 치고는 참으로 난해한 의식(儀式)이었다,

얼마나 시간이 흘렀는지 모른다.

뎅……

나는 화들짝 놀랐다. 범종 소리는 너무도 가까이에서 들려왔다. 그녀가 미리 말하지 않았더라면 나는 범종 소리임을 알

330

아듣지 못했을 것 같았다.

"종이 울려."

숨소리조차 죽이고 있는 듯했던 그녀가 또렷이 말했다. 한 순간, 한 순간, 기다려왔다는 목소리였다. 나는 그녀의 목소리에 흠칫 놀랐다. 범종 소리는 유난히 길게 여운을 남기며 새벽 공기를 흔들고 멀어져갔다.

뎅…….

나는 종소리에 귀를 기울였다. 하늘을 울려 새벽을 부르며 오랜 염원을 담아 기도하는 소리였다. 그녀는 어느새 오도카니 앉았다.

"들어봐."

그녀는 종소리의 여운처럼 말했다. 나는 듣고 있다는 시늉을 했다.

"예전에 우리 아버지들이 말야. 두 분이서…….'

차분한 어조였다. 나는 그녀가 하려는 이야기를 알고 있었다.

"육이오 때 절이 불타게 되었을 때, 두 분이서 저 종을 구했대.'

내가 그녀의 말끝을 이었다. 그녀는 머리를 주억거렸다. 나는 〈장군의 회고록〉에도 잠깐 비춘 내용이 아니냐고 말하고 싶었다. 하지만 그것은 내가 알아챈 게 아니었다. 누군가의 말에 의하면 그 사실을 캐내기 위해 당시의 지휘관을 찾아냈던 것이다. 나는 그녀의 이야기를 듣고만 있었다.

"아버지의 죽음이 전쟁의 어디에 놓여 있는지 알고 싶었다고 해야 되겠지……. 저 종소리는 내가 여태껏 믿어온 것보다 한결 높은 삶 같은 게 있다는 걸 일깨워줘."

뎅…….

종소리는 한층 더 크게 울렸다. 원융(圓融)의 소리라는 게 있다면 그것이었다. 전쟁의 불구덩이에서 솟아올라 삶을 껴안는 소리였다.

뎅…….

종소리는 몇 번째 다시 울렸다.

뎅…….

그녀와 선암사에서 듣던 종소리를 나는 상기했다. '종소리 들어서 번뇌를 끊는다(聞鍾聲煩惱斷)'는 말도 그때 알았다. 그녀는 〈장군의 회고록〉 어디에서 우리 아버지들의 자리를 찾으려 한다고 고백했다. 어쩌면 그 자리를 찾아보려고 했다가 놓친 게 더욱 소중한 소득인지도 몰라. 그래서 마지못해 그녀 뜻대로 그 사연을 마지막에 몇 글자 집어넣었다는 것이다. 어쩐지 생뚱맞은 구절이었다. 아버지들의 무용담은 〈장군의 회고록〉에는 없는 이야기였다. 그러나 이름 없는 삶이 저 종소리보다 더 크게 울리는 걸 알게 되었다고 그녀는 덧붙였다. 나는 그녀의 말을 들으며 종소리의 여운 속에 깊이 빠져들어갔다. 그리고 깜박 잠이 들었다.

누군가 나를 부르는 소리에 눈을 떴다. 들릴락 말락 한 소리였다. 환청이 아닌가도 싶었다. 나는 방 한구석에 아무렇게나 쓰러져 있었고, 날은 훤히 밝았다. 범종 소리가 사라진 공간에는 쾡한 낮빛이 기어들어 있었다.

다음 순간, 정신을 가다듬은 나는 그녀가 없음을 깨달았다. 잠든 사이에 그녀는 떠나고 말았다. 충분히 예견했어야만 할 일이었다. 그렇지만 나는 내가 깜박 잠들리라는 것도 예견하지 못했다. 그녀가 떠나가는 순간에 내가 잠들어 있었다는 것은 참을 수 없는 일이었다. 다른 사람에 대해서가 아니라 나 자신에 대해서 용납되지 않는 일이었다.

"가기 전에 홍예문, 무지개 다리나 보고 가."

나는 그녀를 찾아가서 가을꽃들이 피어 있는 풀밭 한쪽을 지나왔다. 꽃들도 내게는 의문처럼 피어 있었다. 그녀가 떠난 이유를 거기 어디서 찾겠다는 것처럼 나는 골똘히 걸었다. 한

참을 걸어가서 그녀가 문득 걸음을 멈추고 손으로 어딘가를 가리켰다. 홍예문이 모습을 나타냈다. 사람들의 발길도 끊겨 적막만이 감돌았다. 나는 허물어져가는 옛 돌다리를 바라보았다. 적막감을 뚫고, 종소리 대신에 '소리 없는 아우성'이 귀를 먹먹하게 했다.

"풀에 다리를 베었나봐."

홍예문 앞에 이르러 그녀는 종아리를 내게 들어 보였다. 발 갛게 금 그어진 풀잎 자국이었다. 홍예문은 그녀가 이번에는 확실히 떠났음을 깨우쳐주었다. 나는 그녀를 처음 만난 아득한 세월 저편을 돌아보았다. 그 전에도 보기야 했겠지만, 기억에 남아 있는 우리의 만남은 단오제의 잔치 마당에서였다. 해마다 어머니가 창포물에 머리를 감기 위해 창포를 구하러 나가곤 한 계절이었다. 그녀와 나는 만남을 기념한다고 새삼 단오제를 보러 갔었다. 그때 얻은 팸플릿에는 다음과 같이 쓰여 있었다. 나는 고향을 이야기할 때마다 다시 보고 다시 본 단오의 내력을 또 읽을 수밖에 없다.

해마다 음력 5월 5일, 단오가 가까이 다가오면 강릉 땅은 술렁대기 시작한다. 아니, '가까이 다가오면'이 아니라 멀리 다가

와도 벌써 술렁대기 시작한다. 단오제야말로 이곳 사람들에게는 가장 큰 잔치인 것이다. 강릉 단오제라고 하지만 이는 단순히 강릉만의 축제가 아니라 강릉을 중심으로 한 영동지방 전체의 축제다. 지형이 산과 바다에 둘러싸인 탓에 사람들은 산과 바다와 조화를 이루며 살아갈 길을 모색할 수밖에 없었다. 그래서 산과 바다에 제사를 지냈다. 강릉 변두리의 고갯마루마다 성황당이 많고 바닷가 마을마다 풍어제의 풍속이 전해져 내려오는 것은 그런 까닭이다. 여러 제사 가운데 가장 강릉의 체취가 깊게 배어 있고 유서 깊은 제사가 강릉 단오제로서, 단오절을 맞아 대관령 국사성황신과 정씨녀(鄭氏女) 곧 국사여성황을 합쳐주는 의식과 그에 딸린 행사를 통틀어 일컫는다. 대관령 국사성황신이란 어떤 존재인가.

옛날에 한 처녀가 종산사 앞의 샘물에 바가지로 물을 뜨니 물속에 해가 떠 있었다. 이 물을 마신 처녀는 몸에 태기를 느끼게 되었고, 마침내 옥동자를 낳았다. 처녀의 몸이므로 아이를 학바위 밑에 버렸는데, 다음날 가보니 학이 감싸주고 있는 것이었다. 그래서 다시 데려와 길렀다. 아이가 자라서 나라의 큰스님인 범일국사가 되었다. 그리고 국사가 뒤에 대관령 국사성황신이 되었다.

　강릉 단오제를 보러 전국에서 모여드는 인파는 몇십 만을 쉽게 넘는다. 이는 강릉 단오제가 강릉의 안녕과 복락을 비는 제사인 동시에 신바람 나는 놀이판이기도 함을 보여주는 증좌다. 이를 두고 민속학자들은 '진정한 민중의 축제'라고 지적한 바 있었다.

　제사는 국사성황과 산신에게 따로따로 올려지는데, 무녀가 나무 중에서 '신들린' 나무를 베어 무제를 지내며 액막이를 한다. 제사가 끝나면 힘센 남자 무당이 이 나무를 허리춤에 꽂아 들고 내려온다. 내려올 때는 악대가 풍악을 울리고 무당들은 〈산유가〉를 부른다.

　　꽃밭일레 꽃밭일레

　　4월 보름 꽃밭일레

　　지화자 좋다 얼씨구 좋다

　　4월 보름 꽃밭일레

　산신제와 국사성황제를 올리고 내려와서 '신들린' 나무를 강릉시 홍제동의 국사여성황당에 '모시는' 국사여성황제를 올린다. 대관령 국사성황과 여성황 곧 정씨의 딸을 맺어주는 과정이라고 풀이된다.

강릉 단오제 중 관노 가면극은 특히 눈길을 끈다. 관노 가면극이란 예전 이곳의 관아에 소속되었던 노비들이 단오제 때 놀았던 탈놀이를 일컫는다. 이 탈놀이는 대사가 전혀 없는 무언극 형태인 점이 독특하다. 등장 인물은 양반, 소매각시, 장자마리, 시시딱딱이 등 네 명으로, 이들은 춤과 동작을 통해서 단오제의 근본 정신인 풍요와 안녕과 화합을 나타내 보인다. 관노들의 탈놀이였기 때문에 양반에 대한 풍자나 조롱도 비교적 온건하여 '관'과 '민'의 공동 의식이 잘 조화를 이루고 있다.

'무지개 다리'를 되새기는 것은 내가 그때의 일을 또렷이 기억하고 있다는 말에 다름 없었다. 아니면 이제는 보기 힘든 무지개를 우리의 만남으로 미화시키는 말이었을까.

세화를 다시 만난 것은 극장에서였다. 공연이 끝났는지 사람들이 쏟아져나가는데도 나는 우두커니 서 있었다. 꽤 오랜 시간 나는 무엇인가를 기다리고 있었다. 아마도 망설이고 있었다는 게 옳을 것이다. 새삼스럽게 그녀를 만난다는 일이 무

슨 의미가 있을까 여겨지기도 했다. 그때 그녀가 나를 향해 걸
어왔다. 많이 변한 모습이었다. 우리는 가벼운 인사를 나누고
밤거리를 걷기 시작했다. 연극이 끝나면 늘 이렇게 혼자 돌아
가느냐고 나는 물었다. 그녀는 머리를 흔들었다.

"늘…… 누군가와 어울리지. 오늘도 그렇잖아."

그녀와 어디로 가면 좋을까 망설이다가 옆 건물의 모퉁이
가게로 들어섰다. 차라리 뭘 좀 사가지고 극장에 딸린 빈 연습
실이나 분장실로 가자는 것이었다. 거기가 더 자유스럽다는
말이었다. 예전에 그녀하고도 그랬다는 말에 나는 아무 대꾸
도 하지 않았다.

우리는 소주 한 병과 종이컵과 마른안주 따위를 샀고, 다시
왔던 길을 되돌아갔다. 예전에 그녀를 만나기 위해 거리에 나
섰을 때 가로수들이 새로운 생명의 모습으로 나타났던 것과,
그리고 그 아침에 햇빛이 여관방으로 비쳐들면서 꽃잎들이 반
란하듯 쏟아져왔던 것을 나는 머릿속에 떠올렸다. 그녀가 그
원고를 받아달라고 한 건 꽤 오래된 일이라고 친구는 설명했
다. 그녀가 지하로 내려가는 층계의 전등을 켜서 나를 안내했
다. 모든 이야기의 전말은 듣지 않아도 알 만했다. 우리는 작은
방으로 들어가 책상을 가운데 두고 자리를 잡고 앉았다. 철제

의자가 삐걱거리는 소리가 들렸다.

　그동안의 시간은 뭉텅 잘라져나가고 우리는 종소리를 들으며 가을 들녘에 있는 듯했다. 나는 말없이 소주를 종이컵에 따랐다. 예전에 그녀와 나누었던 '건배' 소리가 귓속을 울렸다. 세월이 지났음에도 우리가 똑같은 상황에 놓인 것만 같아서 나는 현실인지 아닌지 잠깐 허둥거리는 느낌이었다.

　그녀가 그 원고를 써서 내게 남긴 가장 중요한 이유는 종소리의 여운 때문이라고, 나는 언제부터인가 확실히 알았었다. 그것으로 충분했다. 우리의 두 아버지가 종을 구해낸 사건에 관계되어 있음은 전쟁의 웬만한 에피소드에도 들지 못할 일이었다. 해인사의 장경각 역시 폭격 명령을 지키지 않은 비행사에 의해 보존되었음이 신문에 보도된 적도 있었다. 그러나 종은 내게는 특별한 것이었다. 그녀도, 나도 술 속도가 빨랐다.

　"난 뭔가 꿈꾸는 사람이 되었어. 웬일일까? 우리가 만난 뒤론. 아니. 헤어진 뒤가 맞겠지. 좀 더 정확하게 말하자면 그 종소리를 듣던 때부터 새로 태어나야겠다는 생각을 했던 거야."

　그녀는 연극 대사를 외듯이 말했다.

　"그날…… 무지개 다리로 가서……."

　나는 숨이 막혔다.

"다시 그날 같은 날이 있었으면 좋겠어, 하지만 그게 가능할까? 그럴 수 있을까?"

술 때문인지 목소리가 불규칙하게 떨렸다. 나는 대답할 수가 없었다. 우리는 바깥으로 나왔다. 모두들 떠나간 빈 도시에 우리만이 남겨진 것 같았다.

"어디로든 가요. 옛날의 망령 같은 건 잊어버리게 말이야."

조금 전까지와는 전혀 다른 여자가 내 옆에 있었다. 우리는 불빛이 은성하게 흔들리는 길을 걷기 시작했다. 악몽…… 망령……. 말들이 머릿속을 더욱 어지럽혔다. 그 말은 분명히 다시 그날 같은 날이 있었으면 좋겠다고 한 것이었다.

상점들을 지나고, 음식점들과 술집들을 지나고, 우리는 깊어가는 밤거리의 어디론가 걸어가고 있었다. 무지개 다리의 들녘에서부터 내내 걸어온 길 같았다. 신호등이 명멸하는 길을 건너서 우리는 '레스토랑'이라고 씌어 있는 곳으로 들어가 독일 소시지를 안주로 흑맥주를 마시고 또다시 '어디론가' 걸어갔다. 풀잎에 베인 종아리의 자국을 나도 갖고 싶었다. 실제로 풀잎에 베인 자국이야 벌써 씻은 듯이 사라졌을 것이다. 그러나 나는 여자의 맨살 모든 구석구석에 남아 있는 풀잎 자국을 보고 있었다. 풀잎이 아니라 날카로운 칼날이었다. 어느 모퉁이 포장마차에서 소주 몇 잔을 더 마신 다음 우리는 외등도 없는 골목길을 걸어갔다.

"조심하세요. 여긴 층계가 좁으니까⋯⋯."

우리는 어느 집 뒤쪽으로 돌아갔다. 나는 이끄는 대로 도둑고양이처럼 좁은 층계를 밟고 올라갔다. 층계 위에 매달리다시피 한 방은 무슨 야생동물의 둥지 같았다.

"여기까지 왔어."

그 순간 무엇인가가 휙 내 머리를 스쳐지나갔다. 먼 별빛의 섬광이었다. 악몽과 망령의 세계를 밝히는 빛이었다. 누구와의 찰나를 영원히 간직하려면 그 섬광 속에 나를 맡겨야 한다. 나는 전율했다. 전쟁의 상처가 그렇게 잊혀져갔듯이 악몽과 망령의 세계에서 벗어나야 한다고 나는 혀 꼬부라진 소리로 주워섬겼다. 나는 허겁지겁 뒤돌아섰다. 그리고 방문을 열고 도망치듯 층계를 뛰어내려왔다.

6

예전에 한 여자가 '단오 지나고'의 암호를 외고 다닐 때 내게는 어떤 상징으로 들어와 박혔을지도 모른다. 그녀를 찾아 인도차이나에서 남자가 살아 돌아왔건만 지빠귀는 울음을 멈추고 있었다. 즉, 그녀 자신이 되어 그리움을 울고 있던 지빠귀는 어디론가 모습을 감추고 말았다.

나는 지빠귀라는 새가 어떻게 생겼는지, 어떻게 우는지 몰랐다. 고향의 산천과 단오절과 더불어 떠오르는 새 이름이 지빠귀였는데도 말이다. 그러다가 어느 시기에 라디오에서 시보를 알리면서 황금새니 꾀꼬리니 밀화부리니 하는 새들의 소리를 들려주었다. 지빠귀란 도대체 어떤 새일까. 그리하여 나는 새소리 녹음 테이프를 사기에 이르렀었다. 설명에 의하면, 지빠귀란 검은지빠귀, 개똥지빠귀, 노랑지빠귀, 붉은배지빠귀 등의 총칭으로서 깃털이 아름답고 울음소리가 고우며, 특히 우리나라에 여름 철새로 오는 것에 목소리가 고운 게 많다고 했다. 또 딱새, 유리딱새, 쇠유리새, 진홍가슴 등의 새도 여기에 속했다.

그러나 내가 지빠귀를 알고 모르고의 문제가 아니었다. 그 이름을 떠올릴 때마다 그녀가 연상되곤 하는 것이 문제였다. 그 새의 이름을 내게 알려준 것은 말했다시피 그 미친 여자였다. 미친 여자는 결코 아닌 단오진 그 여자였다. 어린 눈눈이는 그 여자라면 말만 들어도 얼굴이 새파랗게 질리곤 했었다. 그런데 나는 단오절과 함께 어김없이 지빠귀가 떠오르고, 또 어린 눈눈이가 떠올랐다.

한때 세화네는 꽤 많은 새를 길렀었다. 전쟁의 상처가 아물기 시작할 무렵이었다. 새를 길러 새 장수 집에다 갖다주면 돈이 된다는 것이었다. 그래서 새를 기르는 집이 많았다. 새를 기르는 대로 새 장수가 사준다. 더군다나 집에서 쉽게 할 수 있는 일이었다. 새 기르기는 유행처럼 번졌던 것이다. 많은 사람들이 새 장수에게 팔 새를 기르려고 알을 낳는 어미 새를 샀다. 따라서 새 장수는 많은 새를 사고 팔 수 있었다. 어떤 꾀 많은 새 장수가 퍼뜨린 상술일 터였다. 내가 십자매니 잉꼬니 문조니 하는 새 이름을 안 것은 그녀네 집에서였다. 그녀의 어머니는 방 하나를 비워 새들을 기르며, 좁쌀에 달걀을 개어 먹인다든가 물과 배추를 갈아준다든가 하는 일에 정성을 기울였다. 얼마 지나지 않아 다른 집들과 마찬가지로 그녀네 집에서도 새들은 사라졌어도, 새들의 모습은 언제까지나 내 머릿속에서 날개를 퍼덕거리게 되었다.

세화와 서울에서 본 새는 종달새였다. 올림픽 태권도 경기에서 우리나라가 첫 금메달을 딴 날이었다. 경복궁 쪽에서 종

로에 이른 우리는 이순신 장군 동상 너머로 어두워지기 시작
하려는 저녁 하늘을 바라보고 있다가 그냥 헤어지기는 좀 뭣
하니 어디서 저녁이나 먹자고 합의했다. 그리고 이리저리 기
웃거리며 즐비한 식당과 술집들을 지나 피맛골 골목을 벗어난
우리는 갑자기 어디선가 새가 우는 소리를 들었다.

"이게 무슨 소리지?"

내 말에 그녀가 걸음을 멈추었다. 잘못 듣지 않았나 귀를 의
심하는 표정이었다.

"혹시 지빠귀 소리 아닐까?"

나는 지빠귀가 어떻게 우는지 몰랐다.

"웬 지빠귀."

내 말을 받으며 그녀는 예전 그녀의 집 안에 울리던 새소리
를 연상하는 듯 귀를 쫑긋거렸다. 실제로 사람의 귀가 쫑긋거
리지는 않는다 하더라도 내 눈에는 여지없이 그렇게 보였다.
그 귀는 어릴 적과 같이 하얬으며, 새소리를 듣고 방금 잠에서
깨어난 것처럼 보였다.

새소리는 중국집 처마에 매달려 있는 새장 속에서 들려왔
다. 거기에는 여러 개의 새장이 매달려 있었다. 새 장수의 새장
과는 달리 대나무로 정교하게 만들어진 창살 속에 새들은 오

랜 세월을 터잡고 살아온 듯싶었다. 우리는 누가 먼저랄 것 없이 그 집 안으로 들어갔다. 나는 종달새가 가을에도 운다는 사실을 비로소 알았다. 예전의 십자매와 잉꼬와 문조들에 대해 그녀에게 무슨 말인가 해야 한다고 생각했으나, 그러다가 집안 이야기까지 번지게 될까봐 나는 어물거리기만 했다. 나는 그녀가 지빠귀 종류의 새처럼 보였다. 이윽고 여관에 들어가 지빠귀로 변한 그녀를 보며, 예전 한 여자가 읊조리던 후렴을 나는 가슴 아프게 되뇌었다. 그것은 사랑의 약속을 스스로 마음에 맺는 시(詩)였다. 새는, 마지막에 쉼표(,)가 찍힌 시였다. 그러므로 시는 끝이면서 시작이며, 태어나고도 죽지 않는다. 그러므로 나는 사랑의 영생(永生)을 빌며, 믿었다.

그날은 새를 통해 우리가 변용되고 마는 세계로 들어간 날로 기록되어도 좋았다. 중국집의 종달새에서 비롯된 마법의 세계였다. 언젠가 길모퉁이에서 새점을 치는 노파에게 심심풀이로 100원짜리 새점을 쳐본 적이 있었다. 새가 꽁지를 까딱거리며, 도르르 말린 점괘를 부리로 물어 내밀었다. 무엇이라고 적혀 있었는지는 잊었을지라도, 그것은 필경 내 운명을 말하는 마법의 점괘였다.

나는 그 중국집 새의 마법을 목표로 한 듯 어두운 밤거리를 걸어갔다. 새를 보고 싶다는 충동이 강렬하게 밀려왔다. 상가들이 모두 셔터를 내린 길에 건널목의 신호등만 명멸하고 있었다. 그 밤에 서울 거리에서 새를 찾아가는 가로등 불빛이 비춰내는 내 모습은 나 스스로가 생각해도 허깨비나 유령이었다. 골목길로 접어들어 이윽고 그 집이 가까워지자 나도 모르게 걸음이 늦추어졌다. 어둠 속에 검은 새장이 처마에 매달려 있었다.

종달새가 지저귀기를 바란 것은 아니었다. 무엇 때문에 여기 왔을까, 갑자기 불안해졌다. 나는 희미한 불빛에 새장 안을 들여다보리라 마음먹었다. 그러나 어림없는 일이었다. 새장은 하나같이 검은 덮개로 씌워져 있었다. 나는 그 집의 닫혀 있는 문을 두드렸다. 새장의 덮개를 걷어달라고 외치고 싶었다. 한참을 두드리자 안에서 인기척이 들리고 문이 빠끔히 열렸다.

"누구요?"

남자가 잠이 덜 깬 목소리로 물었다. 그제서야 나는 그 집이 중국 음식점이며 밤 열 시면 벌써 문을 닫는다는 사실을 상기했다. 전까지 나는 그 집의 문을 엶으로써 내가 밖으로 나갈 것을 계획한 모양이었다. 환상이 순간적으로 나를 휘몰아 지나간 것이었다. 어두운 장막에 덮여 갇혀 있는 새와 나를 동일

시하게 된 마법의 세계로 끌어 들어가고 만 것이 아닐까, 하고 나는 생각했다. 모든 것이 지빠귀의 마술이 아니면 무엇이랴. 그렇다면, 새를 통해 변용되고야 마는 새점의 점괘에서 벗어나지 못하고 있음을 스스로 반증하고 있는 것이었다.

그날 밤 나는 심야 영업을 하는 술집들을 거치며 거의 새벽녘이 되어서야 집으로 돌아왔다. 다음날 저녁 무렵 잠에서 깨어난 나는 내 몰골이 말이 아닌 것에 여간 씁쓸하지 않았다. 그런 중에서도 혹시 〈장군의 회고록〉을 어떻게 했나 하는 걱정이 머리에서 떠나지 않았다. 그것은 책상 위에 아무 일이 없었다는 듯 고이 놓여 있었다. 나는 가슴을 쓸어내렸다.

다시 또 그렇다면, 아무 뜻도 없는 것처럼 쑤셔 박아놓았던 원고가 또한 마법으로 들어가는 열쇠 구실을 하기를 나는 은밀히 원했던 것임이 드러난다. 오로지 원고를 돌려주겠다는 임무가 내가 마련한 빌미였다.

지난 몇 년 동안의 시간은 묵은 책의 갈피 속에 빈 상태로 건너뛴 연보처럼 되고 말았다. 그동안의 간난신고는 입에 올리기도 거북할 정도지만 말이다. 먹고살기 위해 엉뚱하게 인도네시아 수마트라 섬의 적도 근처까지 갔었는가 하면 거제도에 머물며 육이오 때의 포로 수용소 자리와 술집 '포경선'을 맴돌기도 했었다. 수마트라 섬에서 열대 기후와 다우림(多雨林)과 말래카 해협에 관한 인문 자리를 배우고, 거제도에서 괭이갈매기와 팔색조와 아비, 세뿔석위와 지느러미 엉겅퀴 같은 동식물을 배운 것은 인생에서 중요한 소득이기는 했다. 그러나 그것은 빈 연보의 세월이었다. 나는 시간을 죽이고 있었던 것이다. 세화와의 헤어짐 때문이라고 단정지을 필요는 없을 것이다. 그런데 그녀는 케케묵은 〈장군의 회고록〉 속에 숨어서 살아 숨쉬고 있었다.

우리 사이는 명확히 끝났다. 하지만 어두운 길거리 어디쯤에서 나는 그녀에게 이별을 다짐하고 확인하고 싶었다. 그녀가 사라진 벌판에서 종소리를 듣기 위해 엉뚱하게 친구를 앞세워 몽유병자처럼 헤매 다닌 가을날이 있었다. 그것으로 나는 충분히 그녀와의 이별에 대한 통과제의를 치른 셈이었다.

"왜?"

세화가 어스름 속에 내게 얼굴을 돌렸다. 그녀는 내가 대답 못할 질문만 던지는 여자였다. 따지고 보면 조금도 어려운 질문이 아니었다. 자기가 올 줄 알고 그곳에 나타났느냐는 물음과, 왜 만나야 하느냐는 물음은 당연한 것이었다. 도무지 평범한 질문에 지나지 않았다. 그런데도 내게는 어렵기 그지없는 질문이었다. 우리가 걷고 있는 길조차 어려운 미로였다. 나는, 우리가 만났던 일조차 믿기지 않는다고 말하고 싶었다.

미로는 끝없이 이어졌다. 불빛에 어른거리는 간판들은 미로를 더듬거리며 헤쳐나가기 위한 표지판이었지만, 모두 불가해한 문자였다. 부동산 중개인, 슈퍼, 식당, 카페, 여관, 해장국, 매운탕, 호프, 활어, 보리밥……. 먼 시간 속의 길, 이를테면 박쥐를 만나러 박쥐 구멍으로 가는 길이라고 해도 그만이었다. 박쥐가 사는 구멍, 게가 사는 구멍, 지빠귀가 사는 둥지들이 간판의 상호로 씌어 있구나. 나는 숨을 가삐 내쉬었다. 그녀의 얼굴도 상형문자처럼 어렸다가 사라지곤 했다.

"어디 먼 데라도 가."

그녀의 목소리가 미로에 메아리쳤다. 퍼뜩 바닷가를 꼽은 것은 그대였다. 내가 그 바닷가에서 게 낚시를 하며 꾼 꿈은 카페를 열고 살아가고자 한 것만이 아니었다. 어느 날엔가 그곳까지 그녀를 데려갈 수만 있다면 하는 꿈이 늘 내 가슴을 눌렀다. '먼 데'라는 말에서 '먼 곳'으로 올라오는 게가 눈에 어렸다. 게는 그냥 게가 아니었다. 어릴 적 바닷가에서 그녀의 엉덩이에 들어간 게도 있었다. 대학 때, 그녀와 나란히 앉아 엘리엇을 배우던 강의에서 게자리(蟹座)의 영어 단어 CANCER를 배웠다. 암(癌)과 똑같은 철자였는데, 게에서 추출한 성분이 암 치료에 효험이 있다고, 이상한 인연이라고, 영문학 교수는 약학 교수처럼 각주까지 달아주었다. 그렇다면, 은연중에 내 생각 속에 들어와 박힌 어떤 암종을 치유하고 싶었다고 말하는 것은 지나칠까. 암종이 그녀와의 이별 때문일지라도?

반달이 뜬 밤이었다. 달빛이 비친 곳은 희끄무레 공중에 떠 있는 것 같았다. 갯가로 이어진 둑길이 희미하게 뻗어 있었다. 둑을 경계로 오른쪽은 갯벌이었고, 왼쪽은 바닷가 간척지에서 식물이 어떻게 적응하는가를 연구하는 농업 실습장이 넓게 펼쳐져 있었다. 짠 소금땅에 적응하는 정도를 측정하기 위한 실험용 풀과 나무들이 우거져 양쪽은 확연히 나누어졌다.

"반달이 뜨긴 했는데, 온통 흐려."

무거워진 분위기를 못 견디겠는지 그녀가 말했다. 우리는 야행성의 게처럼 둑길을 걸어나갔다. 마침 밀물이어서 물 위로 비치는 달빛은 둑길이 멀리까지 이어져 있는 듯 보이게 했다. 바람이 불어 바닷물이 찰랑이며 달빛의 길이 가볍게 흔들렸다. 달빛의 비늘들이 떨어져 나와 물밑으로 가라앉고, 가라앉고 했다. 석영(石英) 같은 달빛의 비늘들이 가라앉아 수천 년, 수만 년, 아니 수십억 년 켜켜이 쌓인 결과, 바다는 검게 번

들거리는 걸까.

얼마쯤 걸어가던 우리는 적당한 곳에 자리를 잡고 앉았다. 적당한 곳이라고 했지만 거기 오면 늘 앉던 장소였다. 뒤로는 나무들이 병풍처럼 늘어섰고, 앞으로는 넓은 갯벌이 펼쳐졌다. 낮에도 사람들의 발걸음이 뜸한 곳인 터에 사방이 괴괴했다. 귀를 기울여보면 나직한 바람소리가 귓전을 울리고, 야행성의 게들이 기어다니는 소리처럼 물결이 살랑거렸다. 그 소리가 그녀의 귀에도 들리는지 궁금했다.

"나 곧 결혼해."

게가 바스락거리며 네 발로 기는 소리, 풀벌레가 날개를 비비는 소리가 들려왔다. 소금기를 머금은 풀과 나무들이 몸을 꼬는 소리일 수도 있었다. 그녀의 목소리일 수도 있었다. 그녀가 내게 털어놓겠다는 말이 그것이었던가, 나는 오히려 홀가분해졌다. 날짜와 장소는 안 정해졌고, 그것도 둘이서만 하기로 약속했다는 것이었다. 그리고 자기가 면사포 쓰고 그럴 것 같으냐면서 쿡쿡 웃었다. 웃음소리에 나는, 그녀가 면사포를 쓰든 안 쓰든 그녀에게 다가가 엉덩이에 작은 달랑게라도 집어넣을 수 있다면 하고 터무니없는 생각이 들었다. 나는 종이컵에 새 술을 가득 따랐고, 우리는 다시 부딪쳤다. 웬일인지 뜻 모를 웃음이 내 입가에 어렸다. 어둠 속이어서 그녀의 눈에는 띄지 않을 웃음이라는 점이 다행스러웠다.

그녀는 오래전에 나를 떠나 사라져버린 여자였다. 그것으로 우리의 이별 의식은 충분히 치러진 셈이었다. 게의 발이 갯벌을 기는 소리와 풀벌레의 날개 비비는 소리가 멀어졌다 가까워졌다 하면서 달빛의 바닷길을 열고 있었다. 드디어 모든 것은 끝났다. 너무도 명확한 제의(祭儀)였다. 달빛, 게, 풀벌레의 소리는 소지(燒紙)에서 흩날리는 재였다.

나는 그녀가 뭐라고 말하는 소리를 들었다고 여겼다. 이제껏 들은 소리들과는 다른 소리였다. 밤에 홀로 하늘을 날아가는 새들의 날개짓 소리? 언젠가 그런 소리를 들은 적이 있었다. 새는 마치 이거 야단났구나 하는 듯 황겁히 어디론가 날아가고 있었다.

"어쩔까 지금도 망설여지지만 역시 마지막으로 얘기를 해야겠어. 몇 년 동안 품고 있던 얘기."

그녀가 가슴 깊은 곳에 가두었던 숨을 길게 내쉬었다. 그녀의 얼굴이 어둠 속에 인(燐)불처럼 번뜩이는 것을 나는 보았다. 제의는 아직 끝나지 않았던가.

"그 원고 말야. 〈장군의 회고록〉. 그의 부대에 우리 아버지들이 소속됐었기 때문에 난 그걸 취재했던 거야, 그분들의 흔적이나마 더듬고 싶었던 거지. 강릉에서 충원된 군인들이 있었고, 그중에 종을 구하기 위해 병영을 빠져나온 사람들이 있었다는 것은 기억하고 있었어."

그녀의 얼굴은 석고 마스크 같았다.

"엄마는 아무 말도 안 하셨어. 다만……."

"다만……."

미로의 출구는 없었다. 내가 돌고 있는 도형에는 출구가 그려져 있지 않았다. 모든 것이 소용돌이치는 가운데 검은 무지개가 온 누리에 가득 차고 있다는 생각이 들었다.

"다만 너와는 다신 만나서는 안 되는 사이라는 말씀만 하고 돌아가셨어."

나는 고개를 숙이고 듣고만 있었다. 그 말이 무슨 뜻인지 순간적으로 알 수 있었다.

"그러니까…… 우리 사이는 이제 이것으로 모두 묻어두어야겠다는 거야. 우리는 이제 다신 못 만날 거야."

그녀가 말을 마치고 걸음을 옮겨놓았다. 나는 그녀의 말뜻을 되새기며 온 누리의 검은 무지개를 바라보고 있었다. 어디선가 무서운 비명을 지르며 새가 길을 가르쳐달라고 외치고 있었다. 풀과 나무들이 세찬 바람에 부리가 뽑혀 하늘에 거꾸로 떠 있었다. 나는 가슴이 옥죄어 숨이 막혔다. 그녀의 말뜻이 무엇이든 알 수 있다고 나는 받아들였다.

그것이었다. 시인이 말한 '피의 속도'는 거기까지 이르러 있었다. 그녀는 더 이상 눈물을 보이지 않았다. 내게는 미로도 사치였다. 내게 열린 길은 미로보다도 더 불가해한 것이었다.

"바닷바람이 차. 윗도리 좀 벗어줘도 되지?"

그녀가 뒤돌아보며 말했다. 차가운 바닷바람 탓인지 나도 온몸을 와들와들 떨고 있었다. 그 바람도 높새바람이라 할 수 있으리라 나는 생각했다.

그리고 세월이 흘렀다.

며칠 전 신문을 본 나는 광주에서 비엔날레가 열린다는 사실을 알았다. 우리나라에서는 처음 열리는 국제 규모의 이 미술제에는 '경계(境界)를 넘어'라는 주제 아래 세계 58개국, 608명의 작가들이 참가한다는 것이었다. 그런가보다 하고 건성으로 현장 사진을 보고 있던 나는 무지개 다리라는 말이 나오는 데 눈길을 멈추었다.

무지개 다리.

사진 설명에 의하면, 광주 비엔날레를 기념하여 상징물로 무지개 다리 모양의 육교를 세웠다고 했다. 사람 사이에 놓여 있는 경계, 인종 사이에 놓여 있는 경계, 국가 사이에 놓여 있는 경계 등 여러 울타리를 뛰어넘는 다리를 상징하는 구조물이었다. 빨갛고 파랗고 하얀 색깔로 칠해진 육교는 타원형으로 반호를 그리며 길을 가로질러 놓여 있었다. 비엔날레 행사가 끝난 뒤에도 실제로 사용할 수 있게 만든 것이라는 설명이었다.

무지개 다리.

이야기는 흘러갔으나 나는 잊지 않고 있었다. 그런데 무지개 다리가 내 눈앞에 나타난 것이었다. 지난 세월 광주에서 일어났던 엄청난 사건으로 얼마나 통분했던가. 그곳에 무지개 다리가 서고, 그 상징의 이름으로 국제 미술제가 열리는 것이었다.

세월은 그렇게 흐르고 있었다. 모든 것은 흐르고 있었다. 전쟁도, 사람도, 무지개도, 종소리도, 꽃도, 새도, 잘못된 사랑도. 그런데 문득 내 앞에 무지개 다리가 다시 서 있었다. 나는 형언하기 어려운 심정으로 먼 데 하늘을 뚫어져라 쳐다보았다. 내 마음의 무지개가 하늘을 가로질러 걸려 있었다.

오늘도 무지개 다리를 오르는 발걸음이 있다. 게가 있고, 박쥐 구멍이 있고, 대관령 국사성황이 있고, 지빠귀가 있고, 도깨비바늘이 있고, 종소리가 있다. 만남과 헤어짐이 있다. 나도 있고 그녀도 있고 방물장수도 있고 우리도 있다. 모든 것이 흐르고 난 다음, 사라짐조차 흐르고 난 다음, 떠오르는 그것을 향해 가는 발걸음, 절망을 딛고 사랑의 완성을 향해 가는 발걸음이다.

인사동을 다 걸어나왔지만 나는 어린 날 귤을 기다리던 강릉의 그 바닷가가 어디인지 아직 가늠할 수 없다. 그곳이 어디일까. 그단스크의 브로치를 사서 바닷물에 떠오는 호박을 얻음으로써 귤을 새로 건진 것과 같다고 한다면, 그것은 내 나름의 뜻매김일 것이다. 그렇다면 그것으로 충분할지도 모른다. 다만 나는 이제 미로를 벗어났는데, 그 징표가 그단스크의 바다에서 건진 호박으로 만든 브로치가 아닐까 여기고 싶은 것이다.

그단스크에서는 호박이 바닷물에 떠오지요.

그 말은 또렷하게 다시 들려온다. 하지만 내가 어린 날 귤을 기다리던 그 바닷가가 어디인지 나는 아직 가늠할 수 없다. 그곳이 어디일까. 그단스크의 브로치를 사서 바닷물에 떠오는 호박을 얻음으로써 귤을 새로 건진 것과 같다고 한다면, 그것은 내 나름의 뜻매김일 것이다. 다만 나는 이제 미로를 벗어났는데, 그 징표가 그단스크의 바다에서 건진 호박으로 만든 브로치가 아닐까 여기고 싶은 것이다. 그리고 얼마 전 강릉에 가서 한 편의 시를 쓴 것을 나는 지금 말하려 한다.

> 남대천 건너 폐사지로 갔다
> 자두나무 늘어서서 어디론가 가는 길
> 굴산사 터에서 범일국사를 만나야 한다
> 그 옛날 학산 처녀 우물물을 긷던 곳
> 높은 당간지주 사이로 해가 뜨고 있다
> 처녀는 해 뜬 물을 마시고 아이를 가져
> 학바위 밑에 버렸다지
> 며칠 지나 가보니
> 학이 붉은 부리에서 구슬을 내어 먹였다는 곳
> 어디일까
> 어릴 적 피난가던 그 길
> 국군과 인민군이 지나가던 그 길
> 범일국사가 대관령 국사성황님 되어
> 홍제동 여성황님에게 가고 있다

아득한 대관령 아득하지 않게

내 갈 길 헤아려 이마를 든다

귤과 무지개의 집

먼저 단편소설 〈귤〉이 있었다. 일찍이 문학과지성사의 '스펙트럼 문고'의 표제작이기도 하다. 그러니까 내게는 애착이 큰 소설이기도 한 것이다. 전쟁 때 파도에 떠밀려오는 귤을 건지려고 바닷가를 첨벙거리던 어린 내가 있었음을 기억하는 소설이다. 그러나 이 소설을 쓰던 무렵의 나는 갓 소설가가 된 신분으로 방황에 시달리고 있었다. 아무것도 기델 수 없는 내게는 피폐한 바람만이 불어오고 있었다. 나는 어쩔 수 없이 소설이라는 정체불명의 불확실성을 붙들고 언덕 위의 바람막이 방에서 고향 바닷가로 앙상한 손을 뻗치고 있었다. 귤이라니? 전쟁이 할퀴며 지나가던 그 시절, 과연 파도 위에 귤이 있었단 말인가. 이 믿을 수 없는 사실을 나는 기록하지 않을 수 없었고, 아울러 내 연약한 생명을 비유하지 않을 수 없었다.

그리고 몇십 년이 지나서 뜻밖에 나는 그 귤과 겹쳐지는 폴란드의 호박(琥珀)을 본다. 그러니까 귤이 호박이 되는 몇 십년의 시간 동안 나는 소설을 쓰며 연명해왔다는 눈물겨운 삶을 되돌아볼 수도 있게 된 것이다. 오랜 세월이 비로소 자랑이 된다고 나는 한 손에 귤을 들고 또 한 손에 호박 브로치를 들어 보인다. 그리하여 〈귤과 브로치〉에 '높새바람'이라고 불러도 좋은 작용이 허용되었다.

뒤의 소설 〈무지개 나라의 길〉은 1980년대에 만난 한 퇴역 장군의 6·25 회고를 바탕으로 하고 있다. 기록성에 충실하려 한 점에서 내게는 소중한 경험을 준 글인데, '강릉' 부분에서는 역시 머뭇거릴 수밖에 없었다. 그의 경험을 받아들이는 한계 때문이기도 했다. 그러나 나는 내 역할은 충분히 했다고 자위한다. 아니면, 이 소설 또한 어떤 작용을 기다리는 것이냐고 되물을 수밖에 없다.

이 소설집은 강릉 남대천의 둑에 기댄 작은 집을 마련한 기념이 된다. 소설전집의 첫 권인 《강릉》에서도 나는 이 둑을 걷고 있었다. 어릴 적 단오장을 향해 어머니를 찾아가던 발걸음 소리가 들려오는 집이라고 생각해본다. 하지만 이 작은 집에서 들리는 소리는 상처투성이로 살아 있다. 문장들이 모두 모여 바다로 간다. 내가 얼마를 더 살아 이 문장들의 어떤 '작용'을 내 것으로 할지 모를 일이다. 어릴 적 냇물은 오늘도 바다로 흘러가고, 멀리 혹은 가까이, 귤과 호박이 내게 떠온다.

2017년 여름
윤후명

작가 연보

1946년 강원도 강릉에서 태어났다.

1967년 《경향신문》 신춘문예에 시 〈빙하(氷河)의 새〉가 당선되며 시인으로 입신했다. 그로부터 신춘문예 당선 시인들의 모임인 《신춘시》에 작품을 발표하다가 시 동인지 《70년대》의 창간 동인으로 활동하면서 시인의 길에 본격적으로 들어섰다.

1977년 그동안 여러 출판사들을 전전하며 써 모은 시들을 엮어 시집 《명궁(名弓)》을 문학과지성사에서 펴냈다. 개인적으로 문학적 성과이기도 한 이 시집은, 동시에 문학적 갈증을 유발시켰고, 그 무렵 밀어닥친 가정사의 문제와 뒤엉켜 소설에의 길을 모색하는 계기가 되었다.

1979년 《한국일보》 신춘문예에 단편소설 〈산역(山役)〉이 당선되며 소설가가 되었고, 이듬해에 다니던 출판사를 그만두고 소설가로서의 삶만을 살기로 결심했다.

1980년 소설 동인지 《작가》의 창간 동인이 되었다.

1983년 거제도 체류. 중편소설 〈돈황(敦煌)의 사랑〉으로 녹원문학상을 수상했고, 동명의 표제작으로 첫 소설집을 문학과지성사에서 펴냈다.

1984년 단편소설 〈누란(樓蘭)〉(뒤에 〈누란의 사랑〉으로 개작)으로 소설문학작품상을 수상했다.

1985년 단편소설 〈엉겅퀴꽃〉과 〈투구게〉를 중편소설 〈섬〉으로 개작, 한국일보 문학상을 수상했다. 소설집 《부활하는 새》를 문학과지성사에서 펴냈다.

1986년 단편소설 〈팔색조〉(소설집에는 〈새의 초상〉으로 수록), MBC 베스트셀러 극장에서 드라마 방영.

1987년 산문집 《내 빛깔 내 소리로》를 작가정신에서, 중편소설 문고 《모든 별들은 음악소리를 낸다》를 고려원에서 펴냈다.

1988년 중편소설 〈높새의 집〉이 국제 펜 대회 기념 《한국 소설집》에 번역(서지

문 옮김), 수록되었고, 〈모든 별들은 음악소리를 낸다〉가 무용가 김삼진에 의해 호암아트홀에서 공연되었다.

1989년 소설집 《원숭이는 없다》를 민음사에서 펴냈다.

1990년 장편소설 《별까지 우리가》를 도서출판 둥지에서, 산문집 《이 몹쓸 그립은 것아》를 동서문학사에서, 장편소설 《약속 없는 세대》를 세계사에서, 문학선집 《알함브라궁전의 추억》을 도서출판 나남에서 펴냈다.

1992년 장편소설 《협궤열차》를 도서출판 창에서, 장편동화 《너도밤나무 나도밤나무》와 시집 《홀로 등불을 상처 위에 켜다》를 민음사에서 펴냈다.

1993년 《돈황의 사랑》이 프랑스 출판사 악트 쉬드(Actes Sud)에서 번역(최윤 옮김)되어 나왔다.

1994년 중편소설 〈별을 사랑하는 마음으로〉로 현대문학상을 수상했다.

1995년 중편소설 〈하얀 배〉로 이상문학상을 수상했다. 한국소설가협회 기획분과위원회 위원장에 선임되었다. 연세대학교, 동국대학교 국문학과 강사(~1997년).

1997년 소설집 《여우 사냥》을 문학과지성사에서, 산문집 《곰취처럼 살고 싶다》를 민족사에서 펴냈고, 한국소설학당을 설립했다.

1998년 추계예술대학교 강사(~2000년).

1999년 단편소설 〈원숭이는 없다〉가 독일에서 나온 《한국 소설집》에 번역(안소현 옮김), 수록되었다.

2000년 민족문학작가회의 이사로 선임되었다.

2001년 추계예술대학교 문예창작과 겸임교수가 되고(~2003년), 소설집 《가장 멀리 있는 나》를 문학과지성사에서 펴냈다. 한국소설가협회 이사, PEN클럽 기획위원회 위원으로 선임되었다.

2002년 단편소설 〈나비의 전설〉로 이수문학상을 수상했다. 산문집 《그래도 사랑이다》를 늘푸른소나무 출판사에서 펴냈다. 중편 〈여우 사냥〉이 일본의 이와나미문고에서 나온 《현대한국단편선》에 번역(三枝壽勝 옮김), 수록되었다. 《대한매일신보》 명예논설위원, 연세대학교 동문회 상임이사(문화예술분과)로 위촉되었다.

2003년 산문집《꽃》을 문학동네에서 펴냈다.

2004년 소설가협회 중앙위원이 되고, 2005년 독일 프랑크푸르트 도서박람회 주빈국(한국) 출품 도서 '한국의 책 100선'에《돈황의 사랑》이 우리 소설 16편 중 하나로 선정되었다. 동화《두부 도둑》을 자유지성사에서 펴냈다.

2005년 장편소설《삼국유사 읽는 호텔》을 랜덤하우스중앙에서 펴냄과 함께 《돈황의 사랑》을《둔황의 사랑》으로(문학과지성사),《이별의 노래》를 《무지개를 오르는 발걸음》으로(일송북) 제목을 바꾸고 여러 곳 손을 보아 다시 펴냈다. 프랑크푸르트 도서전을 계기로 독일 순회 낭독회에 참가, 본 대학과 뒤셀도르프 영화박물관에서 작품을 낭송하고 해설하는 행사를 가졌다.《The love of Dunhuang(둔황의 사랑)》(김경년 옮김)이 미국 CCC출판사에서 나왔다. 서울디지털대학교 초빙교수.

2006년《敦煌之愛(둔황의 사랑)》(왕책우 옮김)이 중국에서 나왔다. 국민대학교 문예창작대학원 겸임교수(~현재). 시와 소설 그림집《사랑의 마음, 등불 하나》를 랜덤하우스중앙에서 펴냈다.

2007년 단편소설〈촛불 랩소디〉로 제12회 현대불교문학상을 수상했다. 소설집《새의 말을 듣다》를 문학과지성사에서 펴내고, 이 책으로 제10회 동리문학상을 수상했다.

2008년《21세기문학》편집위원.

미술; 「티베트의 길, 자유의 길 전」(헤이리 '마음등불')에 참여했다.

2009년 중국 베이징 주중 한국문화원 개원 2주년 기념행사 '한중작가 사인회 (장편《인민을 위해 복무하라》의 중국작가 옌롄커(閻連科)와 미국 LA 한인문인협회 세미나에 참가(강연)했다. 문학 그림집《지심도, 사랑을 품다》를 펴내고(교보문고), 전시회와 낭독회(거제도)를 가졌다.

미술; 「독도 전」(전국순회전), 「어머니 전」(미술관 가는 길), 「구보, 청계천을 읽다 전」(청계천 광장, 부남미술관).

2010년 한국소설가협회 부이사장이 되고, 중국 난징(난징대학)과 타이완 타이베이(정치대학) '한국문학포럼'에 참가. 산문집《나에게 꽃을 다오 시간이 흘린 눈물을 다오》를 중앙북스에서 펴냈다. 중편소설 〈하얀 배〉 〈모든 별들은 음악소리를 낸다〉 고등학교 교과서에 수록.

　　미술; '문인 자화상 전'(신세계갤러리), '한국의 길—제주 올레 전'(제주 현대미술관, 포스터 채택), '이상, 그 이상을 그리다 전'(교보문고, 부남미술 관선유도), '조국의 산하전'(헤이리 '마음등불'), '한국, 중국, 오스트리아 교류전'(헤이리 아트팩토리).

2011년　《한국소설》 편집주간을 겸임하고, '한국작가총서 문학나무 이 한 권의 책 001'《사랑의 방법》을 문학나무에서 펴내고 문학교육센터(남산도서 관)에서 낭독회를 열었다.

　　미술; 한일교류전(헤이리 한길아트), '아트로드77'전(헤이리 리앤박 갤러 리), 조국의 산하전(광화문 '광' 갤러리)

2012년　육필시집《먼지 같은 사랑》을 지식을만드는지식에서, 시집《쇠물닭의 책》을 서정시학에서 펴냄. 제1회 부산 가마골소극장 문학콘서트를 열 고, 소설집《꽃의 말을 듣다》를 문학과지성사에서 펴냄과 함께 첫 개 인 그림전시회 '꽃의 말을 듣다'(서울 인사아트센터) 개최. 장편소설《협 궤열차》를 다시 펴내고《책만드는집》,《둔황의 사랑》이 러시아에서 출간 됨(박미하일 옮김). 제1회 고양행주문학상 수상.

2013년　세계인문문화축제 '실크로드 위의 인문학, 어제와 오늘'(교육부, 경상북 도 주최)에서 '실크로드의 문학' 발표. 시집《쇠물닭의 책》으로 제4회 만해님시인상 작품상 수상.

2014년　**미술;** 개인 초대전 '엉경퀴 상자'('길담서원 갤러리).

2015년　서울대통일평화원 인권소설집《국경을 넘는 그림자》에 단편 〈핀란드역 의 소녀〉 발표. PEN 세계한글작가대회 강연, 강릉 문화작은도서관 명 예관장, 토지문학제 명예대회장, 몽블랑 문화예술후원자상 심사위원, 수림문학상 심사위원장, 이상문학상, 산악문학상 외 각종 문학상 심사.

2017년　제17회 연문인상 수상.

2021년　제62회 3·1문화상 예술상 수상.

현재　　문학비단길, 문학나무 고문, 강릉문화작은도서관 명예관장.

윤후명 소설전집 7

늪새바람

1판 1쇄 발행 2017년 7월   5일
2판 1쇄 발행 2021년 7월 26일

지은이 · 윤후명
펴낸이 · 주연선

총괄이사 · 이진희
책임편집 · 김서해
저작권 · 이혜명
디자인 · 이다은 박민수 유승희
마케팅 · 장병수 김진겸 강원모 정혜윤 유정연
관리 · 김두만 유효정 박초희

(주)은행나무

04035 서울특별시 마포구 양화로11길 54
전화 · 02)3143-0651~3 | 팩스 · 02)3143-0654
신고번호 · 제 1997-000168호(1997. 12. 12)
www.ehbook.co.kr
ehbook@ehbook.co.kr

잘못된 책은 바꿔드립니다.

ISBN 979-11-6737-040-2
ISBN 979-11-6737-042-6 04810 (세트)